La última aventura
de La Pimpinela Escarlata

La última aventura de La Pimpinela Escarlata

Jesús Ulled

Rocaeditorial

© 2021, Jesús Ulled

Primera edición: abril de 2021

© de esta edición: 2021, Roca Editorial de Libros, S. L.
Av. Marquès de l'Argentera 17, pral.
08003 Barcelona
actualidad@rocaeditorial.com
www.rocalibros.com

Impreso por EGEDSA

ISBN: 978-84-18417-24-5
Depósito legal: B. 45929-2021
Código IBIC: FA

RE17245

Índice

Para Eli y Mateo

PRIMERA PARTE

1

Un puerto seguro

El ronroneo regular del motor le fue despertando de manera placentera. La suave marcha del barco anunciaba que se cumpliría el ritual de aquellos días gloriosos de primavera. Días en los que el cielo resplandece sin una nube mientras la ciudad empieza a desperezarse. Simon Sinclair Vega saltó de la amplia cama de la *master cabin* y subió a cubierta con la misma indumentaria con la que había pasado la noche, es decir, tal como vino al mundo. Aquello no iba a escandalizar a Khao, el soldado gurka que le salvó la vida durante la guerra, cuando servía en Egipto como teniente de las fuerzas expedicionarias inglesas, y que en aquel momento estaba a la rueda del timón. A Simon seguía maravillándole cómo aquel indio de las montañas de Nepal se había adaptado tan rápidamente al arte de la navegación. Ahora era un experto piloto. Con idéntica facilidad se había acostumbrado a sus otras variadas funciones. Además de ser un irreprochable ayuda de cámara, también oficiaba como cocinero, chófer, entrenador y guardaespaldas. Le profesaba una fidelidad inquebrantable. En los cinco años que habían transcurrido desde que, en 1917, ambos abandonaran el ejército, Khao se había convertido en mucho más que un fiel servidor; era un amigo inapreciable.

El Esmeralda estaba virando después de abandonar la bocana del puerto de Barcelona. Fondearía o, si tan encalmado estaba el mar, simplemente se quedaría al pairo frente a las playas de la Barceloneta, el barrio marinero de la ciudad. Khao puso el motor en punto muerto para que la inercia desplazase la embarcación a una media milla frente a las instalaciones del Club Natación Barcelona. A aquellas tempranas horas, los socios de aquel club de reciente creación practicaban ejercicios gimnásticos sobre la arena o haraganeaban como lagartos al sol. Contempló divertido con los prismáticos a aquellos madrugadores —*sportsmen*, gustaban de llamarse a sí mismos— que interrumpían sus esfuerzos atléticos para admirar desde la orilla la estampa del Esmeralda. Simon se zambulló por la popa en las aguas aún bastante frías y, después de rodear un par de veces el velero nadando a buen ritmo, se encaramó a cubierta. Allí le esperaba Khao con un mullido albornoz que exhibía un escudo nobiliario bordado en oro. Como muchos de los objetos que poseía Simon, aquel albornoz tenía su historia. Por supuesto, el escudo nobiliario no pertenecía a su familia, sino que representaba las armas de lord Philip Lavengro. Hacía ya varios años que Simon se envolvía en aquella prenda. Su contacto seguía trayéndole a la memoria, de manera pertinaz, el recuerdo de un encuentro amoroso que podía haber sido efímero como otros tantos, pero que resultaba imborrable.

14

El baronet Lavengro alternaba el no demasiado exigente cuidado de las vastas propiedades familiares en Devonshire con una afición desmesurada a la caza mayor. Cuando, atraído por una cacería interesante en cualquier lugar de la isla, por remoto que fuera, el baronet se ausentaba de la magnífica mansión familiar, *lady* Lavinia hacía lo propio y se instalaba en su residencia en Londres, un edificio victoriano en los aledaños de Saint James Square que permanecía siempre en perfecto estado de revista para recibir a los señores. Como en Inglaterra es posible cazar durante todo el año —según la especie a abatir— y el baronet no tenía preferencias al respecto, las estancias de Lavinia Lavengro en Londres eran más que frecuentes. Y su presencia, más que solicitada en la vida social de la capital.

Lady Lavinia era una radiante belleza de poco más de veinte años que debía su espectacular cabellera morena combinada con una tez de un blanco transparente a una parte de sangre irlandesa. Era evidente que Exeter, la población más próxima —o menos distante, según se mire— a su residencia en el campo resultaba insuficiente para acoger sus indiscutibles encantos, sus delicados gustos y sus inquietudes intelectuales, superiores a los que se esperaba de una joven señora de la aristocracia rural. Por ello agradecía tanto las frecuentes ausencias venatorias de su marido. Y él aceptaba de buen grado que su mujer se consolase en Londres entre modistas, cenas de sociedad y el teatro o la ópera, por los que sentía verdadera pasión. Simon la conoció en el palco de unos amigos comunes en el Covent Garden durante una representación de *La traviata*. Había quedado impresionado por su belleza y por la perfección de su rostro. Sus ojos azules irradiaban una luz inquietante que casi distraía de la atención que merecían sus labios carnosos y entreabiertos. Sentado a su lado, pudo sorprender alguna lágrima que acompañaba las desgracias de Violetta, la infeliz Dama de las Camelias.

Tras la función, el grupo se dirigió a uno de los restaurantes que permanecían abiertos *after show* en la zona. Para sentarse a la mesa, Lavinia buscó, sin aparentarlo, un lugar junto a Simon, que captó encantado la sutil maniobra. En algún momento de la representación ya le había ofrecido su pañuelo para enjugar sus lágrimas. Percibió entonces en la sonrisa de ella algo más que gratitud: la pulsión que le advertía de que se estaba trabando una atracción erótica cuyas consecuencias dependían solo de las circunstancias. Durante la cena, se fue haciendo cada vez más explícita. Cuando Lavinia, alegando una jaqueca repentina, anunció su intención de retirarse, Simon le siguió el juego y se ofreció a acompañarla en su coche.

Después, todo se desarrolló según el previsible guion. Al llegar a su casa, Lavinia le propuso tomar la última copa.

—El aire libre me ha despejado y lo menos que puedo hacer es ofrecerle una compensación por obligarle a dejar el restaurante tan precipitadamente. ¿No le parece?

—No ha sido molestia, Lavinia, más bien un placer. Ha sido un privilegio tenerla unos momentos para mí solo.

—Entonces puedes tenerme todo el tiempo que quieras.

Le rodeó con los brazos y buscó su boca con avidez. Después, tomándole de la mano, le condujo al dormitorio. Allí Simon tuvo ocasión de comprobar que, tal como había imaginado, su cuerpo respondía con creces a las expectativas que anunciaba el ceñido traje de noche. Lavinia resultó ser una amante inteligente que combinaba a la perfección ansiedad y docilidad y retribuía las caricias con sabiduría. Además, tenía una cualidad que Simon agradecía en este tipo de encuentros: no pronunció una sola palabra. Entre suspiros, supo expresarse solo con suaves caricias, una vez pasados los arrebatos de la pasión. De este modo, eran improbables las referencias al marido engañado y las falsas explicaciones para justificar la infidelidad. Simon no podía ni quería ser juez, ya que acababa de ser parte. Tampoco quería implicarse y que la relación fuese más allá de un agradable incidente sexual. Por razones distintas, jamás aceptaba una aventura con una mujer casada si conocía al marido. Odiaba tener que fingir ante él.

—Soy una anfitriona terrible. Te había ofrecido una copa y no he cumplido. —Lavinia se había incorporado en el lecho con una sonrisa irónica.

—No te preocupes, me has dado mucho más.

—No no, lo prometido es deuda. Además, tengo sed. *¿Champagne?*

—Lo que a ti te apetezca. Por mí, está muy bien.

—Voy a buscarlo. Y cúbrete un poco con esto. Así como estás, es posible que nos quedemos otra vez sin la copa —bromeó Lavinia mientras arrojaba sobre la cama un albornoz. Y salió de la habitación envuelta en un kimono.

Aquel albornoz era el que ahora abrigaba a Simon. En un paquete primorosamente envuelto, un lacayo se lo entregó en su casa a la mañana siguiente. Lavinia Lavengro quiso que Simon conservase un recuerdo de su fogosa velada, pero él ya había decidido hacerse con uno mucho más valioso.

Ella no podía imaginar que, tras la encantadora apariencia de aquel joven, prestigioso y rico anticuario, se escondía otra menos confesable pero mucho más excitante: el amante de una noche que tan profunda impresión le había causado era el mismo ladrón que, tres noches después de su encuentro amoroso, cuando Lavinia ya había regresado a Devonshire, había forzado una ventana de su residencia londinense y, con innegable buen ojo, se había llevado una de las piezas más apreciadas de la pequeña colección de obras de arte que inició su suegro y que su marido contemplaba con la indiferencia de quien concentra sus aficiones de coleccionista en las cabezas disecadas de las piezas que abate con su escopeta.

A Simon le bastaron unas ganzúas y una rápida ojeada a los objetos que decoraban el salón. Su atención de experto fue a parar a una Afrodita que, seguramente, procedía del taller de Praxíteles y que le sorprendió por su perfecta conservación y su reducido tamaño. Aquella reproducción del primer desnudo conocido del arte griego exhalaba el mismo encanto erótico que el de su anfitriona. Según tenía por costumbre, había hecho averiguaciones previas sobre el origen de la fortuna de los Lavengro: procedía del comercio con China y, a mediados del siglo XIX, uno de los Lavengro figuraba entre los instigadores de la Guerra del Opio. Aquello le pareció justificación suficiente para despojar a su heredero de aquella obra de arte, pagada con toda seguridad gracias a la falta de escrúpulos de la familia. Y, atendiendo a su particular código de honor, a la mañana siguiente Khao había entregado un pagaré de mil guineas —el valor que atribuía a aquella bella pieza— al director del orfanato de Ipswich, que ya se había habituado a las apariciones de aquel exótico mensajero portador de un generoso donativo anónimo. De este modo entendía Simon el lema del honrado ladrón que despoja al rico para ayudar al pobre.

Las metódicas costumbres de Simon exigían, tras el baño, una reconfortante sesión de masaje de las manos de Shu Ting, la encantadora chinita que se había enamorado de Khao en Londres y había decidido seguirle a dondequiera que su azarosa vida le llevase. Entretanto, Khao preparaba el desayuno: dos huevos pasados por agua, zumo de naranja o fruta de temporada, tostadas y café, mucho café, una clara herejía frente al *morning tea* británico. Después, el primer cigarrillo del día y un vistazo a la prensa que, cada mañana, llevaba al puerto el encargado del quiosco de la vecina estación de Francia. El hecho de que aquel febrero de 1922 conviviesen en las páginas del periódico la noticia de un asesinato a manos de alguno de los grupos de pistoleros que se enfrentaban casi a diario en las calles de la ciudad con el anuncio del baile de máscaras que se celebraría en el teatro del Liceo, volvió a llenar de estupor a

17

Simon, que aún no se había acostumbrado a la abierta violencia entre obreros y patronos en Barcelona.

Mientras, Khao, tras una breve singladura de paseo, enfilaba nuevamente la bocana del puerto y se dirigía al pantalán del Real Club Náutico, donde amarraba el Esmeralda, convertido en hogar flotante de Simon Sinclair al regreso de sus frecuentes viajes a Londres o a otra ciudad europea donde le llevasen sus actividades, tanto profesionales como extraprofesionales.

2

Un asunto de familia

*E*l Esmeralda era un airoso velero de treinta y dos metros de eslora, construido en teca y acero en uno de los mejores astilleros de Escocia. Esmond Sinclair, el padre de Simon, lo diseñó y encargó para regalárselo a su esposa con cuyo nombre lo bautizó. Esmond era el segundón de una familia de la nobleza rural escocesa perteneciente al clan Mackenzie, en las Tierras Altas. El futuro de los segundones que, a la muerte del padre, no deseaban someterse a la autoridad del hermano mayor y heredero natural de la jefatura familiar, solía ser el ejército o el seminario. Pero las aficiones de Esmond iban por otros derroteros, difícilmente asumibles en una familia de terratenientes que consideraba que saber leer y escribir era bagaje cultural suficiente para administrar sus propiedades y cobrar los *calps* de sus arrendatarios. Su negativa a aceptar las costumbres establecidas supuso tal conflicto con su padre que Simon decidió abandonar el hogar y buscarse un medio de vida en Londres en cuanto cumplió los dieciocho años.

La única cosa seria que le había interesado hasta entonces era el arte, aunque no parecía que este interés pudiese resolverle la vida. Lo intentó con la pintura y la escultura, con pobres resultados. Se pasaba los días en la Royal Gallery, en el Victoria and Albert Museum e incluso en el British, sentado frente a su caballete. Intentaba con mayor o menor fortuna reproducir obras maestras. Y llegó a vender varias copias por unos cuantos chelines, con los que alargaba el pequeño capital que, a escondidas del padre, le había entregado su madre. Pronto se convenció de que su afición no iba acompañada del talento imprescindible para hacer de él un artista y asegurarle el sustento. Por lo menos, se había convertido en un experto en arte gracias a sus lecturas y sus constantes visitas a museos y exposiciones. Y al fin esta afición le resolvió la vida.

Cuando constató que estaba a punto de agotar la última guinea de su magro capital, comprendió que debía abandonar sus ilusiones y buscarse un empleo que le permitiese subsistir en Londres. Se había acostumbrado, cuando regresaba caminando de sus jornadas de copia en el Victoria and Albert Museum, a recorrer los anticuarios que proliferaban en el barrio de Belgravia. A menudo, venciendo su timidez, se interesaba por las características de alguna pieza y, aunque su aspecto no anunciaba a un potencial cliente, su sincera curiosidad hacía que, por lo general, el propietario del comercio le atendiese con simpatía y contestase a sus preguntas gratamente sorprendido por los conocimientos de aquel joven.

Una tarde atrajo su atención un cartel que ofrecía trabajo de mozo de almacén. Era la tienda de Isaias Dewhurst, uno de los anticuarios más reputados de Londres. A menudo se había detenido ante la fachada contemplando la salida o la llegada de piezas singulares, adquisiciones o ventas que, sin duda, tenían su propia historia que contar y que él se divertía imaginando. A veces era el propio Dewhurst quien atendía la cuidadosa manipulación de sus mercancías, prueba de que se trataba de una pieza excepcional. A aquellas horas, la tienda estaba ya cerrada y Esmond se quedó ante el escaparate considerando la posibilidad de optar a aquel empleo. Aunque la perspectiva de trabajar acarreando bultos, por artístico que fuese su contenido, no le seducía, se consoló con la idea de que, si conseguía el trabajo, por lo menos estaría en contacto con objetos bellos. Se animó con el razonamiento de que no tendría que regresar con el rabo entre las piernas a la casa paterna y solicitar el perdón del patriarca por su rebeldía.

A la mañana siguiente, después de una noche insomne en la que alternativamente se veía aceptado o rechazado al solicitar el puesto, Esmond se dirigió a Belgravia. Se vistió con lo mejor de su escaso guardarropa y se cubrió con su único sombrero, que había conocido épocas mejores pero que, cepillado con esmero, aún completaba con dignidad su apariencia. Llegó ante la tienda cuando estaban levantando los cierres y se obligó a dar un largo paseo antes de cruzar el umbral y dirigirse a un empleado ocupado en pasar el plumero por los muebles y esculturas del local. Todo estaba dispuesto de manera tal que realzara su valor a los ojos de los clientes. Una prueba de la sabiduría del propietario, contrario a la costumbre de abarrotar los escaparates que practicaban sus colegas.

—Avisaré al señor Dewhurst. Supongo que le recibirá enseguida.

El pulcro empleado, de edad indefinida en su sobria bata gris, depositó cuidadosamente el plumero sobre una mesa de alabastro que destacaba en el centro de la tienda y se dirigió hacia lo que Esmond supuso sería el despacho del propietario. Enseguida regresó sonriente.

—Puede usted pasar ahora mismo —dijo sin más preámbulos—. Me consta que el amo tiene interés en cubrir enseguida esta plaza. Me ha preguntado qué aspecto tenía usted y le he dicho que me parecía un joven caballero agradable y buena persona.

Esmond agradeció el comentario con una inclinación de cabeza y le siguió hasta la puerta del despacho.

—Pase, joven. Veamos qué tiene que contarme.

El señor Dewhurst le contemplaba desde su magnífico escritorio con el aire serio del profesor que interroga a un alumno. A Esmond le pareció más joven de lo que había calculado cuando le observaba dando instrucciones a los mozos de almacén. No llegaba a sexagenario, pero la cabellera blanca le hacía parecer mayor. Su tono era lo bastante cordial como para animarle a hablar:

—Verá, señor. He visto el anuncio en el escaparate y me ha parecido que quizás podría aspirar al empleo.

—Eso me parece evidente. Si no, no estaría usted aquí. Lo que quiero saber es qué puede ofrecerme para que le contrate. Quién es usted, de dónde viene y qué sabe hacer. Puede sentarse, estará más cómodo.

Bajo la mirada atenta de su interlocutor, Esmond se explayó hablando de su rebeldía ante el clan, de sus inquietudes artísticas y de la frustración por no haberlas hecho realidad. Y reconoció la necesidad de obtener un medio de sustento para no

21

sufrir la humillación de regresar al hogar como un fracasado. Terminó sorprendido de su propia sinceridad.

—Le ruego me disculpe, señor. Me temo que le habré aburrido con mi historia —finalizó casi avergonzado.

—No, al contrario. Me ha interesado más de lo que cree. En mi familia hay una remota rama escocesa que casi se extinguió en la batalla de Culloden, junto con las pretensiones de los jacobinos de Carlos Estuardo, el Bonnie Prince Charles que los condujo a aquella masacre ante las tropas inglesas. Por lo que me ha contado de la suya, intuyo que alguno de sus antepasados debió figurar entre los muertos —supuso el anticuario.

—Así es, señor. Por lo menos, es lo que se cuenta en las noches de invierno, frente a la chimenea de nuestra casa.

—En fin, dejémonos de historia. Le voy a dar el empleo, aunque pienso que está por debajo de sus aptitudes si, como dice, se interesa tanto por el arte. De momento, le tomo a prueba por un mes y entonces hablaremos de nuevo.

—Se lo agradezco en el alma, señor. No le defraudaré —aseguró Esmond con una gran sonrisa.

—No me lo agradezca. Obro en mi propio interés, y comprobará que el empleo no es una regalía, precisamente. En el almacén se trabaja duro y el salario, debo reconocerlo, es bastante ajustado.

—Cualquier cosa es mejor que lo que tengo, señor. Me esforzaré por mejorarlo.

—Así sea. De todos modos, puedo ofrecerle una ventaja adicional. Si lo desea, puede alojarse en un pequeño cuarto que hay en el almacén. Es limpio y bien ventilado, y seguro que le supondrá una economía.

Un mes pasa muy deprisa, en especial cuando supone un plazo vital. Durante ese tiempo, Esmond trabajó duro trasegando, embalando y acarreando todo tipo de muebles, porcelanas, esculturas, pinturas y valiosos objetos variopintos. Solía desplomarse en el catre militar, que era casi el único mobiliario del escueto cubículo que le había cedido su jefe. Cenaba frugalmente y se preparaba un té en un hornillo prestado por el empleado que le atendió el primer día y que le había tomado bajo su protección. Después se enfrascaba, hasta que le vencía el sueño, en la lectura de algún libro de arte y de historia que el señor Dewhurst le había autorizado a tomar prestado de su biblioteca. Un lunes por la mañana fue convocado al despacho del patrón. Acudió como el alumno que recoge las notas, terriblemente angustiado a pesar del íntimo convencimiento de haber hecho bien el examen.

—Bueno, joven, ya hace un mes que está con nosotros y debo decirle que no tengo ningún reparo que poner a su trabajo. De manera que le confirmo que, si le sigue interesando, como espero, puede quedarse en esta casa definitivamente. Pero... —Esmond, que había estado a punto de saltar de alegría, se quedó en suspenso ante aquella última palabra y el tono en que había sido pronunciada— hay un pequeño cambio. Tal como me pareció y le dije el primer día, creo que sus capacidades están por encima de lo que necesita saber un mozo de almacén. Y como no quiero desaprovecharlas, he decidido proponerle que sea usted mi asistente. La verdad es que no sé muy bien en qué consistirá su trabajo. Podría resumirlo en que me ayudará a hacer el mío e irá aprendiendo a mi lado.

Aquel inesperado ofrecimiento cambió radicalmente la vida de Esmond. La angustia del fracaso y la perspectiva de la humillante vuelta al hogar fueron sustituidas por la seguridad de un empleo que, como comprobó enseguida, se adaptaba como anillo al dedo a sus aficiones e intereses. No tendría la inspiración del artista, pero poseía el innato don de detectar la belleza y valorarla. Junto a su jefe aprendió a localizar piezas de valor que sus propietarios nunca habían sabido apreciar, a tratar con los más expertos restauradores y a disfrutar del placer de contemplar la belleza renacida tras pasar por las manos de aquellos artistas que trabajaban en el anonimato, pero que resultaban cruciales para el negocio del anticuario.

Fueron unos años de rápido aprendizaje que Dewhurst contemplaba complacido, satisfecho del instinto que le había llevado a confiar en aquel joven desde el día en que se presentó en su despacho con aire desvalido. Viudo desde muy joven y sin hijos, aquel muchacho representaba la posibilidad de perpetuarse en alguien. Poco a poco le fue cediendo parcelas de responsabilidad que Esmond aceptaba con entusiasmo. Pronto, el avispado asistente descubrió un filón en los estadounidenses

23

ricos que viajaban a Londres en busca de aquello que pudiese dar un lustre aristocrático a sus fortunas. A menudo lo conseguían adquiriendo para una de sus hijas un marido con título nobiliario, aunque sin medios para sostenerlo dignamente. Pero en la mayoría de los casos buscaban elementos decorativos y piezas de arte para exhibirlos en sus mansiones. La elegancia y la corrección de Esmond le granjearon la confianza de aquellos clientes tan necesitados de alguien que los asesorase con honestidad y auténticos conocimientos.

El primer millonario americano trajo a la tienda a otros y, casi sin proponérselo, Esmond se convirtió en el consejero artístico de un buen número de fortunas yanquis. Sus clientes ya no precisaban cruzar el Atlántico si no lo deseaban: una carta suya dando cuenta de una o varias oportunidades recibía como respuesta un telegrama de conformidad y una orden de pago para el banco londinense del cliente. Durante los primeros años, Esmond llegó a viajar a Estados Unidos para garantizar que alguna pieza de especial valor llegase sin percances a su destino y ocupase el lugar que mejor podría ponerla en valor en la mansión de su nuevo propietario.

También se ganó la confianza y el afecto de su patrón, que había visto cómo, gracias a él, prosperaba su negocio, ya de por sí importante. Cuando cayó enfermo sin posibilidad de mejoría, el señor Dewhurst llamó a Esmond junto a su lecho para despedirse de él.

—Hijo mío, durante estos años que has estado a mi lado, no solo me has ayudado muy eficientemente a llevar el negocio, sino que me has demostrado tu afecto y tu respeto. De manera que he pensado que mereces seguir ocupándote de la tienda cuando yo falte, en calidad de propietario. Así queda dicho en mi testamento. Estoy seguro de que continuarás nuestra tradición de excelencia.

—No sé qué decir, señor. Nunca habría esperado una cosa así. Yo también tengo mucho que agradecerle. Cuando usted me aceptó como empleado no sabía qué iba ser de mi vida. Gracias a su confianza, he podido darle un sentido.

Se le quebró la voz. Mientras pronunciaba aquellas palabras tomó conciencia del afecto que sentía por aquel hombre. A pesar de su talante reservado, le había tratado como hubiera querido que lo hiciese su propio padre. Aunque nunca imaginó lo que le confió su benefactor a continuación:

—No te pongas triste, muchacho. Me voy contento de la vida que he tenido y de este final. Pero hay una cosa muy importante que he de explicarte antes de cruzar al otro lado. Algo que cambió radicalmente mi vida y que, si quieres, también cambiará la tuya.

25

3

El icono bizantino

*D*esde la muerte de su padre, a Simon le resultaba doloroso sentarse a la mesa de trabajo que había compartido con él durante los últimos años. La pérdida hacía que le pareciesen muy cortos. Se sentía muy solo en aquel Londres bullicioso de la posguerra. Y el recuerdo de Lavinia, que comparecía persistente a la menor ocasión, aumentaba su desazón. Sabía que ella era lo único que podría colmar su soledad y que nunca podría tenerla a su lado.

Aquella tarde de un otoño fiel a sus obligaciones de bruma, frío y llovizna, Simon estaba contagiado de esa melancolía. Alistair, el insustituible hombre de confianza de su padre, había entrado en el despacho con un precioso icono bizantino que un cliente acababa de depositar en la tienda para su tasación. «Algo así debió suceder —pensó— el día que mi padre se enteró de la doble vida de su patrón.»

Esmond Sinclair escuchó asombrado el relato del señor Dewhurst en su lecho de muerte. Durante muchos años, desde antes de que él empezase a trabajar en aquel respetable establecimiento, su patrón había llevado una doble vida. El experto en arte que, con un olfato envidiable, descubría piezas singulares que, sabiamente restauradas y catalogadas, encandilaban después a sus aristocráticos clientes, atendía con igual destreza los secretos deseos de coleccionistas encaprichados de una obra que languidecía en un museo o en una mansión nobiliaria donde la costumbre las hacía pasar desapercibidas. Y estaban dispuestos a pagar generosamente por el placer de poseerlas.

—O sea, señor, que si me permite que se lo diga crudamente, las robaba —articuló Esmond, casi divertido, cuando se rehízo de la sorpresa.

—Intentaba que las robaran otros, aunque a veces lo hice yo mismo. Te aseguro que es un deporte muy estimulante —bromeó—. Y no creas que me remuerde la conciencia. Por lo general, los propietarios de esas maravillas no se las merecen. O no las aprecian adecuadamente o solo ven su posible valor económico. Y yo tampoco lo hacía para beneficiarme económicamente. Mi norma ha sido siempre destinar las ganancias a ayudar a quienes lo necesitan, así he podido paliar muchas situaciones desgraciadas.

Esmond recordó entonces algunas situaciones extrañas al principio de su trabajo en la tienda. Visitas de personas de apariencia humilde, o de monjas y eclesiásticos, que salían del despacho del patrón deshechos en muestras de gratitud.

—Ahora ya lo sabes todo del negocio, hijo mío. No te digo que debas continuar con su faceta menos confesable. Pero te anuncio que pronto te visitará la persona que ha sido mi mano derecha en estas actividades. No hace falta que te diga su nombre, lo reconocerás porque te ofrecerá un icono bizantino para que se lo compres.

Pocos días después de esta conversación, el señor Dewhurst cruzó al otro lado, como había previsto. Tras la apertura de un escueto testamento, Esmond se vio convertido no solo en propietario de una prestigiosa tienda de antigüedades frecuentada por lo mejor de la sociedad londinense, sino de todos los bienes del difunto, que constituían una respetable fortuna. A pesar de ello, su rutina cambió muy poco. Tras las inevitables condolencias, los clientes habituales se dedicaban a curiosear entre las piezas expuestas. Esmond abría y cerraba el establecimiento como hasta entonces, aunque ahora debía preocuparse por los números y las cuatro personas que integraban la plantilla.

Casi se había olvidado del anuncio de Dewhurst cuando una tarde de invierno, en el momento en que se proponía echar el cierre, apareció el que, para el común de la gente y sin duda para la Policía, habría sido el cómplice de su benefactor. Sostenía con cuidado un paquete delicadamente envuelto con un paño negro.

28

—Le ruego que me disculpe. Es un poco tarde, pero quisiera saber si estaría usted interesado en comprar un icono bizantino —preguntó sonriendo amablemente.

Era lo menos parecido a la persona que Esmond había imaginado. Ni alto ni bajo, ni joven ni viejo, enfundado en un traje oscuro y con un sombrero negro que sostenía con la mano libre. Totalmente anodino, el tipo de individuo que resulta transparente cuando te cruzas con él por la calle.

—Pudiera ser, pero antes tendría que verlo. Si le parece, podemos pasar a mi despacho.

Su visitante le siguió hasta la trastienda, donde, a una indicación suya, se sentó frente a él, al otro lado de su escritorio. Había dejado el sombrero sobre la mesa y, erguido en la silla, con las piernas juntas y las manos sujetando el envoltorio, parecía más un funcionario de segunda categoría que un audaz delincuente.

—Entiendo que en ese paquete lleva usted el icono en cuestión, pero creo que ha venido por otro motivo, ¿no es así? —Esmond prefirió abordar el tema sin circunloquios.

—Efectivamente. Mi querido amigo el señor Dewhurst, que Dios tenga en su gloria, me pidió que viniese a verle cuando él ya no estuviese en este mundo. Me dijo que pensaba confiarle nuestro secreto. Creí adivinar que albergaba la ilusión de que usted continuaría la faceta oculta de este negocio. Él decía que era la más divertida y estimulante, y estaba seguro de que a usted le fascinaría una vez la hubiese experimentado.

Esmond recibió aquella declaración alarmado y, en cierto modo, también halagado. La confidencia de su patrón le había desconcertado. ¿Quién podría imaginar que aquel *gentleman* de vasta cultura, relacionado con lo mejor de Londres, fuese también un ladrón, por más que el difunto lo tuviese por un estimulante deporte y lo practicase con fines altruistas? Ahora le llegaba el mensaje de que su patrón y benefactor le consideraba poseedor de las cualidades necesarias para andar desvalijando a los demás. Salvadas las posibles reservas éticas, era un pensamiento reconfortante para su ego.

—Me sorprende usted. Por supuesto, guardo una enorme gratitud y un gran afecto por el señor Dewhurst, pero me cuesta comprender el motivo por el cual imaginó que yo podría llegar a convertirme en un ladrón, aunque sea con intención de beneficiar al prójimo.

—Como comprenderá, amigo mío, nuestras peculiares actividades establecieron un profundo vínculo de confianza —le replicó el hombrecillo—. El señor Dewhurst solía hablarme de usted casi desde el día que le contrató. Según él, posee un valor y una audacia que ni siquiera usted conoce, así como un amor por el riesgo que es básico en lo que podríamos llamar nuestro trabajo.

Esmond se dio cuenta de que su visitante ni siquiera se había presentado.

—Mi nombre no tiene la menor importancia, aunque por supuesto se lo daré a conocer en su momento. Tan solo quisiera saber hasta qué punto acertaba el señor Dewhurst al creer que usted seguiría jugando este juego con el que él tanto disfrutaba.

Su mezcla de seguridad y humildad tenía a Esmond desconcertado.

—Espero que comprenda que no es una cuestión que pueda decidir en un instante. Me temo que mi patrón me valoró muy por encima de mis méritos.

—Lo dudo. No se equivocaba en estas cosas. De todos modos, comprendo que necesite tiempo para asimilarlo. Cuando haya tomado una decisión, exponga esto en el escaparate y yo me pondré en contacto con usted enseguida.

Desenvolvió el paquete que mantenía en su regazo y dejó sobre la mesa un precioso icono. A continuación, se puso en pie, recogió el sombrero y se encaminó hacia la puerta del despacho.

—No se moleste en acompañarme, conozco bien el camino.

Durante unos minutos, Esmond se quedó absorto recordando la conversación. Intentó imaginar al señor Dewhurst encaramándose por los tejados para introducirse en una mansión en compañía de aquel individuo. Le parecía una escena irreal que le hizo sonreír. Pero fuese de manera tan novelesca o no, lo cierto es que su antiguo patrón se había dedicado a apropiarse de lo ajeno como si se tratase de un deporte. No era capaz de verse a sí mismo en parecidas andanzas, aunque reconocía que la propuesta tenía un indiscutible atractivo romántico. Bien pensado, la víctima del robo habría de ser lo bastante rica como para no lamentar en exceso la pérdida. Y el ladrón usaría el botín para beneficiar a quienes lo necesitaban de verdad. Al fin salió de su ensimismamiento con una reflexión que le devolvió a la realidad: «Tú estás loco, Esmond. Te imaginas como un Dick Turpin asaltando diligencias para repartir el botín entre los pobres, lo que no impidió que acabase en la horca, por cierto. Lo mejor que puedes hacer es echar el cierre e irte al club a despejarte con una copa».

Esmond vivía cerca de la tienda, en un agradable apartamento en Wilton Crescent, amueblado con piezas que había ido coleccionando y otras que le prestaba su patrón y que renovaba según su gusto y la demanda del negocio. En esta ocasión decidió olvidarse de la cena que, como cada noche, le habría dejado preparada la portera de su edificio, que también se ocupaba de limpiar la vivienda. No le apetecía lo más mínimo quedarse a solas rumiando la insólita propuesta que acababa de recibir. Así que pasó de largo por su portal y se dirigió a su club dando un corto paseo bajo la inevitable llovizna del principio de la primavera. El Caledonian Club era un retazo de Escocia en el corazón de Londres. Aunque no era nada dado a la nostalgia, sabía que allí iba a encontrar un excelente *roastbeef* de Angus y sobre todo una impresionante panoplia de *whiskies*. Y, si le apeteciese, amables consocios dispuestos a charlar de lo divino y lo humano ante la chimenea con un habano y una copa de excelente malta, bajo la mirada de Robert Burns, el poeta nacional de Escocia, que los contemplaría desde el óleo que presidía el salón.

4

La tentación

*E*l rayo de suave sol primaveral que se abría camino a través de la ventana del despacho fue a caer justamente sobre el icono, que lo reflejó con los destellos del oro que el artista había utilizado con generosidad al policromarlo. Desde la noche en que recibió la visita del cómplice misterioso, la tabla bizantina permanecía en un rincón de la biblioteca repleta de libros de arte donde la depositó Esmond. Al examinarla con detalle concluyó que, con toda probabilidad, procedía del taller moscovita de Teófanes el Griego, donde se crearon en el siglo xv muestras irrepetibles de ese estilo de iconos. De ser así, la pieza sería el preciado botín de alguna hazaña de su antiguo patrón. Habían pasado ya varias semanas desde la visita del emisario y se resistía a colocar el icono en el escaparate. Un día se veía apoderándose audazmente de una pieza por encargo de un coleccionista caprichoso y, por supuesto, riquísimo. Y al siguiente se imaginaba con horror en los calabozos de Scotland Yard.

Estaba contemplando la belleza de aquella tabla, creada para ser depositaria de la devoción de algún preboste ruso, cuando unos discretos golpes en la puerta le devolvieron a la realidad.

—Disculpe que le moleste, señor. Hay un caballero que desea hablar con usted —le anunció uno de los dependientes.

—¿Le conocemos?

—No, señor. Debe ser alguien importante porque ha venido en un coche con un tiro precioso y dos lacayos.

—Pues iremos a ver qué se le ofrece —respondió Esmond sonriendo ante el sistema de valores de su empleado.

Se detuvo en la puerta del despacho para estudiar a su visitante. Era un caballero cuya edad debía estar cerca de los setenta y que conservaba la figura de quien ha practicado deporte a lo largo de su vida. Vestía con la sutil elegancia de aquellos que no gustan de llamar la atención pero no renuncian al placer de usar prendas de excelente corte. Se paseaba por la tienda contemplando con detenimiento algunas piezas expuestas. «Las más singulares», se dijo Esmond con admiración, mientras se dirigía a su encuentro.

—Buenos días, caballero. Soy Esmond Sinclair, creo que deseaba usted verme…

—Encantado de conocerle, señor Sinclair. Mi nombre es Bates. Aunque esto no tiene importancia en este momento.

—Usted dirá en qué puedo serle de utilidad, señor Bates.

—Verá, tengo excelentes referencias sobre sus conocimientos profesionales y me gustaría saber si alcanzan también al tema de los iconos bizantinos.

Esmond se quedó paralizado por la sorpresa. Quizás se trataba de una casualidad, aunque lo dudaba. El icono bizantino había sido testigo mudo de sus dudas, resistiéndose a abandonar su sitio en el despacho para instalarse en el escaparate, como le había sugerido el portador de la pieza. Es decir, él aún no había dado su aquiescencia a la insólita proposición. Entonces, ¿qué significaban las palabras de aquel supuesto señor Bates? No había tenido tiempo de contestar a la pregunta cuando su visitante propuso:

—Si a usted le parece, podríamos continuar la conversación en su despacho. Es posible que tenga muchas preguntas que hacerme si, como espero, le interesan los iconos bizantinos.

Asintiendo con una ligera inclinación de cabeza, Esmond precedió a su interlocutor hasta el despacho y tras cerrar la puerta le ofreció asiento al otro lado de su escritorio.

—Bien, señor Bates, antes de valorar mis conocimientos sobre iconos, sean rusos o bizantinos, me gustaría conocer los motivos de su pregunta.

—Tiene usted razón, señor Sinclair. Se los explicaré. Aunque no haya tenido noticia de mi existencia durante los años que ha trabajado a las órdenes de mi querido amigo Isaias Dewhurst, que en la gloria esté, puedo decirle que él y yo tuvimos una

34

fructífera relación de mutua confianza. Los comentarios que en numerosas ocasiones me hizo sobre usted y sobre sus cualidades, tanto profesionales como personales, me hicieron albergar la esperanza de que, como Isaías esperaba, podría continuar con usted la relación que tuve con él.

Aquellas palabras ponían a Esmond, sin remisión, ante la necesidad de decidir por fin si optaba por la existencia sin sobresaltos de un anticuario prestigioso y respetado o, sin abandonarla, le añadía el aliciente de una segunda vida mucho más estimulante y peligrosa. Y se preguntaba la razón de que hubiese aparecido ese señor Bates antes de que él hubiese colocado el icono en el escaparate.

Su visitante pareció captar el rumbo que tomaban sus pensamientos.

—Se sorprenderá de que me presente antes de que usted haya usado la señal que le propuso nuestro común amigo, al que llamaremos el Hombre de Gris para entendernos.

—Pues la verdad es que sí me he sorprendido. No le negaré que me siento presionado. Ya le dije a su Hombre de Gris que su propuesta implica una decisión comprometida.

—Lo comprendo perfectamente. Por eso he querido venir, dejando de lado nuestro icono bizantino, una pieza excelente, como ya habrá descubierto, para explicarle con más detalle en qué consiste el juego, desde la óptica digamos de los clientes. Todo lo que voy a decirle es de la más estricta confidencialidad, pero estoy seguro de que usted no traicionará mi confianza.

Esmond asintió con un movimiento de la cabeza. Escuchaba a aquel *gentleman* con la íntima convicción de que se estaba adentrando en un mundo insospechado.

—Para empezar —explicó el señor Bates—, debemos trasladarnos con la imaginación a París, a finales del XVIII, poco después de la toma de la Bastilla por el pueblo. El régimen revolucionario supuso, como usted sabe, que se dictasen medidas para la desaparición de los privilegios de la nobleza que en muchos casos trajeron consigo la acción violenta, ciertamente comprensible, de quienes habían venido sufriendo la injusticia de un régimen prácticamente feudal. Y la ira del pueblo se dirigió contra los que durante siglos se habían beneficiado de aquella situación.

Bates interrumpió su discurso para observar el efecto de sus palabras y tomar un sorbo del oporto que Esmond le había servido.

—La situación en Francia se hizo muy peligrosa para la nobleza. En especial, desde que, a principios de 1793, la cabeza de Luis XVI cayó a los pies de la guillotina, seguida meses después por la de la reina María Antonieta, la Austríaca, como la denominaba el pueblo con desprecio, o Madame Déficit, según los panfletos que inundaban las calles de París, aludiendo a sus supuestamente exagerados gastos, no mayores en realidad que los de otros muchos cortesanos. Pero cuando Robespierre instauró lo que se ha dado en llamar el Terror, el éxodo de nobles que veían peligrar su vida fue incesante.

—Muchos de esos aristócratas buscaron refugio en Inglaterra —apostilló Esmond, que no acababa de entender por qué derroteros seguirían las explicaciones de su visitante.

—Efectivamente, a Inglaterra llegó el grueso de los nobles franceses que escapaban de un más que probable ascenso por los escalones de la guillotina. Pero no todos buscaban hospitalidad; muchos también presionaban al Gobierno inglés para forzar una intervención armada que acabase con los revolucionarios y devolviese el poder a la monarquía, y a ellos sus privilegios. En cualquier caso, todos o casi todos llegaron con una mano delante y otra detrás. La sociedad georgiana reaccionó con evidente espíritu de clase, brindando cobijo desinteresado a los que llegaban del otro lado del Canal.

Bates se complació en la expresión de su oyente, pues denotaba una curiosidad expectante, incapaz de adivinar en qué afectaba aquella historia a la decisión que le preocupaba.

—Excelente oporto, le felicito. Como le decía, nuestros aristócratas se mostraron generosos, pero pasivos. Influyó en esta actitud, seguramente, la postura del Gobierno, reticente a sumarse a Austria y Prusia, cuyas monarquías absolutistas estaban empeñadas en combatir por las armas al régimen revolucionario francés, temerosas de que las ideas que propugnaban se extendiesen por Europa. Pero hubo algunas excepciones de aristócratas que decidieron actuar por su cuenta para apoyar a sus iguales franceses. El más notable de todos, diríamos que el precursor y el modelo de los que le siguieron, fue Percy Blakeney, un petimetre cuyo único interés conocido era su aspecto personal. Bajo esta imagen frívola, desarrolló una doble vida que le permitió rescatar, con sus propios medios, a un buen número de nobles franceses que esperaban la guillotina en las cárceles revolucionarias.

—Parece una novela, si me permite que se lo diga.

—Estoy completamente de acuerdo. Parece una novela, pero no lo es. Blakeney consiguió reunir a un grupo de jóvenes aristócratas aparentemente tan desocupados y frívolos como él. Un total de veinte, juramentados en una sociedad secreta que bautizaron irónicamente como La Liga de la Pimpinela Escarlata. La pimpinela es, como sabe, una humilde flor silvestre que crece en terrenos baldíos y pasa desapercibida, que es lo que querían para ellos los miembros de La Liga. Durante los años del Terror, la sociedad londinense vivió fascinada por las hazañas de aquella Pimpinela cuya identidad no conocía nadie, aunque ahora se cree que el príncipe de Gales estaba al corriente y aprobaba sus andanzas.

»Comprendo que me he alargado en aparentes divagaciones, pero eran necesarias para llegar al punto en que le afectan. Durante los años en que actuaron rescatando de Madame Guillotine a sus iguales franceses, Blakeney y aquel grupo de jóvenes, llamados por su cuna a una vida ociosa y anodina, descubrieron la atracción del riesgo y el placer del disimulo. Y cuando ya no había nobles que rescatar ni *sans-culottes* que burlar, empezaron a echar de menos aquella especie de peligroso deporte. Fue Blakeney quien propuso la manera de seguir en activo: si ya no había aristócratas a los que rescatar, se dedicarían a recuperar los objetos valiosos que les habían sido arrebatados. Y si Napoleón, recién proclamado emperador de los franceses, mantenía su hostilidad contra Gran Bretaña, harían lo imposible por vaciar sus arcas y las de la nueva nobleza creada por el emperador.

—Si lo entiendo bien, me está usted diciendo que los héroes anónimos que habían salvado tantas vidas se convirtieron en ladrones.

—Así es. Durante años aquellos jóvenes, ya menos jóvenes, recuperaron obras de arte y joyas que devolvieron a sus propietarios, reventaron cajas fuertes, asaltaron bancos y se llevaron de las arcas del Gobierno francés grandes sumas de dinero que distribuyeron entre los necesitados, tanto franceses como ingleses. Al fin, la edad acabó poniendo freno a sus aventuras, pero los hijos de algún miembro de La Liga, en especial los dos gemelos de Blakeney, se comprometieron a seguir con aquella guerra subterránea contra Napoleón, que ya se había convertido en el azote de Europa y en el enemigo visceral de Gran Bretaña.

—¿Y nunca fueron descubiertos? —preguntó Esmond, fascinado más que asombrado, por aquella historia.

—Por supuesto que no siempre los acompañó el éxito. Tuvieron encontronazos con la Policía francesa y varios de los miembros de La Liga regresaron del continente con heridas de gravedad. Pero siempre consiguieron mantener el secreto de su identidad. Al menos, de manera oficial, porque me consta que gozaban del beneplácito de las altas esferas. Con la edad y los problemas de salud acabaron con su actividad y sus hazañas han ido quedando en el olvido.

—Sigo sin ver en qué me afecta todo lo que acaba de explicarme.

—Lo entenderá enseguida. Como ya habrá supuesto, mi nombre no es Bates. En realidad, soy lord Percy Armand Blakeney, nieto de la Pimpinela y, tras la desaparición de mi amigo Dewhurst, el último de los miembros de La Liga que sigue vivo y, en cierta medida, activo.

—¿El señor Dewhurst era miembro de La Liga? —se sobresaltó Esmond.

—De hecho, era descendiente de lord Anthony Dewhurst, uno de los compañeros de Blakeney. Y uno de los que más fielmente siguieron a su lado.

—Pero lo que es evidente es que aquellos objetivos altruistas de La Liga fueron sustituidos por finalidades meramente lucrativas. Aunque por supuesto no soy quién para condenarlos por ello, no consigo encontrarles una justificación razonable.

—Le comprendo perfectamente, amigo mío. Aunque es posible que usted no comparta nuestro punto de vista, puedo asegurarle que tanto Isaias como yo mismo y, por supuesto todos nuestros compañeros, nos sentíamos no solo justificados sino incluso orgullosos de nuestras actividades.

El último descendiente de la Pimpinela Escarlata fue desgranando argumentos que podían ser juzgados como muestra de la más desprendida generosidad o del más descarado cinismo, según el ánimo de quien los escuchase. En definitiva, le explicó, lo más importante es que las víctimas de sus robos eran siempre poseedores de fortunas considerables, por lo que no existía perjuicio material relevante. Por otra parte, el origen de sus riquezas no siempre era respetable: desde el comercio de esclavos hasta la especulación con bienes de primera necesidad durante las guerras napoleónicas. Además, el producto de sus robos se destinaba a situaciones de necesidad, tal como había hecho La Liga de la Pimpinela Escarlata en el pasado. Había una norma no escrita que se respetaba a rajatabla: el dinero se repartía de manera anónima allí donde se hubiese realizado el robo, bajo el criterio de que la víctima debiera haber dedicado parte de su fortuna a aliviar la pobreza de su entorno.

—Últimamente no hemos tenido más remedio que confiar la acción a un antiguo colaborador de la más absoluta confianza: el Hombre de Gris que ya ha conocido. Aunque no le oculto que esta fórmula no nos producía, ni a Isaias ni a mí, la misma satisfacción que cuando éramos nosotros los que llevábamos a cabo nuestras pequeñas travesuras —concluyó lord Percy Armand Blakeney con la naturalidad de quien acaba de explicar el desarrollo de una cacería de faisanes en sus tierras de Yorkshire.

5

La decisión

En el despacho se había hecho el silencio. El último miembro vivo de La Liga de la Pimpinela Escarlata le estaba tendiendo a Esmond una inteligente trampa moral.

—Entenderá que a Isaias y a mí nos entristecía la idea de que La Liga se extinguiese sin más. Por ello mi buen amigo había concebido la esperanza de que usted siguiese con nuestra labor. ¿Puedo suponer que estaba en lo cierto?

—Si él confiaba en mí hasta este punto, no debo defraudarle.

Esmond contestó sin apenas sopesar las consecuencias, pero experimentó la absoluta placidez que sigue a la toma de una decisión difícil. Desaparecieron de súbito las dudas y los miedos que le habían atenazado cada vez que contemplaba el icono bizantino, que parecía devolverle una mirada irónica desde su biblioteca. Y supo que, por primera vez después de semanas, conciliaría el sueño con facilidad sin que le asaltaran pesadillas aterradoras.

—Estaba convencido de que Isaias no se equivocaba. Creo que él le está aplaudiendo desde allí donde se encuentre. Por mi parte, le aseguro que acaba de darme la mejor noticia que recibo desde hace muchos años. La posibilidad de volver de algún modo a la acción me hace sentir todavía joven. Permítame que le dé un abrazo.

Percy se había puesto en pie y a Esmond le pareció más alto y más fornido que cuando entró en el despacho. Y por la fuerza con que le estrechó entre sus brazos, se dijo que efectivamente lord Blakeney acababa de recuperar algo de su juventud aventurera.

—No sé si cometo el mayor error de mi vida, pero puede usted contar conmigo. Aunque sigo pensando que lo más probable es que defraude sus expectativas.

—Algo me dice que está usted en un error. De todos modos, la mejor manera de comprobarlo es entrar en acción. Tengo ya una idea que me gustará explicarle ante una buena mesa y con una copa de buen vino en la mano.

La berlina de lord Blakeney, cuyo espléndido tiro había impresionado al empleado de la tienda, los condujo hasta Maiden Lane para detenerse ante la puerta de Rule's. Durante los casi treinta minutos que duró el trayecto ninguno de los dos había pronunciado una sola palabra. Tan solo cuando hubieron cruzado el umbral del reputado restaurante, precedidos por el *maître*, que se había apresurado obsequioso a acompañarlos a su mesa en cuanto reconoció al lord, este se dirigió a Esmond:

—Espero que mi elección sea de su agrado. Quizás he pecado de descortés al no consultarle antes de venir, pero estoy seguro de que me disculpará en cuanto le explique los motivos por los que este restaurante es uno de mis preferidos en Londres.

—Le aseguro que ha acertado usted plenamente. *Mister* Dewhurst me invitó varias veces y siempre disfruté de la cocina…

—Aunque la calidad de la cocina lo justificaría, el motivo de nuestra predilección es muy distinto. Aquí se reunían los miembros de La Liga desde que Rule's se inauguró en 1798. Seguro que aquí tramaron más de un asalto a las arcas francesas.

A principios de aquel año, mientras Napoleón iniciaba su desastrosa campaña de Egipto, el joven calavera Thomas Rule sorprendió a su familia anunciando que abandonaba su vida desordenada y sentaba la cabeza abriendo en el número 35 de Maiden Lane, en pleno Covent Garden, un *oyster bar* que, además de ostras, ofrecería caza, pasteles y todo tipo de *puddings*. Contra los pronósticos que desconfiaban de la seriedad del díscolo Thomas, su local se ganó rápidamente el aprecio de una clientela fiel y se convirtió en un lugar de moda frecuentado por intelectuales, políticos y aristócratas. En su comedor se brindaba cada vez que llegaban noticias de alguna derrota del Corso. Cuando se supo que Nelson había cañoneado y tomado Abukir, el propietario invitó a todos sus comensales. Y cuando se rindió Kleber, el general al mando de las tropas francesas en Egipto, tras el precipitado regreso a París de un Napoleón temeroso de quedar al margen del nuevo reparto de poder que se proponía efectuar el Directorio, se agotaron las existencias de whisky de la bodega de Rule's. Cerca de un siglo después, a las mesas del más antiguo restaurante de Londres seguían sentándose personalidades de la vida pública en sus sofás semicirculares, tapizados en terciopelo rojo, que convenientemente restaurados permanecían inmutables desde su inauguración.

—Comprenderá, Esmond, que tuviésemos una particular devoción por este cuartel general de nuestros abuelos y, después, de nuestros padres. —Percy remató con una sonrisa su larga exposición sobre la historia del restaurante—. Estoy seguro de que usted también se convertirá en un asiduo.

Solo entonces dirigió su atención a la carta que le entregó el *maître*.

—Veo que tenemos becadas. Por la época del año, deben venir de Escocia, supongo.

—Así es, *sir* Percy. Acaban de llegar esta mañana. Las preparamos a la manera tradicional, como usted sabe, con higaditos de otras aves y *foie*.

—Lo sé, lo sé. Es como las prefiero. ¿Qué me dice, Esmond, le apetece un plato de caza, una de las especialidades de la casa?

—Si usted lo recomienda, le acompañaré con mucho gusto.

—Pues si le parece, mientras las preparan podemos abrir boca con unas ostras y una copa de *champagne*. Para las becadas, propongo un Romanée-Conti.

Sentado en aquel mullido sofá semicircular, que proporcionaba privacidad a los comensales sin abdicar del principio de ver y ser visto que practicaban políticos y próceres de la City, Esmond no se sentía desplazado en aquel ambiente, aunque era notablemente más joven que la media de los clientes. Aunque no poseía un título ni un asiento en la Cámara de los Lores como alguno de los presentes, podía codearse con ellos tanto por su saneada fortuna, que debía a la bondad y a las enseñanzas de su protector, como por sus conocimientos. Tras la cena, Percy abordó el asunto principal:

—Creo que ha llegado el momento de que le exponga mi propuesta. Nada mejor para la ocasión que un excelente Cour-

43

voisier de 21 años que la casa reserva para los amigos. Lo único que me molesta de esta bodega es que uno de sus mejores *cognacs* se llame Napoleón, cosa lógica porque para los franceses el pequeño cabo sigue siendo un ídolo nacional.

Tras observar con atención cómo el sumiller vertía con exquisito cuidado el *cognac* en sus copas, Percy preguntó:

—¿Conoce usted Sevilla, Esmond?

—No, señor. En realidad, nunca he estado en España.

—¿Le dice algo el nombre del duque de Alba?

—Pues, si no recuerdo mal de mis días de colegio, creo que fue un general que aplastó la rebelión de las provincias de los Países Bajos, que se oponían al dominio español.

—Efectivamente, el más importante general que ha tenido España en toda su historia y, según los holandeses, también el más sanguinario. Un hombre muy poderoso en su tiempo, mimado por su rey, a pesar de lo cual solía afirmar: «Los reyes usan a los hombres como si fueran naranjas: primero exprimen su jugo y luego tiran la cáscara». El actual duque acumula títulos nobiliarios y enormes propiedades. Y como la familia tiene una larga tradición de mecenazgo, atesora también una impresionante colección de obras de arte y documentos históricos en sus palacios diseminados por toda la geografía española. Por cierto, resulta curioso que desde hace apenas cien años, los duques de Alba llevan el apellido Fitz-James Stuart, porque cuando murió sin descendencia la XIII duquesa de Alba, María Teresa de Silva, el título pasó a un pariente lejano, el duque de Berwick, descendiente de un hijo ilegítimo de nuestro Jacobo II.

Esmond seguía con atención aquellas explicaciones que, como ya le había ocurrido cuando Percy le habló de La Liga de la Pimpinela, no parecían guardar la menor relación con él. La reciente experiencia le decía, sin embargo, que pronto conocería sus auténticas intenciones.

—Le he preguntado por Sevilla —retomó Percy, que parecía haberle leído el pensamiento— porque, seguramente, de todos los palacios de los Alba, el de Liria, en Madrid, es el más rico de todos, pero el de Las Dueñas, en aquella ciudad, no le va a la zaga.

—Y usted se ha propuesto desvalijarlo —le interrumpió Esmond con una sonrisa que pretendía enmascarar su aprensión.

—No, por favor, «desvalijar» es una palabra de muy mal gusto. Lo que pretendo es tan solo un ligero cambio de propietario. Estoy convencido de que los duques ni siquiera lo percibirán, entre tantas magníficas obras de arte que llenan sus salones.

Percy le expuso su profunda admiración por Francesco Furini, un pintor italiano de principios del XVII del que Esmond apenas tenía una somera noticia.

—Me fascina la morbosa sensualidad de sus desnudos femeninos —le confesó—, mucho más chocante si tenemos en cuenta que era un hombre profundamente religioso.

Desde que lo descubrió durante un viaje a Italia, había sentido la necesidad imperiosa de añadir uno de sus desnudos a su colección, pero tan solo había localizado uno que estuviese en manos de particulares, *La creación de Eva*, precisamente en el palacio de Las Dueñas.

—Que es, como habrá comprendido, el que quisiera que usted me ayudase a conseguir.

—No voy a volverme atrás en mi decisión, pero no me imagino cómo supone que voy a ser capaz de hacerme con este cuadro en una ciudad que no conozco, en una casa que debe estar llena de sirvientes y sin saber una palabra de español.

—Comprendo su aprensión, pero soy consciente de su inexperiencia y puedo asegurarle que se trata de un trabajo sencillo, ideal para que usted se inicie en nuestras andanzas. Además, contará con el apoyo de Marcus Forrester, nuestro Hombre de Gris, que se ocupará de los pequeños detalles. Por cierto, ¿monta usted a caballo?

—Sí, señor. Creo que razonablemente bien.

—Magnífico, nos va a ser muy útil —respondió Percy, que dio por zanjado el tema.

Si de lo que había considerado «pequeños detalles» debía ocuparse el Hombre de Gris, de los grandes se hizo cargo personalmente Percy. El viaje a Sevilla lo realizarían en el Lady Rosalinda, su magnífico yate, una obra de arte de treinta y dos metros de eslora salida de los astilleros escoceses de William Fife and Sons, que era capaz de superar, con el viento adecuado, una andadura de entre doce y quince nudos gracias a su impresionante velamen. Viajarían acompañados de un pequeño grupo de aristócratas amigos del armador, deseosos de parti-

cipar en la pintoresca costumbre de los andaluces que peregri-
nan durante días por los arenales y las marismas de Doñana:
unos, encaramados en floridas carretas o a lomos de caballerías
enjaezadas más o menos lujosamente según los posibles de su
jinete; otros, los más pobres o los más esforzados, a pie; todos
para ofrecer sus plegarias y sus ruegos a la Virgen del Rocío,
la Blanca Paloma en el decir del pueblo, que sale de su ermita
en Almonte a recibir el homenaje, a menudo desgarrado, de sus
devotos. Y todo ello entre cantes, bailes y cantidades notables
de vino de la tierra.

La llegada de un grupo de aristócratas ingleses para participar en el Rocío no habría de pasar desapercibida al cónsul británico, que se ocuparía de que fuesen invitados a la fiesta que,
dos noches antes de la salida de la peregrinación, ofrecían los
duques de Alba a los romeros de postín. También, por encargo
de Percy, habría de proporcionarles las mejores monturas para
seguir la romería.

—Una excelente oportunidad para que conozca usted el edificio por dentro y, sobre todo, el emplazamiento exacto del cuadro —comentó Percy.

—Cosa que no servirá de nada si no consigo entrar de nuevo en la casa, que imagino bien guardada. —Esmond se sorprendió por la facilidad con que había asumido su papel.

—Por eso no se preocupe usted, Forrester es un experto en
cerraduras, si hiciese falta. Y en cuanto a la servidumbre, habrá
acudido a jalear la salida de las carretas con las que sus señores
participan en la romería y a celebrarlo con un notable consumo de fino y de manzanilla. Con toda seguridad, tendrá usted
tiempo más que suficiente de unirse al cortejo, que sale de madrugada, después de sustituir el cuadro.

—¿Sustituir, dice usted?

—Cierto. Perdone, pero olvidaba un detalle fundamental.
Forrester le proporcionará una copia que ha hecho un estudian-
te sevillano de Bellas Artes. Es bastante mala pero suficiente.
Usted solo tendrá que separar el lienzo auténtico de su marco y
colocar la copia en su lugar.

—Pero enseguida se darán cuenta del cambio.

—No lo crea. Cuando uno vive con las paredes tapizadas de
cuadros, acaba por no prestarles atención. Máxime en el palacio

de Las Dueñas, que, a causa del calor de Sevilla, se halla en una semipenumbra salvo cuando los propietarios dan una fiesta o se ofrece una recepción, que suelen celebrarse en los jardines. El único pequeño riesgo —prosiguió Percy con una sonrisa— es que se encapriche usted de alguno de los objetos preciosos que abarrotan cómodas y canteranos, con lo cual pierden parte de su esplendor. Posiblemente tampoco los echarían en falta durante mucho tiempo, pero aunque no fuese así, ¿quién sospecharía de un *gentleman*?

—¿Y cuándo se supone que debo partir?

—Veamos, la romería sale el lunes de Pentecostés. Tenemos más de un mes por delante. Calculo que en el peor de los casos, suponiendo que el tiempo complicase la navegación, la travesía tomaría unos diez días. Por tanto, contamos con dos semanas largas para los preparativos.

—¿Qué tipo de preparativos, *sir* Percy?

—En primer lugar, entiendo que necesitará un tiempo para dejar los asuntos de la tienda en manos del buen Alistair, que contaba ya con la confianza de Isaias. Y luego hay que equiparle a usted adecuadamente. Tenga en cuenta que estos rancios aristócratas españoles dan mucha importancia a las apariencias. Y lo que se espera de un caballero inglés es que destaque por su discreta elegancia.

47

Al día siguiente, Percy acompañó a Esmond a su sastre en Savile Row.

—Esta sastrería —le explicó— la fundó Henry Poole en 1806 y enseguida se ganó el aprecio de mi abuelo, que como usted sabe era un exquisito dandy, aparentemente solo preocupado por su aspecto. Sus compañeros de La Liga también vinieron a vestirse aquí y enseguida los siguieron otros jóvenes y no tan jóvenes aristócratas, con lo que el señor Poole se convirtió en el sastre de moda. Yo sigo vistiéndome aquí por su excelente corte, pero también porque me gusta imaginar entre sus paredes a mi abuelo y a sus amigos.

Bajo la experta atención de Percy, el guardarropa de Esmond dio un notable salto cualitativo y cuantitativo. Un frac —imprescindible para la fiesta en casa de los Alba; unos *breeches* de canutillo, con sus botas de montar y una chaqueta de lino con cierto corte militar, y tres trajes en tejidos ligeros adecuados para el calor de Sevilla. Camisas, corbatas y varios pares de zapatos completaron el ajuar.

—No tenemos tiempo más que para una sola prueba, de manera que el señor Sinclair y yo volveremos dentro de una semana. Estoy seguro de que estará todo listo y perfecto, como es norma de la casa —puntualizó el lord, que se despidió sin dar opción a réplica por parte de los dependientes—. Tan solo falta que nos ocupemos de proveerle de algún sombrero adecuado. Vamos a ir a Lock, en Saint Jame's Street, que es el sombrerero de mi familia desde los tiempos en que uno de mis antepasados sirvió a las órdenes de Nelson, que ya encargaba sus tricornios en esa casa.

Esmond, apenas repuesto de la ajetreada sesión sartorial a la que le habían sometido, descubrió que un caballero inglés no merecía tal consideración si las medidas de su cabeza no estaban inventariadas en aquella sombrerería que alardeaba con razón de ser la más antigua de Inglaterra y hasta del mundo, y que tenía el mismo aspecto que cuando abrió sus puertas dos siglos atrás. Tras un complicado proceso de medición de su cráneo, efectuado con un aparato que recordaba un instrumento de tortura, salió a la calle equipado para la aventura que le esperaba.

—El panamá que ha escogido me parece una elección muy adecuada. Además, lo han bautizado Seville, lo que resulta un excelente augurio —comentó Percy no sin cierta ironía.

6

Sevilla

*E*l Esmeralda estaba fondeado dos o tres millas río abajo de Sevilla. Había navegado con buen viento desde Southampton hacia su destino en Barcelona donde, salvo imprevistos, iba a tener su puerto base. Simon, en la proa, contemplaba el mismo paisaje que había desfilado ante los ojos de sus padres, cuando tras su romántica boda navegaron hacia Inglaterra a bordo del Lady Rosalinda, el yate de lord Blakeney. Había querido rendir homenaje a su recuerdo rememorando aquel viaje iniciático que fue la primera experiencia de su padre como miembro de La Liga de la Pimpinela Escarlata, y gracias al cual había conocido al amor de su vida. Al igual que entonces, unos disparos desde el barco hicieron levantar el vuelo a grandes bandadas de flamencos que dormitaban en las marismas sobre las que el sol naciente proyectaba una luz anaranjada. Y como le sucediera años atrás a su padre, Simon quedó fascinado por el espectáculo de sus alas rosadas moviéndose contra el fondo del cielo.

Esmond Sinclair había explicado infinidad de veces a su hijo que aquella travesía le había hecho concebir el deseo de poseer su propio barco, que se había materializado en la construcción del Esmeralda. A bordo del Lady Rosalinda había descubierto que el tiempo transcurre a un ritmo distinto en el mar. Su superficie monótona ejerce una suerte de embeleso que hace que las horas corran insensiblemente, y los diez días de travesía se le antojaron cortos.

Los compañeros de viaje que había reunido lord Blakeney, cuyos títulos le habían infundido a Esmond un cierto respeto, le trataron desde el primer momento como a un igual, como si el hecho de gozar de la amistad de Percy supliese al mejor de los blasones. Y Marcus Forrester, que demostró un inesperado dominio del español, los entretuvo con unas improvisadas clases sobre los rudimentos indispensables para manejarse durante su estancia en Sevilla.

El Lady Rosalinda atracó con precisión al pie de la Torre del Oro y cuando quedó amarrado al muelle, la pequeña multitud de curiosos y desocupados que seguía la maniobra, ejecutada por una tripulación perfectamente uniformada y disciplinada, agradeció con una salva de aplausos la distracción que les habían proporcionado. Las noticias volaban en aquella plácida ciudad andaluza, poco más de una hora después de adelantada la pasarela sobre el malecón, se detenía ante la misma un elegante landó con la capota recogida del que se apeó un caballero de innegable aspecto inglés.

—Soy Abel Chapman, agente consular de Su Majestad británica y desearía ver a lord Percy Armand Blakeney —proclamó dirigiéndose al marinero que había acudido a recibirle, al tiempo que le entregaba su tarjeta.

50

Resultó que el cónsul era un importante exportador de vinos, establecido en Jerez de la Frontera, pero sobre todo un apasionado naturalista y cazador, viajero empedernido, autor de varios libros sobre la fauna española y, junto con su socio Walter Buck, responsable del control de la caza en el Coto de Doñana, al que había dedicado muchas páginas en sus obras. Percy le recibió con la más expresiva cordialidad.

—No te quepa duda de que nuestra llegada es un acontecimiento para este caballero. Por lo que sé de él, recibe a muchos ingleses por negocios, pero lo que realmente le divierte es mostrar ese lugar fantástico que, al parecer, es el Coto de Doñana —le susurró a Esmond antes de acudir a su encuentro.

—He venido a darles la bienvenida en cuanto me han comunicado que estaban ustedes remontando el río. Quería ponerme a su entera disposición para todo lo que puedan precisar. No sé si tienen ustedes algo previsto, además de participar en el Rocío.

—Pues la verdad es que, después de leer lo que explica usted en su *Wild Spain,* nos gustaría mucho disfrutar de una partida de caza en Doñana. También hemos pensado en visitar las bodegas de mi buen amigo Tomás Osborne, en el Puerto de Santa María. Y por supuesto, presenciar una corrida de toros.

—Empezando por el final, me temo que en los próximos días no hay ningún cartel que valga la pena, incluso para unos viajeros ingleses, a los que se supone menos exigentes. Creo que les resultaría más interesante asistir a una tienta en alguna ganadería importante. Quizás la del duque de Veragua.

A la vista de los gestos de interés de lord Blakeney, el cónsul prosiguió:

—Si me lo permite, puedo ocuparme de organizarla porque tengo buena amistad con los capataces. Además, si el duque está en Sevilla, estoy seguro de que le encantará recibirles. Sería una buena ocasión para hacerse a las excelentes monturas que he reservado para ustedes, porque podrían ir a caballo hasta la finca. En cuanto a la visita a las bodegas de los Osborne, me atrevo a proponerle que la sustituya por las de Sandeman, que son de mi propiedad junto con otros socios.

El cónsul hizo una pausa para dar importancia a su siguiente propuesta:

—Por último, en lo referente al Coto, solo tienen que decirme el día y lo tendremos todo previsto. Haremos noche en el palacio de las Marismillas, en el centro del Coto, que aunque está algo destartalado, les parecerá lujoso después de la experiencia de una noche en el Rocío. También pondré armas a su disposición.

—Pues me parecen unas muy buenas sugerencias y se las agradezco vivamente, *mister* Chapman, aunque todos hemos traído nuestras propias armas. Confío también en que esté confirmada nuestra asistencia a la recepción en el palacio de los Alba.

—Por supuesto. Tienen los nombres de todos ustedes y no tardarán en recibir las invitaciones.

Como si hubiese escuchado las palabras del cónsul, un lacayo uniformado entregaba en la pasarela las invitaciones. Sobre un tarjetón de papel pergamino, una cuidada caligrafía en oro proclamaba: «Jacobo Fitz-James Stuart y Falcó, duque de Alba, tiene el honor de solicitar la presencia de... etcétera, etcétera». Esmond sintió un escalofrío al contemplar su nombre escrito con cuidadosa redondilla. Una vez más, le asaltaba el vértigo de intuir que estaba en un camino sin retorno posible. Aquel lujoso trozo de papel no dejaba de ser, simbólicamente, la llave de una puerta que, una vez franqueada, le llevaría a un futuro imprevisible.

El vivo perfume de azahar que llegaba hasta la cubierta del Lady Rosalinda, la brisa que subía desde el río y la mirada oscura de algunas muchachas que, camino del mercado con un cesto graciosamente apoyado en la cadera, aminoraban su andar al pasar ante el barco, como si quisiesen atraer su atención, aliviaron pronto su inquietud y despertaron su curiosidad.

—Me gustaría darme una vuelta por la ciudad, si usted no tiene inconveniente, *sir* Percy.

—Por supuesto que no. Procura no perderte por las callejuelas del centro que son laberínticas. Te voy a dar algo de dinero español, por si lo necesitas, pero sobre todo no se te ocurra darles ni una moneda a los chiquillos que se te pegarán a los talones en cuanto descubran que eres extranjero.

Percy le despidió con una cordial palmada en el hombro tras explicarle los detalles del dinero local: aunque la peseta había sido declarada moneda única pocos años antes, existía una variedad de valores bastante difícil de asimilar para un extranjero.

—Te esperamos para el almuerzo. Después podrás practicar la bendita costumbre local de la siesta, que te vendrá muy bien porque Forrester nos ha preparado un sugestivo programa nocturno.

Sin duda, el intenso tráfico portuario de aquella parte de la orilla del Guadalquivir, próxima a la Casa de la Moneda y a las Aduanas, había acostumbrado a los sevillanos a la presencia de todo tipo de extranjeros, pero aun así, cuando Esmond pisó tierra firme se vio rodeado de un enjambre de pilluelos que, con la mano extendida repetían incansables las dos únicas palabras inglesas que conocían: *mister* y *money*. Resultaba difícil seguir la recomendación de no darles alguna moneda contemplando sus ojos vivaces y la danza que trenzaban a su alrededor sus ágiles cuerpecillos morenos con los pies descalzos. Ante la imposibilidad de deshacerse de aquellos diablillos, no tuvo más solución que arrojarles un puñado de monedas en dirección contraria a la marcha; los rapaces se lanzaron a por el modesto botín y parecieron olvidarle una vez conseguido su objetivo.

Entretenido con el acoso de la tropilla infantil, Esmond se había internado por una callejuela que se abría a la zona portuaria. La profusión de flores, en especial geranios, que adornaban los balcones de aquellas sencillas viviendas, relucientes como si cada amanecida sus habitantes saliesen a enjalbegarlas, preservaban del calor al paseante. El suave sonido de una guitarra atrajo su atención. Procedía de una casa algo más pretenciosa que sus vecinas. Estaba atisbando el interior a través de la puerta entreabierta cuando la abrió del todo una hermosa mujer que le sonrió amistosamente al tiempo que con un gesto le invitaba a pasar.

Esmond no podía alardear de mucha experiencia en materia sexual. En todo caso, siempre habían sido encuentros mercenarios, porque las rígidas costumbres victorianas hacían impensable una relación íntima con las escasas muchachas con las que se relacionaba, todas hijas de familia cuyo objetivo era hacerse con un marido lo antes posible. De la mano de algún amigo más lanzado que él, había pretendido con fortuna varia a coristas de segunda fila y visitado algún prostíbulo londinense. Por ello tardó en darse cuenta de que acababa de cruzar el umbral de un burdel que en nada recordaba a los que él había conocido en Londres, con su recargada y algo opresiva decoración, su actividad más bien nocturna y su acceso discreto. Aquí, bajo los arcos de aquel patio florido, refrescado por el surtidor que murmuraba en el centro y a la luz del día tamizada por las enredaderas, un ramillete de muchachas jóvenes, de apariencia inocente pese a que apenas se cubrían con un ligero viso, parloteaban entre ellas, sentadas a la puerta de varias habitaciones en cuyo interior un lecho de apariencia mullida no dejaba lugar a la duda sobre la ocupación de aquellas parlanchinas. En un rincón del patio un guitarrista de aspecto ausente rasgueaba su instrumento. Una de aquellas chiquillas inició un cante de reminiscencias morunas mientras sus compañeras palmeaban acompañándola. De una en una, se fueron poniendo en pie para seguir con movimientos voluptuosos el ritmo que marcaba la guitarra. Esmond estaba fascinado ante aquel inesperado y sugerente espectáculo, consciente por fin de que estaba siendo objeto de una oferta sexual. Una oferta muy apetecible, vista la belleza y la sensualidad de la mercancía.

—Puede usted escoger la que más le guste, *mister*. Todas son muchachitas en flor que estarán muy contentas de servirle en lo que a usted le apetezca.

La hermosa mujer que le había franqueado la entrada le ofrecía además una copa de fino. Esmond no entendió lo que le decía, pero su expresión insinuante resultaba lo bastante explícita como para que le asaltase el deseo de experimentar la fogosidad de que, según sus lecturas desde Dumas a Victor Hugo pasando por Mérimée, andaban sobradas las españolas, en especial las andaluzas. Tuvo que hacer acopio de fuerza de voluntad para dar la espalda a la tentación.

—Muchas gracias, señora. Señoritas muy bonitas. No tiempo —balbuceó usando el escaso vocabulario que había retenido de las enseñanzas de Forrester, para despedirse precipitadamente de la *madame* y de sus pupilas con un sombrerazo que las debió dejar pasmadas por lo inesperado de su espantada.

La calle le recibió con un latigazo de calor más notable por contraste con el fresco patio que, muy a su pesar, acababa de abandonar. Se reconoció un tanto avergonzado, aunque su escapada no respondía a escrúpulos morales, sino a la más prosaica necesidad de regresar al barco puntualmente para el almuerzo y no incomodar a su mentor. El sol había alcanzado el mediodía y caía a plomo sobre el pavimento dando un aspecto distinto a las calles. Esmond empezaba a sentirse desorientado sobre la dirección a tomar para llegar a la orilla del Guadalquivir cuando desde la sombra de un portal surgió un chiquillo.

—*Mister, mister*, ¿barco, barco? —le preguntó con una sonrisa.

—Sí, barco, barco. Deprisa —le contestó al tiempo que apretaba el paso tras el muchacho, que casi corría delante de él.

A los pocos minutos, con un suspiro de alivio, avistó el mástil del Lady Rosalinda descollando sobre un tejado. Y como el precio de un servicio está en función de la utilidad de lo que recibes más que en el esfuerzo del que te lo ha prestado, decidió que aquel muchacho que intuyó que el *mister* perdería el camino de regreso, merecía una compensación adecuada y depositó en su mano una moneda de duro. Eran de ver los ojos del chiquillo, desorbitados por la sorpresa, su sonrisa de oreja a oreja y el intento, que por supuesto Esmond rechazó, de besarle la mano entre expresiones de gratitud.

54

7

Debut de un ladrón

*D*ías más tarde, los coches de punto alquilados por el eficiente Forrester dejaron a los invitados ingleses ante el portal de los jardines del palacio de Las Dueñas, rematado con el escudo de los Alba en azulejo trianero. Una sucesión de hachones de hierro forjado y complicado diseño señalaban el camino hacia la casa principal. Esmond contempló con admiración de experto los dos bustos romanos que, sobre columnas de mármol, flanqueaban la arcada del patio de estilo gótico mudéjar, alegrado por geranios de todos los colores dispuestos en maceteros cerámicos y refrescado por el surtidor. Un lacayo los precedió por una sucesión de patios hasta llegar al que acogería la cena. Alrededor de la fuente central, una serie de mesas lujosamente dispuestas esperaban a los invitados, y en un escenario lateral, tres guitarristas animaban el ambiente.

Bajo los soportales, los anfitriones recibían a sus invitados. Abel Chapman, que había estado acechando la llegada de sus compatriotas, se precipitó a hacer las presentaciones. Para sorpresa de Esmond, que se sentía muy a gusto dentro del frac que usaba por primera vez en su vida, el duque y la duquesa vestían al estilo tradicional de la tierra, interpretado sin duda por el mejor sastre y la mejor modista de Sevilla. El duque ceñía su cuerpo espigado con una chaquetilla corta de seda negra, con bordados del mismo color en cuello y puños, y un ajustado pantalón gris a rayas. La duquesa realzaba su figura con un vestido de entallado corpiño y falda de faralaes; una moda basada en la humilde indumentaria de las gitanas que acudían al mercado desde los alrededores de Sevilla y que las aristócratas sevillanas habían empezado a usar para dar fe de casticismo. Entre la concurrencia, no pocos caballeros vestían como el duque y muchas mujeres lo hacían como la duquesa, lo que daba un inusual colorido al conjunto.

Un camarero se acercó a Esmond presentándole unos catavinos en una bandeja de plata. Estaba dudando entre tres tipos de vino, distintos a juzgar por el color, cuando el cónsul británico acudió en su socorro.

—Yo le recomiendo el de color intermedio, un fino. Este más clarito es una manzanilla que quizás le resulte demasiado ligera. Y este de color dorado es un amontillado, muy seco, con mucho cuerpo y mucho grado, que me parece excesivo para el aperitivo.

—Me temo que voy a desatender sus consejos y me inclinaré por la manzanilla, porque es el único que conozco —le replicó con una sonrisa.

—También es buena elección, no crea. Sucede que es un vino poco viajero y apenas sale de Andalucía, así que me sorprende que sepa usted de él.

—Solo lo conozco de nombre porque Mérimée lo menciona en su *Carmen*, que leí en cuanto supe que iba a viajar a Sevilla.

—Tiene usted razón. No conozco la novela, pero he visto varias veces la ópera de Bizet y es verdad que la menciona en un aria, «Près des remparts de Séville». Vamos a bebernos unas cañas como mandan los cánones.

Y cogiéndole del brazo, lo llevó hasta donde un personaje vestido al estilo campero introducía un raro artilugio en la bota de la que extraía el vino que, con una precisión admirable, abocaba desde considerable altura en la caña que sostenía en la otra mano.

—Es un venenciador —precisó Chapman—, lo que maneja es la venencia, que, como ve, es un recipiente cilíndrico en el extremo de una varilla flexible, hecha con una barba de ballena, que tiene la capacidad exacta para llenar un catavino. De este modo, la venencia atraviesa lo que se llama el «velo de flor», que es la capa de levadura que recubre la superficie, sin mezclarse con ella, y el vino conserva todo su aroma y su sabor.

—Realmente tiene un aroma insuperable y muy ligero.

—Ligero, sí, pero no se deje engañar. «Entra», como dicen aquí, muy bien, casi sin darte cuenta, así que las borracheras están a la orden del día.

Abel Chapman conocía a todo el mundo y, al parecer, todo el mundo le apreciaba.

—Mire. Ahí tenemos a Lagartijo. Usted le conoció en la tienta de la otra tarde. Vamos a saludarle.

Lagartijo era un cordobés cetrino que debía rondar la cuarentena y que llevaba con cierta retranca el título de Califa del Toreo que le había otorgado Mariano de Cavia, el crítico más respetado del momento. Esmond, que no había visto un toro en su vida y mucho menos a un torero en faena, se quedó impresionado viendo la facilidad con que el diestro hacía evolucionar al animal al ritmo que le marcaba un simple trozo de tela y su aparente desprecio por una cornamenta que le pareció enorme. Como buen inglés, agradeció que la práctica incruenta de la tienta le ahorrase contemplar el sufrimiento del toro, pero se horrorizó cuando le explicaron que lo que estaba viendo era como un juego y que el animal que tanto le impresionaba no era más que un jovenzuelo que duplicaría su peso y el tamaño de sus pitones cuando alcanzase la edad adulta y saliese a la plaza para ser lidiado. Lo que, a juicio de los presentes, justificaba plenamente, por lo igualado, el combate del hombre y la bestia.

El torero agradeció los elogios a su arte traducidos por el cónsul y quiso saber los motivos de la presencia de aquel grupo de ingleses en la ciudad. Le sorprendió que pensasen participar en la romería del Rocío.

—No sabía yo que nuestras cosas llegasen tan lejos, pero me alegro mucho de que así sea. Ahora entiendo lo bien montados que les vi el otro día. Espero que me hagan ustedes la merced de acercarse a mi carreta para acompañarnos con una copa en la mano.

El cónsul se había ocupado de proporcionarles unos magníficos ejemplares de pura raza andaluza que sorprendieron a los visitantes por su planta, tan distinta del caballo inglés que montaban en su tierra. Al recogerlos en la yeguada, situada en los alrededores de Jerez de la Frontera, a poca distancia de un antiguo convento de monjes cartujos vacío y abandonado, el capataz les explicó la peripecia de aquellos animales singulares.

57

«Cuando los franceses, que Dios mande al infierno, pasaron por aquí, arramblaron con todo lo que pudieron y más. Según la tradición, los pobres cartujos tuvieron que salir por piernas. Pero consiguieron llevarse parte de la yeguada que estaban criando y esconderla en la Breña del Agua. Después la compró la familia Zapata, su propietaria actual, que los ha cuidado y mejorado, con el resultado que pueden ustedes apreciar.»

Unos discretos golpes de gong interrumpieron la conversación con el torero y Esmond, tutelado siempre por el cónsul, se dirigió a la mesa que le habían asignado.

—Aquí nos separamos por el momento, amigo mío. Yo estoy en una mesa con otros cónsules —se despidió.

Esmond había tenido ya un primer contacto con la cocina andaluza en el tablao al que los había llevado Forrester. El cocinero estaba al mismo nivel que guitarristas, cantaores y bailaoras, que los habían defraudado. Ahora contemplaba con aprensión el menú impreso donde aparecían una serie de nombres incomprensibles. Pronto pudo comprobar que sus temores eran infundados, porque el refrescante gazpacho que abrió la cena le pareció exquisito, así como el resto de los platos, en los que el cerdo preparado de formas diversas alternaba con pescados de los que ni siquiera conocía la existencia, para terminar con una serie de dulces que, según le explicó en correcto inglés la enjoyada dama sentada a su vera, eran una de tantas herencias de los árabes que durante ocho siglos señorearon aquellas tierras.

Un excelente brandi local, que nada tenía que envidiar a los coñacs que conocía, y un magnífico habano culminaron su reconciliación con aquella gastronomía que acababa de descubrir y le dispusieron a contemplar con la mejor disposición el espectáculo que ofrecía un pequeño grupo de bailaoras jaleado por un par de palmeros y animado por los tres guitarristas, uno de los cuales dejaba en algún momento su instrumento para entonar, con una voz sorprendentemente armoniosa a pesar de su tono ronco, un cante que por supuesto le resultaba incomprensible, pero que parecía hechizar a la concurrencia. Una de las muchachas que evolucionaban con gracia sobre el tablao le llamó poderosamente la atención porque su cabellera rubia, sujeta en un moño, y su piel blanca destacaban entre aquellas bellezas morenas. Sus movimientos, sus manos

58

y su potente taconeo, sin embargo, la igualaban con ellas o incluso las superaba. Pensó que algo debía traslucirse de su interés porque cuando el grupo agradeció desde el escenario los aplausos, le pareció que la muchacha rubia correspondía a su mirada con una media sonrisa.

—Creo que ha llegado el momento de darse una vuelta por los salones para admirar sus obras de arte. —Percy le sacó de su ensoñación con cierto retintín que le devolvió a una realidad que casi había olvidado.

Mientras se formaban corrillos que, copa en mano, comentaban la velada, algunas damas que vestían el traje de la tierra se habían animado a bailar al ritmo de las guitarras, acompañadas por los caballeros que, con sus chaquetillas camperas, hacían gala de un andalucismo lujosamente interpretado por el sastre de moda. Resultaba difícil avanzar entre la animada concurrencia, sorteando además a los bailarines, hacia la escalera que llevaba a la galería superior y a los salones de respeto. Cuando en su recorrido coincidieron con la dueña de la casa, Percy se detuvo para cumplimentarla por la exquisita velada.

—Me alegra mucho oírselo decir, *sir* Percy. Ya sabe usted que mi familia es medio inglesa, de manera que nos gusta recibir a un grupo de casi compatriotas. Por cierto —se interrumpió la duquesa volviéndose a la joven que estaba a su lado—, creo que no conocen a mi sobrina Esmeralda.

—Es un placer, señorita. La he visto bailar maravillosamente. Permítanme que les presente a mi joven amigo, el señor Esmond Sinclair.

Este se había quedado estupefacto al descubrir que la bailaora rubia era sobrina de la duquesa y, como ella, hablaba un inglés perfecto. La sonrisa con que le correspondió a su breve inclinación de cabeza le convenció de que no había estado desencaminado al imaginar que le miraba con curiosidad durante su actuación.

—Estábamos intentando cruzar entre los invitados para dar una vuelta por los salones de su precioso palacio. Quisiera mostrarle a Esmond que, pese a su juventud, es uno de los anticuarios más expertos de Londres, las maravillas que atesora.

—Pueden ustedes disponer a su gusto. Aunque Esmeralda podría acompañar a su amigo y yo le secuestro a usted para que me ponga al día de los últimos cotilleos de Londres. ¿Te parece bien, Esmeralda?

—Por supuesto, tía. Si el señor Sinclair está de acuerdo con el cambio de cicerone, le acompañaré con mucho gusto —respondió la muchacha con un coqueto mohín que hizo sonreír a los mayores, al tiempo que con toda naturalidad tomaba del brazo a Esmond y se encaminaban hacia la escalera principal.

Esmond no podría haber estado más de acuerdo con la sugerencia. De cerca, Esmeralda resultaba aún más atractiva. El color de sus ojos hacía honor a su nombre, y su melena suelta relucía de un rubio dorado que enmarcaba un rostro de proporciones perfectas en el que unos labios carnosos alejaban cualquier sospecha de frialdad. Aunque él procuraba evitar que su mirada descendiese indiscreta, la ceñida bata de cola moldeaba un cuerpo armonioso, acorde con lo que él suponía debía corresponder a una española de raza.

Cuando estaban a punto de franquear el arco que daba acceso a uno de los salones, Esmeralda le señaló el camino con un gesto teatral.

—Supongo que un importante anticuario no necesitará que una muchacha como yo le dé explicaciones sobre todo esto.

—Al contrario, Esmeralda. Le aseguro que todo lo que usted pueda explicarme sobre esta mansión me interesa muchísimo.

—No le creo. Seguro que lo dice por cortesía. Pero de todos modos le complaceré. Para empezar, sepa usted que, según los últimos inventarios, el palacio encierra cerca de mil quinientas piezas de valor, entre muebles, tapices, pintura, escultura clásica, especialmente romana, casi toda desenterrada en las fincas de la familia.

Esmeralda desgranaba sus explicaciones mientras recorrían los salones, deteniéndose para señalar alguna pieza por la que sentía predilección. Entones le brillaban los ojos y Esmond apenas la escuchaba, contemplando la gracia con que gesticulaba o se sentaba en un sofá, imitando las maneras de una gran dama.

—Los Alba han sido siempre grandes mecenas, por eso han ido atesorando obras de los pintores más importantes: Goya, Murillo, Tiziano, Rubens, Mengs, Fra Angélico, Veronese y otros menos conocidos pero igualmente valiosos, como Bassano o Furini.

Se sobresaltó al oír el último nombre. Casi había olvidado la razón de su presencia en el palacio de Las Dueñas y ahora Francesco Furini interrumpía su embeleso y le devolvía a la cruda realidad: era un ladrón que no tenía ningún derecho a soñar despierto con la sobrina de quienes iban a ser víctimas de su rapiña.

—Conozco el nombre de Furini, pero no su obra. Me gustará mucho ver el cuadro.

—Ahora mismo vamos a verlo. Se llama *La creación de Eva* y, en opinión de mi tía, no es apto para señoritas.

La obra ocupaba un lugar relativamente destacado en un salón cuyo techo octogonal llamaba la atención por el arrocabe renacentista sobre el que se asentaba. Para alivio de Esmond, el cuadro estaba situado a una altura accesible. Mirándolo con Esmeralda a su lado comprendió los comentarios de Percy sobre la voluptuosidad de la pintura.

—Creo que mi tía se equivoca. Este cuadro, en realidad, no es apto para caballeros, ¿no le parece, Esmond?

—Resulta muy sugestivo, no se lo puedo negar —contestó algo desconcertado ante el pícaro comentario de Esmeralda, que le sorprendía con su mezcla innata de seriedad y gracia.

La muchacha consideró que su misión como cicerone quedaba cumplimentada con la contemplación de las rotundas formas de Eva y propuso rematarla con un recorrido por los jardines. La noche había refrescado el ambiente y el paseo bajo la luz de una luna que estaba a punto de alcanzar la plenitud, rodeados por el omnipresente aroma de azahar, invitaba al silencio. Al cabo, Esmeralda sugirió sentarse en uno de los bancos que jalonaban estratégicamente las cuidadas veredas. Tras unos minutos en que ambos parecían temer romper el evidente hechizo, fue ella quien habló:

—No sé por qué se lo explico, pero quería decirle que la duquesa no es mi tía, aunque me trata como a una sobrina de verdad. Y yo la quiero como si fuese mi tía.

Esmeralda había sentido de repente la necesidad de explicarle su vida a aquel joven al que acababa de conocer y al que no volvería a ver cuando regresase a su país. No sabía que la pulsión de confiarse a alguien es una de las muestras de que algo parecido al amor empieza a florecer. Así, le hizo saber que era la menor de cuatro hermanos, nacida cuando ya sus padres no esperaban más descendencia. Su padre, Eusebio de la Vega, era un abogado de prestigio que se ocupaba de los asuntos legales de los Alba desde hacía muchos años. Su madre y la duquesa eran amigas íntimas desde niñas y por este motivo cuando murió, víctima de unas fiebres malignas, la duquesa proyectó su afecto en la hija, que contaba apenas diez años. Desde entonces Esmeralda creció prácticamente en casa de los Alba, ya que su padre, senador electo, pasaba largas temporadas en Madrid, y sus hermanos, casados y con hijos, tenían ya sus propios hogares. Fue la duquesa quien se ocupó de que estudiase en un excelente colegio en Inglaterra y de que tuviese los mejores tutores posibles en Sevilla. Gracias a ese celo, la madurez y el nivel cultural de Esmeralda estaban muy por encima del de las aristócratas sevillanas de su edad.

Lo que podría resultar una historia triste para algunos, se convertía en un relato feliz en labios de aquella muchacha que hablaba un inglés fluido con un inconfundible deje andaluz y una sonrisa que afloraba constantemente en su bello rostro. Esmond había perdido varias veces el hilo de su explicación, más pendiente de la gracia con que se expresaba que de sus palabras. Entre risas le explicó también que su nombre de bautismo era María del Rosario, porque el cura se había negado a cristianarla como Esmeralda, que no aparecía en el santoral. Su padre había montado en cólera, era un entusiasta lector de Victor Hugo desde que supo que este, de niño, había sido alumno como él del colegio de los Escolapios de San Antonio, en la calle Hortaleza de Madrid, donde el futuro escritor vivió unos años acompañando a su padre, general del ejército napoleónico. Estaba empeñado en homenajearle dando a su hija el nombre de la zíngara de la que se enamora Quasimodo en *Nuestra Señora de París*, pero hubo de desistir ante la firmeza del sacerdote, aunque lo de María del Rosario quedó en el más absoluto olvido.

—Ahora ya lo sabe todo de mí, y yo, en cambio, no sé nada de usted —concluyó Esmeralda.

—La verdad es que tengo poco que explicar, aunque debo reconocer que he tenido mucha suerte en la vida.

Con la misma naturalidad que ella, desgranó su corta existencia, desde sus años en la casa familiar en Escocia hasta la llegada a Londres con la esperanza de hacerse un nombre como artista; su frustración, sus momentos difíciles, el encuentro con su benefactor que le convirtió en un hombre rico dejándole heredero de todos sus bienes.

Esmeralda se percató de que el tiempo había pasado sin que se hubiesen apercibido.

—Debiéramos volver a la casa. Los invitados estarán empezando a despedirse.

—Tiene usted razón, no quisiera que la echasen en falta por mi culpa, pero me apena que no podamos seguir conversando.

—A mí también. Creo que nunca había hablado tanto de mi vida con nadie.

—Tampoco yo, la verdad. ¿Podré volver a verla?

—Desde luego. En el Rocío, si gusta. Puede usted venir a caballo hasta la carreta de los duques y acompañarnos durante el recorrido. Estoy segura de que a los duques les encantará que comparta nuestras comidas campestres.

Nada podría apetecerle más que esa propuesta, pero la mención de la romería le recordó que antes tendría que haber llevado a cabo la tarea por la que estaba en aquella casa y había conocido a aquella criatura encantadora.

Percy le esperaba en el zaguán charlando animadamente con el resto de los expedicionarios ingleses, que, sin perder la compostura, evidenciaban haber disfrutado copiosamente de la variedad de vinos y brandis de la tierra. En cuanto le vio, le tomó por el brazo y encabezó el grupo hacia la salida donde los esperaban los coches.

—Bonita muchacha. Espero que también haya resultado una buena cicerone —le comentó sin que él detectase la menor ironía.

—Sí, ha sido un paseo muy agradable. Y, por supuesto, he localizado nuestro cuadro. Ya solo falta volver a entrar sin que me vea nadie, hacer lo que tengo que hacer y salir tranquilamente. No las tengo todas conmigo, no le voy a engañar.

—Comprendo que estés inquieto. Siempre ocurre la primera vez. Luego te vas acostumbrando y disfrutas con la sensación de peligro. Como te dije en Londres, Forrester lo tiene todo controlado.

Percy no se equivocaba: el Hombre de Gris, que tan anodino le pareció el día que lo vio por primera vez, resultaba un auxiliar inapreciable. La noche de autos le proporcionó un traje campero de color pardo, para pasar desapercibido, y le acompañó hasta el coche de punto que los aguardaba un centenar de metros más allá. El resto del grupo ya había ido a unirse a la multitud que aguardaba la puesta en marcha de la larga caravana de romeros. Él se reuniría con ellos en cuanto se recuperase de una ligera indisposición, había pretextado. Ahora miraba inquieto por la ventanilla temiendo el momento en que apareciese ante sus ojos el arco de entrada al palacio de Las Dueñas. Se sorprendió al ver que el cochero pasaba de largo y se internaba por una callejuela lateral, hasta pararse, a la orden de Forrester, ante una puerta apenas visible entre las enredaderas que cubrían los muros del recinto.

—La puerta está abierta. El pequeño inconveniente es que da a una parte del palacio que usted no conoce, pero le será fácil orientarse siguiendo las veredas del jardín. Afortunadamente, hay luna llena. Y, según lo previsto, todo el servicio está despidiendo la romería y no regresarán hasta que ya sea de día. Solo queda un guarda que, casualmente, estará por lo menos durante la próxima hora en las caballerizas atendiendo los animales.

Esmond se hizo cargo del lienzo, envuelto en una manta, y de las herramientas para separar el original de su marco y colocar la copia en su lugar. Temió que el corazón le saliese por la boca, y a pesar de que se hallaba solo, caminó con sigilo sobre la grava y se enderezó al darse cuenta de que iba encogido, como para ocultar su presencia. El banco donde había conversado con Esmeralda, con el que se topó de súbito, le indicó el camino hacia su objetivo.

La luna llena creaba en el interior del salón una luminosidad azulada que le daba un aire fantasmagórico. Bajo aquella luz engañosa, Eva parecía sonreírle desde el lienzo de Furini intuyendo que iba a emprender un viaje a nuevos territorios. «Allí te harán mucho más caso que aquí y todo el mundo te admirará —le dijo Esmond con el pensamiento—. A las mujeres guapas les encanta que las contemplen.»

Descolgar el cuadro fue cosa de nada aunque provocó la salida de algún bichejo que había encontrado tranquilo cobijo entre el lienzo y la pared. Con una destreza adquirida en sus tiempos de mozo de almacén, separó la tela del marco y colocó en su lugar la copia. «Espero que nadie lo mire de cerca, porque a primera vista se nota que es una copia.» Con el original cuidadosamente protegido con la manta, rehízo el camino hasta la puertecilla donde le esperaba Forrester. Una euforia exultante había sustituido al miedo y caminaba erguido, indiferente al crujir de la grava. No sin preocupación acababa de descubrir que su primer acto delictivo le producía un placer inesperado.

Forrester le recibió con una sonrisa al tiempo que se hacía cargo del cuadro.

—Bravo, *mister* Sinclair, ha culminado brillantemente su examen de ingreso en La Liga de la Pimpinela.

—Aunque no me lo había planteado como un examen de ingreso a nada, me temo que tiene usted razón y que voy a disfrutar de ello como daban por supuesto *sir* Percy y mi querido patrón, que desgraciadamente ya no puede comprobarlo. Aunque me imagino que no siempre va a resultar tan fácil como esta noche.

—Seguro que *mister* Dewhurst nos está viendo divertido desde donde sea que se encuentre. Ahora debemos apresurarnos para que se vista usted adecuadamente y recoja su cabalgadura para seguir el Rocío. Probablemente aún no habrán acabado de salir todos los romeros.

8

Inesperadas consecuencias de un robo

$\mathcal{L}$os interminables arenales de las marismas de Doñana quedaban ya a popa del Lady Rosalinda que, impelido por un viento de través, navegaba a buen ritmo adentrándose en el Atlántico para virar hacia el norte de regreso a Inglaterra.

Esmeralda y Esmond, tiernamente entrelazados por la cintura, contemplaban cómo la costa se iba difuminando hasta desaparecer.

—Quizás no vuelva a ver más este paisaje —dijo la muchacha con un deje de tristeza.

—Te prometo que regresaremos todas las veces que desees. No quiero que puedas llegar a arrepentirte de haberte casado con un hombre que te ha separado de tu tierra y de tu gente.

Los acontecimientos se habían precipitado vertiginosamente desde la noche en que Esmond Sinclair perpetró el robo en el palacio de Las Dueñas.

Una vez depositado el cuadro a bordo, en el escondite dispuesto al efecto, Forrester le había acompañado hasta el punto de partida de los romeros y le recomendó que localizase, en la larga caravana de carromatos y caballistas, la cofradía de la Esperanza de Triana, con la que hacían el camino los duques y también el grupo de ingleses.

No fue tarea fácil para un inglés abrirse paso entre la multitud de jinetes, caminantes y carretas que avanzaban con la lentitud que imponían los tiros de bueyes profusamente adornados abarrotando el estrecho camino que cruzaba Doñana. Su aspecto de extranjero y su indumentaria en aquel abigarrado paisaje de faralaes y cantos, guitarras y buenos tientos a la botella le procuraba el amable interés de aquellos a los que preguntaba con su reducido vocabulario, hasta llevarle a la carreta de los duques, que había hecho un alto en el camino. No precisó más indicaciones porque Esmeralda estaba sentada al pescante palmeando alegre al ritmo de los cantes que salían del carromato. La sonrisa que iluminó el rostro de la muchacha al verle aparecer le confirmó que no le era indiferente.

—Pensé que se había olvidado de nosotros y que no volveríamos a verle —le reprochó con aquel mohín que hacía tan simpático su rostro.

—Lo cierto es que creí que no podría subir a las barcazas en Sanlúcar, por la multitud que esperaba para cruzar el río. Pero le aseguro que habría venido aunque hubiese tenido que atravesar el Guadalquivir a nado, solo por verla.

—No sabía yo que los ingleses fuesen tan galanteadores. No le creo, pero se lo agradezco igualmente, y como premio le sugiero que entre en la carreta para tomar un refrigerio y descansar un poco, que aún queda mucho camino.

En el interior, Percy y el resto de los ingleses disfrutaban de la hospitalidad de los duques, sentados ante una variedad de muestras de la gastronomía local y con unas copas que parecían llenarse milagrosamente cada vez que las apuraban.

—Bienvenido, Esmond. Entiendo que la pócima que te preparó Forrester ha hecho el efecto esperado y ya estás repuesto de tu dolor de cabeza —le saludó Percy intencionadamente.

—Todo está en orden, *sir* Percy. Le agradezco su interés —respondió con un gesto de complicidad.

—Estaba seguro de que, con la ayuda de Forrester, no tendrías el menor problema y te reunirías con nosotros. Y con la encantadora Esmeralda, que me ha preguntado por ti varias veces.

La aludida se sonrojó ante el comentario de Percy, que había pecado deliberadamente de indiscreto porque su experiencia le decía que aquellos dos jóvenes estaban hechos el uno para el otro, aunque ellos mismos aún no fuesen conscientes. Tras un rato de animada charla, el duque dio la orden de reanudar el camino y los comensales se aprestaron a recuperar sus monturas, que ramoneaban tranquilamente junto a la carreta.

—He visto que muchas jóvenes hacen el camino a la grupa de un caballista. No sé si es correcto preguntarle si querría montar conmigo —preguntó Esmond con la timidez del que desconoce las costumbres locales.

—Pues la costumbre es que el caballista sea el novio, el marido o el padre, pero como es usted extranjero, le libero de estas obligaciones —respondió Esmeralda divertida.

Con la muchacha montada a la grupa, su brazo enlazándole la cintura, a él ya no le cupo duda de los sentimientos de ella y de los suyos propios. La cabalgadura avanzaba campo a través, a la vista del carromato de los duques, pero sorteando el monte bajo y a los caballistas deseosos de mostrar su pericia caracoleando con su montura, sin que milagrosamente las mozas perdiesen el equilibrio. Y Esmeralda, con la cabeza apoyada en su hombro, le iba explicando, con la voz ligeramente ronca que le había seducido desde el principio, los detalles de aquella insólita peregrinación que hacía confluir en la insignificante población de Almonte muchedumbres de peregrinos desde todos los pueblos del entorno, cada una con su réplica de la humilde Virgen del Rocío, que, según la tradición, encontró un pastor en el hueco de un árbol, escondida allí para librarla del invasor moro. Su milagrosa intervención, que preservó a los almonteños de la peste que asoló la zona a mediados del siglo XVII, y las otras muchas bondades que se le atribuían habían extendido su fama y cada pueblo quiso contar con una copia de la bendita imagen. Eran estas las que confluían en el Rocío, cada una en su carreta engalanada, para saludar a la imagen original, que saldría solemnemente de la ermita erigida por sus devotos.

—Creo que debiéramos volver a la carreta. La caravana se está deteniendo para pasar la noche.

Esmeralda se separó de Esmond para mostrarle con un gesto que la abigarrada serpiente de carromatos iba ralentizando la marcha.

—Es el momento que más me gusta de la romería. Una cena sin ceremonia en torno a una fogata, y siempre hay alguien que se arranca con un cante y unas guitarras que lo acompañan.

—Y usted nos deleitará con un baile, espero.

—Pues seguramente sí, porque a la duquesa se le da muy bien y las demás le haremos corro.

69

La cena y el espectáculo resultaron como estaba previsto y Esmond disfrutó de la proximidad del cuerpo de Esmeralda, sentados ambos en una manta dispuesta sobre la arena. Cada vez que alcanzaba algo de las fuentes que los sirvientes pasaban entre los comensales le rozaba suavemente o se apoyaba en él en un gesto que no podía ser casual, pero que tampoco resultaba atrevido. Era como si consciente o inconscientemente evidenciase una atracción que intuía compartida. Cuando los anfitriones manifestaron el cansancio de la travesía, la asamblea se dio por terminada. Las mujeres dormirían en los carromatos y los varones sobre la arena, envueltos en sus mantas.

—Buenas noches, Esmeralda, espero que mañana siga queriendo montar conmigo.

—Seguro que sí, pero quizás le proponga una travesura.

—Las que usted quiera. Cualquier cosa me vale si es con usted.

—Pues es muy sencillo. No sé si tendrá mucho interés en ver la llegada al Rocío y la procesión, pero le aseguro que resulta un espectáculo bastante agobiante. Hay tanta gente, carros, caballos, que asfixia.

—Entiendo. Creo que puedo prescindir de todo eso si me hace una proposición más atractiva.

—Muy sencillo. Podemos ir a pasear por el Coto y comprenderá por qué es un lugar maravilloso.

—No se hable más. A su lado me parecerá doblemente maravilloso.

—Sigue usted siendo un inglés halagador. Pero me parece que voy a creerle un poquito.

Amanecía apenas cuando la caravana tomó vida. Con el sonido de fondo de los gritos de los carreteros unciendo sus yuntas de bueyes, los romeros que habían dormido sobre el suelo se desperezaban sacudiéndose las agujas de los pinos, animados por el olor a café y frituras que poblaba el aire.

Esmond se dirigió a la carreta en busca de una jofaina para refrescarse refunfuñando por la parquedad higiénica de la romería. La aparición de una Esmeralda resplandeciente, con la cara recién lavada, limpia de cualquier afeite y el pelo recogido en un moño le cambió de súbito el humor.

—Buenos días nos dé Dios. Tiene usted aspecto de no haber dormido muy bien.

—La verdad es que la cama no era precisamente cómoda, pero me compensa verla así de guapa tan de mañana.

—Bueno bueno, palabritas lindas son lo que usted se gasta tan de mañana. Pero se lo agradezco y le invito a desayunar con unos churros y unos pestiños que acaban de saltar de la sartén.

Unas ligeras abluciones con el agua que extrajo de la cuba montada en la trasera de la carreta y aquellos dulces contundentes —«Creo que vienen de cuando esto era tierra de moros», le había explicado Esmeralda— le hicieron olvidar la dureza del lecho y prepararse para disfrutar de toda una jornada a solas con la muchacha.

En cuanto se apartaron unos centenares de metros de la romería, el Coto se le presentó con todo el esplendor de su naturaleza intacta. Comprendió el apasionamiento del cónsul Chapman por aquellos parajes que se abrían al andar reposado de sus cabalgaduras, mientras Esmeralda, que había sustituido su bata de volantes por un traje campero y montaba una preciosa yegua, le iba dando los nombres, a menudo pintorescos, de los árboles y arbustos con que se topaban. O señalándole algún animal que los contemplaba sin aparentar temor ante aquellos intrusos: aquí un ánade silbón, allí una cerceta, más allá un pato malvasía. De pronto, se vieron obligados a detener sus monturas ante un venado de majestuosa cuerna plantado en el centro del sendero.

—No nos tiene miedo, pobrecillo. No sabe que quizás mañana usted mismo lo abatirá de un disparo —comentó con tristeza la muchacha.

—No me haga sentir mal, por favor, Esmeralda. Cuando salía a cazar con mi padre en Escocia solo disparábamos a las piezas que iban a ir a la cocina. No me gusta nada matar un animal por deporte, pero me temo que no tendré más remedio que hacerlo para no defraudar a *sir* Percy.

—Pues no se librará del noviazgo.

—¿Qué quiere decir?

—El noviazgo es un juicio en broma al que se somete a los que matan una res por primera vez. El novio, es decir usted, será juzgado por un tribunal compuesto por los otros cazadores. Como es de suponer, le acusarán de las cosas más insólitas y le condenarán a pagar una multa y a cumplir una pena de lo más peregrina, tras lo que le darán el título de montero.

Esmeralda, que había descabalgado ágilmente, intentó acercarse al animal, pero este dio media vuelta y se alejó pausadamente una vez satisfecha su curiosidad.

—¿Qué le parece si aprovechamos esta parada para reponer fuerzas? —afirmó más que preguntó, mientras echaba mano a las alforjas.

Sentado junto a Esmeralda en la manta que esta había extendido sobre la alfombra de pinaza, Esmond contemplaba cómo la muchacha disponía un elemental pero sustancioso piscolabis: una hogaza de pan de miga blanca y prieta, unos trozos de queso curado y unas gruesas lonchas de jamón. Y la imprescindible botella de manzanilla. Aquellos gestos tan domésticos, el silencio que los rodeaba, la suave brisa que traía aromas de romero mezclados con un indefinible olor a mar componían un ambiente de una extraña intimidad. Era como si la hubiese conocido de siempre.

—Estar aquí, en este lugar maravilloso y tenerla a usted a mi lado, va a ser algo que no podré olvidar cuando vuelva a Londres, Esmeralda.

—Creo que yo también sentiré que se vaya. —Le miró largamente y luego bajó la vista, como avergonzada de su atrevimiento.

No hacía falta mucho más para que aflorasen los sentimientos de los dos. Esmond sintió la irreprimible necesidad de manifestarlos, aunque sus palabras pudiesen sonar como un desvarío del momento.

—Te quiero, Esmeralda. No quiero perderte. No sé cómo ni de qué manera, pero quiero que estés siempre a mi lado. Creo que lo supe, sin darme cuenta, desde la otra noche sentado a tu lado en el jardín del palacio.

—Yo tampoco quisiera separarme de ti, pero tú tienes la vida en tu país y yo me debo a mi familia. Me desespero pensándolo, por eso temía que me dijeses lo que me has dicho. Si no me quisieses, todo se quedaría en un sueño imposible de señorita tonta.

—Cásate conmigo. Sé que parece una locura porque apenas nos conocemos, pero estoy seguro de que sabré hacerte feliz.

El largo beso con que Esmeralda respondió a la propuesta fue, además de una aceptación apasionada, el inicio de una peripecia en la que tuvo mucho que ver la complicidad de la duquesa y de lord Blakeney, que habían intuido desde el primer momento en que los vieron juntos la mutua atracción, aunque no podían imaginar aquel vertiginoso desenlace. Con un sentido práctico muy femenino, la duquesa llegó a la conclusión de que resultaría imposible compaginar la inminente partida del Lady Rosalinda, que ya se había retrasado más de lo previsto, con la complicada parafernalia de una boda sevillana de tronío.

—Lo mejor es que se fuguen en su barco y los case el capitán. Creo que sería una boda totalmente válida. ¿No es así, *sir* Percy?

Este se quedó atónito ante la expeditiva propuesta de aquella dama, que asumía la difícil tarea de calmar la inevitable ira del padre de la novia. «Total —había dicho— para lo que se ocupa de la niña…, solo la ve un par de veces al año.» Una carta de la hija solicitando su perdón en aras de un amor poderoso y otra de lord Percy Armand Blakeney dando garantías de la seriedad, honorabilidad, linaje y, sobre todo, solvencia económica del novio, debían ser argumentos suficientes para que el padre se inclinase por una benévola comprensión.

—Si te he de ser sincero —le había comentado Percy a Esmond—, casi siento remordimientos por haberme apropiado del Furini. La duquesa es una mujer admirable, de una lucidez y una amplitud de miras que no resulta corriente entre los de su clase, que por cierto es también la mía. Seguramente nunca sabrá que tiene una mala copia en sus salones, pero como siento la necesidad de tranquilizar mi conciencia después de cómo se ha portado con vosotros, le he entregado un pagaré por dos mil libras para sus obras de caridad, que me consta que son muchas. Es como si, sin saberlo, me hubiese vendido el cuadro.

Los escasos días que transcurrieron entre el apasionado beso en Doñana y la fecha en que debía zarpar el Lady Rosalinda fueron un torbellino de actividad febril. Haciendo trabajar sin descanso a sus modistas, la duquesa hizo cuestión de que su pupila embarcase con un ajuar digno de una señorita de alcurnia. Un enamorado Esmond no pudo eludir su participación en la cacería prevista y, como le había pronosticado Esmeralda, fue juzgado y condenado como «novio» por haber abatido su primera cornamenta. Y todo ello combinado con la necesidad imperiosa de estar juntos todo el tiempo posible sin despertar suspicacias entre las amistades de la casa.

El día de la partida, poco después del amanecer, un coche cerrado de las cocheras del palacio de Las Dueñas depositó ante la pasarela del Lady Rosalinda a los duques y a la novia. «No puedo faltar a la boda de nuestra niña, sobre todo, cuando es como sacada de una novela», había comentado con humor el duque a su esposa, sorprendida por su buena disposición ante aquel complot.

El duque llevaba de la mano a Esmeralda, como quien acompaña a la novia al altar, y la duquesa daba órdenes a los lacayos para que subiesen a bordo los tres baúles con el fruto de la extenuante actividad de las costureras. En el salón del barco, el novio no podía contener los nervios, flanqueado por sus padrinos: lord Blanekey, con su uniforme de gala, y el cónsul Chapman, que participaba complacido en la pequeña conspiración. A su alrededor, el resto de los expedicionarios, que a aquellas horas tempranas parecían haber brindado anticipada y copiosamente por la felicidad de la pareja, oficiaban como testigos.

La ceremonia fue breve. El capitán hizo la pregunta ritual y, ante la esperada respuesta afirmativa, proclamó: «Yo os declaro marido y mujer». La duquesa abrazó largamente a Esmeralda, que sonreía entre lágrimas o lloraba entre sonrisas. El duque la besó en las mejillas con un gesto paternal y abrazó con fuerza a Esmond. «Te llevas algo muy querido para nosotros —le susurró—. Espero que lo cuides como se merece.»

9

Nunca conoces del todo a tu padre

Simon guardaba un recuerdo imborrable del viaje que, siendo un niño de apenas diez años, había hecho a Andalucía con sus padres. Y de la música, el baile y las golosinas con que se recibió el nuevo siglo en el cortijo que había sido de su abuelo. Su madre quiso que el viaje para hacerse cargo de la herencia paterna coincidiese con aquella fecha peculiar para que Simon conociese la alegría bulliciosa de las gentes de su tierra en el cortijo que acababa de heredar, en una fecha irrepetible: año nuevo y siglo nuevo. Empezaba 1900 y la ilusión de que todo fuera a ser diferente.

El padre de Esmeralda, después de un arrebato de furia al enterarse de que su hija se había «fugado» —eran sus indignadas palabras— con un inglés desconocido, se dejó apaciguar por las explicaciones de la duquesa sobre su inesperado yerno y por las referencias que le proporcionaron los colegas ingleses a los que había solicitado una discreta investigación. Si aún le quedaba alguna reserva, esta se disipó cuando, pretextando un viaje profesional a Inglaterra en defensa de los intereses de un cliente bodeguero de Jerez, conoció personalmente a Esmond, con quien simpatizó de inmediato, y comprobó que tampoco en lo material tenía motivos para preocuparse por el futuro de su hija; todo evidenciaba que la situación económica de su yerno mejoraba con mucho la suya, ya de por sí desahogada. Evidentemente, no cumplió en absoluto la amenaza de desheredar a su hija y le legó La Alkaría, el hermoso cortijo en que ella había vivido hasta la muerte de su madre. Con una indicación precisa en el testamento: «Para que nunca pierdas el amor por la tierra que te vio nacer».

Esmeralda no pudo apenas recuperar las vivencias de su infancia en aquel magnífico cortijo que entusiasmó al pequeño Simon con sus hermosos caballos y alguna vaquilla brava que pastaba en los extensos prados de la finca, donde se producía un aceite excelente que nunca faltó en la mesa familiar. Poco después de regresar a Inglaterra, su salud empezó a resentirse, sin motivo aparente. El diagnóstico cayó como un mazazo sobre su marido. Esmeralda padecía un cáncer, una enfermedad que empezaba a ser investigada y para la que solo se conocían tratamientos experimentales. Mucho más entera que su marido, se negó a someterse a ellos. Había sopesado las posibilidades de éxito y resolvió que no deseaba pasar por el trance que suponía la incipiente radioterapia. Esmond le había ofrecido llevarla a España, donde desde 1906 un médico valenciano la utilizaba con éxito variable. «No quiero que Simon y tú me veáis bajo los efectos de esos rayos», decidió. Esmeralda se consumió lentamente, siempre valerosa, intentando aliviar la pena de los dos seres a los que más había querido, con su humor unas veces y con su ternura otras.

Tras su muerte, Esmond se negó a regresar a Sevilla, donde todo le recordaba a la mujer que tanto había amado. Dejó la explotación de la finca en manos de un administrador, hijo del que lo fue en vida del padre de Esmeralda, quien, a juzgar por las cuentas que rendía cada año, era de una honradez acrisolada y de una eficiencia notable. Intentó paliar el dolor de la pérdida volcando todo su cariño en el hijo de ambos. Pese a que su deseo habría sido no separarse de él, comprendió que no podía privarle de la mejor educación a su alcance, que comenzaría en Eton para culminar en Oxford.

Simon correspondió a los desvelos de su padre graduándose *cum laude* en Historia del Arte, Egiptología y Lenguas clásicas, que había reforzado con el estudio del árabe. Además, había manifestado una especial capacidad para la práctica de todas las disciplinas deportivas al alcance de los alumnos, desde la esgrima hasta el boxeo, que se estaba imponiendo entre los jóvenes aristócratas desde que, años antes, el marqués de Queensberry publicase las normas por las que había de regirse su práctica.

La culminación de sus éxitos deportivos fue formar parte del equipo vencedor de la popular regata que, cada año, enfrenta a los alumnos de su universidad con los de Cambridge a lo largo de poco más de siete kilómetros del curso del Támesis a su paso por Londres. Desde la meta en Mortlake, un distrito que conocía bien por los excelentes tapices salidos de la fábrica que fundó allí el rey Jacobo I, Esmond presenció la llegada del equipo de Oxford con sus características camisetas azul oscuro. Cuando vio a su hijo levantar el remo en señal de victoria, decidió que había llegado el momento de desvelarle su secreto.

Días después, sentado en el sillón de su despacho, lo observaba con justificado orgullo paterno. Aquel niño que quince años atrás lloraba inconsolable la pérdida de su madre se había convertido en un hombre hecho y derecho. Su estatura y su complexión denotaban la fuerza y la agilidad de un atleta, pero lo que más le complacía era su rostro inteligente en el que brillaban los ojos verdes que había heredado de Esmeralda.

—No recuerdo este cuadro, padre —le había dicho después de curiosear por toda la habitación—. Tampoco identifico al autor, aunque me parece un barroco de los primeros tiempos.

—Bien por la observación, hijo, veo que no te has graduado porque sí en Historia del Arte. Es un Furini. No me sorprende que no lo recuerdes porque no estaba la última vez que viniste por aquí. Entre los seis años que has pasado en la universidad y los viajes de verano por Europa, hace mucho que no habías estado en la tienda. Pero está muy bien que te hayas fijado en este cuadro porque ha llegado el momento de explicarte una larga historia que tiene mucho que ver con él.

Esmond empezó el relato de su doble vida partiendo, como había hecho Percy con él, desde la Pimpinela Escarlata, que era el origen de todo; su inmensa sorpresa al descubrir la vida oculta de su benefactor; sus dudas ante la primera propuesta de Percy; su decisión de seguir los pasos de aquellos singulares personajes y su larga ejecutoria como ladrón de obras de arte.

—Me imagino que te habré escandalizado, Simon, pero quiero que sepas que con independencia de que tanto yo como *mister* Dewhurst, de quien siempre me has oído hablar maravillas, o *sir* Percy, que te tuvo en los brazos cuando naciste, seríamos unos redomados delincuentes a los ojos de la ley, todos hemos tenido siempre la conciencia tranquila. No te puedes ni imaginar la cantidad de desgracias, penurias y sufrimientos que hemos aliviado a costa de aquellos que tienen demasiado de todo. Cuántos niños han podido comer cada día en muchos orfanatos, y cuántos jóvenes con talento, sin la menor posibilidad de ir a la universidad, lo han conseguido gracias a nuestra ayuda anónima y son ahora profesionales destacados. Siguiendo nuestro propio patrón de justicia, siempre hemos robado a gentes que se habían enriquecido de mala manera, explotando a sus trabajadores o exprimiendo a sus arrendatarios —terminó su larga explicación y aguardaba expectante el veredicto de su hijo.

Simon le había escuchado sumido en un asombro que se convirtió en un rechazo instintivo ante la idea de ver a su padre como un delincuente y culminó en una admiración irreprimible ante aquella segunda vida aventurera. Algo le impulsó a ponerse en pie y aproximarse al Furini, que había sido el causante de que sus padres se conociesen. «Si el fin justifica los medios, no cabe duda de que esta vez el fin valió la pena», se dijo al tiempo que se volvía hacia Esmond.

—No sé qué decirte, padre. No puedo imaginarte trepando por una ventana para llevarte una pieza de valor. Claro que no cabe duda de que vuestros robos tendrían que quedar moralmente absueltos porque han servido para beneficiar a muchos pobres desgraciados. ¿Y qué opinaba mamá de todo esto?

—Durante los tres primeros años de casados conseguí ocultárselo, pero me di cuenta de que mis viajes, a veces más frecuentes de lo normal, le habían hecho sospechar que podía tener una amante, así que preferí contarle la verdad de mi doble vida. Recuerdo que cuando le expliqué el robo de este cuadro estalló en sollozos. «Lloro de alegría —me dijo—, no habría soportado que quisieses a otra mujer. —Y como le dominaba su espíritu alegre, añadió con una sonrisa—: Te prefiero ladrón que adúltero.» A partir de entonces, comprendo que pasaba muy malos ratos, pero nunca me lo dijo. En compensación, era feliz con las obras de beneficencia que podía hacer con el producto de nuestras andanzas.

—Pero si el Furini lo robaste para *sir* Percy, ¿cómo es que lo tienes encima de la chimenea?

—Cuando murió tu madre me lo envió con una nota, que conservo, en la que me decía que no se consideraba con derecho a conservar algo que tenía tanto valor sentimental para mí.

—Pero puede ser peligroso tenerlo a la vista, alguien podría reconocerlo.

—No me parece probable porque no es un artista muy conocido, pero en ese caso diría que es una copia del original que está en Sevilla y que nadie ha echado en falta. Por nada del mundo escondería algo que tanto me recuerda a tu madre.

—Me sorprende que ni *sir* Percy ni tú no hayáis tenido nunca problemas con la Policía.

—No tiene nada de extraño. ¿Quién se atrevería a imaginar que un aristócrata como lord Percy Armand Blakeney pueda ser un ladrón? Y yo soy dueño de uno de los negocios de antigüedades más reputados de Londres y un reconocido experto en obras de arte, ¿para qué necesito robar nada?

—Dicho así, suena lógico, pero yo no dormiría tranquilo.

—¿Por qué no? Puedes estar seguro de que siempre hemos hecho nuestro trabajo a la perfección, no dejamos pistas, no tenemos cómplices y no necesitamos intermediarios para deshacernos del botín, que nunca está en nuestras manos más de veinticuatro horas. Es muy difícil, casi imposible, que la Policía llegue a nosotros y, aun así, tendrían trabajo para hallar pruebas. Por irónico que te parezca, el inspector Lestrade, de Scotland Yard, ha venido en más de una ocasión a pedir mi opinión sobre la autenticidad de una pieza que sospechaba que era falsificada. O sea que, como ves, cuento con el respeto y la gratitud de la Policía.

—¿Y qué pasaría si se encontrase la pieza en casa del comprador?

—Es una posibilidad, desde luego, pero has de entender que nadie exhibe una obra de arte si es notorio que ha sido robada. Se trata de verdaderos apasionados que disfrutan en solitario del placer de contemplarlas y, por consiguiente, las ocultan en escondites que solo conocen ellos.

—No sé si preferiría que no me hubieses explicado todo esto, padre. No puedo verlo con tu misma sangre fría y siempre estaré temiendo que se presente la Policía a buscarte.

—Tu cariño te hace exagerar. Si durante todo este tiempo no hemos levantado la menor sospecha, parece difícil que lo hagamos ahora. Además, después de la muerte de Percy, hace casi dos años, no he aceptado ningún encargo, aunque hace poco he recibido una discreta indicación de un ilustre miembro de la aristocracia que tiene interés en hablar conmigo, lo que significa que está a la caza de alguna pieza difícil. Y por tratarse de quien se trata, tengo verdadera curiosidad.

—Me asustas, papá. Hablas de todo esto como quien habla de un deporte.

Simon hacía esfuerzos para resistirse a hacer más preguntas sobre las andanzas de su padre, consciente de que cuanto más supiese de ellas, mayor sería la tentación de emularlas.

—Pues sí. En cierta medida, es como ir de caza mayor. Tienes que encontrar el mejor camino para llegar a la pieza sin que esta te vea, situarte de manera que no pueda oírte o ventearte, aguardar a que puedas dispararle a un punto vital del cuerpo para evitar que la bala dañe la cabeza, que es el trofeo que buscan los cazadores.

—¿Y qué piensas hacer con ese posible encargo que tanto te atrae?

—Pues había pensado que vinieses conmigo y así podrás conocer a un personaje verdaderamente sugestivo. No sé lo que pretende y por tanto no puedo decirte si aceptaré el encargo, pero en cualquier caso será una experiencia interesante para ti.

10

Viaje iniciático a la tierra de los faraones

*U*na semana más tarde, el espectacular Hispano Suiza deportivo de Esmond enfilaba la carretera hasta Newbury, a medio camino entre Londres y Bath, en cuyas proximidades se hallaba Highclere, la residencia familiar de los condes de Carnarvon.

Para Simon habían sido unos días plenos de dudas. Resulta difícil de asimilar que tu padre es un ladrón, aunque como un personaje de novela romántica, robe a los ricos para ayudar a los pobres. Se debatía entre la preocupación por el riesgo y los escrúpulos morales, fruto de su educación victoriana y, frente a ellos, el gusto por la aventura que estaba descubriendo en su interior. Se autoconvenció de que, al final de todo, estaban los necesitados a los que se ayudaba con el fruto de las fechorías.

Ahora, al volante de aquella poderosa máquina, Simon escuchaba las explicaciones de su padre.

—Como ya te dije, no tengo ni idea de lo que pretende lord Carnarvon, aunque puedo suponer que se trate de algo relacionado con el Antiguo Egipto, porque lleva varios años financiando excavaciones allí.

—En clase se hablaba a menudo de los resultados de sus campañas. Parece que lleva invertido mucho dinero en Egipto.

—Mucho. Además de su fortuna personal, cuenta con la de su mujer, *lady* Almina, que es una Rothschild. Se dice que el regalo de bodas que le hizo su padre fue un cheque de doscientas cincuenta mil libras.

—Así no me extraña que pueda financiar esas campañas.

—Sí, tiene una pasión especial por todo lo relacionado con el Antiguo Egipto, y desde que un gravísimo accidente de coche en Alemania le puso a las puertas de la muerte, su salud es muy frágil y el clima de Egipto le resulta muy saludable. Por eso acostumbra a pasar los inviernos en El Cairo.

—¿Y tú de qué le conoces, padre?

—Conozco a su familia de antiguo, de cuando empecé a trabajar en la tienda. Su padre, el cuarto conde, era un buen cliente. Un coleccionista con muy buen ojo y muy experto, que fue presidente de la Sociedad Inglesa de Antigüedades. Me imagino que sus reuniones con *mister* Dewhurst respondían a algún encargo especial.

—¿Qué vas a hacer si te pide que le consigas algo? Vamos, hablando claro, que robes algo.

—Pues dependerá de varios factores: la dificultad del asunto, el valor de la pieza, tanto artístico como material y, sobre todo, tu opinión.

—No creo que importe mucho lo que yo piense.

—Más de lo que imaginas. Como me importó en su día la opinión de tu madre. Te aseguro que, si me lo hubiese pedido, habría dejado La Liga de la Pimpinela, o lo que quedaba de ella.

Estaban circulando por la espectacular avenida de olmos que conducía a la mansión cuando la aparición, tras un recodo, de la silueta de Highclere Castle cortó el hilo de la conversación. Esmond se centró en poner al día a su hijo sobre el imponente edificio en el que iban a alojarse por unas horas.

—Los Carnarvon llevan viviendo aquí desde el siglo XVII. El castillo se construyó sobre el palacio medieval de los obispos de Winchester y es de estilo neorrenacentista, cosa que ya habrás apreciado. Si te fijas, las torres son más gráciles que las de otras construcciones similares, clara influencia italianizante. Y es el palacio más grande de todo el condado de Hampshire, rodeado por veinticuatro kilómetros cuadrados de propiedad de los condes. Como comprobarás, está lleno de obras de arte y antigüedades.

El Hispano estaba ya atravesando el parque para detenerse ante la puerta, donde habían aparecido el mayordomo y dos lacayos que se hicieron cargo del equipaje.

—*Mister* Sinclair, supongo. Sean bienvenidos. Confío en

que hayan tenido ustedes un viaje agradable. Milord les está esperando. Hagan el favor de acompañarme.

El mayordomo los precedió hasta la vasta biblioteca donde esperaba el conde. Antes incluso de que el criado terminase con el ritual anuncio de los invitados, su anfitrión se incorporó ligeramente en la poltrona en la que estaba recostado para saludarlos.

—Mi querido amigo, no sabe cuánto le agradezco que haya aceptado mi invitación.

—No me lo agradezca, señor conde. Venir a Highclere es siempre un placer, en especial para un profesional de las antigüedades. Además, tal como le anticipé en mi telegrama, me he tomado la libertad de hacerme acompañar por mi hijo Simon, que acaba de graduarse *cum laude* en Egiptología e Historia del Arte.

—Es usted tan bienvenido como su padre, joven. —Lord Carnarvon se había vuelto hacia el muchacho con gesto amistoso—. Estoy seguro de que disfrutará de su estancia y, sobre todo, de la colección de antigüedades egipcias que, como sabe muy bien su padre, he reunido después de bastantes años de excavaciones en Egipto. Me complacerá mucho contarle cómo conseguimos cada una de ellas.

—Se lo agradezco de verdad. Una cosa es leer sobre Egipto en los libros de texto y otra ver estos objetos con tus propios ojos.

Lord Carnarvon se había puesto en pie con cierta dificultad, aunque rechazó con un gesto amable la ayuda que había insinuado Simon.

—Gracias, joven. Intento valerme solo. Odio la sensación de invalidez. De todas maneras, aplazaremos para mañana la visita a mi colección. Ahora debo dejarles, me espera mi sesión diaria de kinesioterapia.

—Estoy seguro de que Simon será capaz de contener su impaciencia —comentó Esmond, que contemplaba con una sonrisa el brillo en los ojos de su hijo.

La velada se desarrolló dentro de la más estricta etiqueta. Tras la bienvenida, el conde les dirigió a sus habitaciones para que pudiesen descansar del viaje y vestirse para la cena. A la hora prevista, un lacayo los condujo al salón, donde se

83

reunieron con el anfitrión para esperar a las señoras con una copa de oporto en la mano. Poco después, hizo su aparición *lady* Almina, seguida de su hija, la pequeña *lady* Evelyne, que excepcionalmente cenaría aquella noche con los mayores. Tras la cena, los caballeros se despidieron de las damas para pasar a la biblioteca, donde los esperaba un notable surtido de *whiskies* y brandis, además de una caja de excelentes habanos.

Había llegado el momento de desvelar el motivo de la invitación. El conde había consultado a Esmond si podía hablar libremente en presencia de Simon, y este apenas podía contener su impaciencia.

Recostado en los almohadones dispuestos en su sillón con la esperanza de aliviar los dolores que habitualmente le acompañaban, lord Carnarvon dio comienzo a su relato:

—Como usted sabe, amigo Sinclair, llevo años dedicando una fortuna a excavar en Egipto. Lamentablemente los resultados no son todo lo brillantes que corresponderían a nuestro esfuerzo.

—Sin embargo, ha reunido una espléndida colección aquí mismo, en Highclere.

—Menudencias para un arqueólogo ambicioso como Howard Carter, nuestro director de excavaciones, que aspira a dar con un enterramiento real que haya escapado a los ladrones de tumbas.

—Cosa muy improbable, según mis profesores de Oxford —terció Simon, que se arrepintió enseguida de haber interrumpido al conde.

—Efectivamente, joven. Está usted en lo cierto, o al menos sus palabras coinciden con lo que piensan quienes trabajan en las campañas que están en marcha sobre el terreno. —Carnarvon pareció gratamente sorprendido por el interés de su joven invitado—. ¿Qué más sabe sobre el tema?

—Poco más, señor. Lo que se explica en clase. Según parece, el Valle de los Reyes está ya totalmente agotado y nada indica que pueda haber alguna tumba real por descubrir.

—Esa es la opinión más extendida, pero no la de Carter, que está convencido de que hay por lo menos una tumba que aún no ha sido encontrada: la del faraón Tutankamón, conocido como el Rey Niño, de quien apenas se sabe nada.

»Aunque a ustedes seguramente la colección de piezas del

84

Antiguo Egipto que he conseguido reunir en Highclere les parecerá excepcional, lo cierto es que cuando se persigue una quimera, como hace Carter y como me ha contagiado a mí, estos resultados resultan decepcionantes y no compensan el esfuerzo económico. En ocasiones me planteo la conveniencia de interrumpir mis aportaciones a las campañas de excavación. En especial, porque mi esposa las ve con mucha reserva.

—Eso sería un golpe tremendo para el señor Carter, que, según he leído, vive para su trabajo de manera obsesiva. —Simon, animado por la buena disposición del conde, demostró que estaba realmente al corriente de la labor que arqueólogos de todo el mundo realizaban en Egipto.

—Tiene usted razón, Carter no entendería esta decisión, ni los motivos personales que podrían moverme. Y esto nos lleva a la razón por la que les he pedido que vinieran.

»Hace unas semanas hicimos un descubrimiento realmente notable que dejó de lado mis dudas, en parte porque *lady* Almina vuelve a contemplar con buenos ojos nuestro trabajo en Egipto. Fue ella quien desenterró con sus propias manos trece preciosos vasos canopos de alabastro.

—Debió ser un momento muy emocionante.

—Ténganlo por seguro. Sospecho que Carter, que conoce las reservas de mi esposa, preparó una escenografía para que ella comprendiese la emoción intensa que supone para el arqueólogo el hallazgo de una pieza importante.

—Pero parece difícil escenificar algo así.

—No tanto. Habíamos viajado a Luxor para conocer los decepcionantes resultados de la última campaña. Durante la visita, Carter anunció con bastante teatralidad que nos hallábamos ante una cata en cuyo fondo parecía haber un escondite. «Lord Carnarvon —me dijo—, a usted le corresponde el honor de excavar aquí.» Yo no habría podido descender a causa de mis fracturas, pero antes de que rechazase el ofrecimiento, mi mujer se adelantó reclamando aquel supuesto honor para ella. Bajó no sin dificultad, ayudada por Carter, y una vez en el fondo, cuando le preguntó qué debía hacer, este respondió con un escueto: «Excavar con las manos, *milady*».

»De pronto, un grito alegre de Almina nos indicó que había descubierto algo. Y la verdad es que había dado con nuestro mejor hallazgo desde que excavamos en los alrededores del Valle de los Reyes.

—Puedo entender la sensación de *lady* Almina, porque he experimentado algo parecido al dar con una pieza excepcional perdida en algún rincón de una vieja mansión. Estamos ansiosos por que nos muestre usted los vasos.

—Pues este es precisamente el quid de la cuestión, amigo mío. Los vasos están en Egipto y, dadas las nuevas normas que ha establecido su Gobierno, ningún hallazgo arqueológico puede salir del país, por más que lo haya hecho posible el esfuerzo y el dinero de los arqueólogos franceses y alemanes, ingleses o americanos que se dejan la piel bajo el sol de justicia de aquellos desiertos.

Lord Carnarvon se interrumpió para tomar un sorbo de agua. Esmond, que empezaba a intuir el motivo de su invitación, guardó un prudente silencio.

—Además de la indignación que me produce esta decisión arbitraria, que privará del fruto de nuestros esfuerzos a todos los que nos hemos interesado por revivir la historia del Antiguo Egipto, en mi caso se da el particular agravante de la frustración que siente mi esposa al no poder disfrutar de aquellos objetos que ella misma sacó de la tierra.

—Lo comprendo perfectamente. Es una postura injusta que tendrá que modificarse para no alejar a los extranjeros que trabajan sobre el terreno. Aunque no parece que de momento vaya a cambiar, vista la situación política del país.

—Es lo mismo que creo yo. Me alegro de que coincidamos en este punto, porque este es justamente el motivo de que me haya permitido hacerle venir hasta aquí.

Ante la sorpresa de Esmond y de Simon, el conde expuso su plan. Ya que las autoridades egipcias se negaban a entregarle lo que él consideraba que le pertenecía por derecho, lo tomaría sin más. Para él, acostumbrado como estaba a no encontrar obstáculos insalvables, la cosa era tan sencilla como entrar por la noche en el Museo de Antiguedades Egipcias de El Cairo, forzar la vitrina que albergaba el hallazgo y salir por donde se había entrado.

—Estoy seguro, amigo Sinclair, de que usted podrá encontrar a algún experto en estos temas —apostilló el conde con cierto retintín— que pueda hacerse cargo de este pequeño trabajo. Naturalmente, no voy a reparar en gastos.

Simon estaba perplejo ante la aparente ingenuidad de Carnarvon: ¿vivía alejado de la realidad o, astutamente, prefería ignorar lo descabellado de su propuesta en espera de la reacción de su padre?

—No quisiera contradecirle, querido Carnarvon, pero me parece que las cosas no son tan sencillas como usted las expone.

—No creo que sean sencillas. Simplemente, creo que son posibles. Si conociese usted el museo, comprendería por qué pienso así. La vigilancia es mínima y hay tal cantidad de piezas que se amontonan en los pasillos sin que apenas puedan apreciarlas los visitantes. Mi experiencia me dice que, estudiando previamente la situación sobre el terreno, una persona con sangre fría puede entrar por la noche y hacerse con los vasos sin mayor problema.

—Salvo el del bulto que pueden hacer trece piezas de cierto tamaño que, además, hay que manipular con cuidado. —Esmond se sorprendió a sí mismo siguiendo involuntariamente la argumentación de su interlocutor.

87

—Ese es un pequeño problema que seguramente Carter podrá ayudarnos a resolver proporcionando algún embalaje adecuado. Por otra parte, no pretendo llevarme todos los vasos sino solamente siete, que es la proporción que me corresponde según la práctica consensuada hasta ahora con las autoridades del país. Pero, en cualquier caso, ¿debo entender que está usted en situación de considerar mi propuesta?

Por unos instantes pareció que el tiempo se hubiese suspendido. Esmond tardó en responder a aquella pregunta directa contemplando, como abstraído, los lujosos volúmenes que llenaban los anaqueles de caoba de la biblioteca, alguno de los cuales era en sí mismo una obra de arte, aportada por un antepasado del conde, interesado como él por la cultura en cualquiera de sus manifestaciones. En realidad, se estaba planteando las consecuencias que podría tener su respuesta. En el peor de los supuestos, aquel robo podría dar pie a un conflicto internacional si se llegaba a sospechar quién era su autor —o, mejor dicho, su inductor—, pero lo que más le preocupaba era la reacción de su hijo. Por su expresión, intuía perfectamente que Simon se sentía fascinado por la perspectiva de una aventura en un país exótico.

—¿Qué contestarías tú, Simon?

—Diría que sí, por supuesto, padre. El conde tiene toda la razón, la postura del Gobierno egipcio es injusta y abusiva —contestó con una exaltación juvenil que hizo sonreír a su padre.

—Pues ya lo ve usted, querido amigo. Creí que conmigo se acababa la tradición de honorables ladrones que inició Blakeney, pero parece que mi hijo aspira a continuarla.

—No sabe usted cuánto me complace su respuesta. Reconozco que, gracias a esa insólita tradición, he tenido el doble placer de disfrutar de alguna obra de arte que me interesaba muy particularmente y de contribuir a alguna causa noble con el importe que de común acuerdo habíamos fijado. Por si fuera poco, he hecho feliz a *lady* Almina, que ha podido dedicar los fondos a atender obras de caridad, aunque por supuesto sin saber su origen. Intuyo que sorprendida por mis repentinas generosidades.

Una vez aceptado el desafío, había que darle una forma realista. Esmond y Simon viajarían a El Cairo con una carta de presentación para Carter, que sería informado de su visita por un telegrama y que les proporcionaría toda la ayuda que pudiesen precisar. El viaje desde Inglaterra no iba a ser un paseo. De Londres a Southampton en tren para cruzar el Canal en un ferry, atravesar Francia en ferrocarril hasta Marsella, tomar un vapor hasta Alejandría y allí otro tren para llegar a El Cairo.

Carnarvon había tenido el acierto de hacer que se alojasen en el Mena House, a la sombra de la gran pirámide de Guiza, que los recibió esplendorosa a la luz del atardecer cuando se asomaron a la terraza de su habitación. Una bienvenida suficiente para compensarlos del ajetreado viaje y enamorarlos del país que acababan de descubrir.

Carter, excusándose con que su presencia era necesaria en las excavaciones de Luxor, había puesto a su disposición un capataz de confianza. Bashir era un árabe de mediana edad y con una complexión atlética que la *jellaba* que lucía con natural elegancia no llegaba a ocultar. En su rostro, más moreno de lo normal a causa de las jornadas bajo el sol del desierto, llamaban la atención los ojos negros en alerta perpetua.

Apostado a la puerta del hotel, había aguardado la llegada de los forasteros durante todo el día. «Árabe pobre no puede entrar en hotel», se había disculpado cuando le propusieron que los esperase en el vestíbulo mientras se instalaban en su habitación, de manera que tras una breve conversación para establecer el programa del día siguiente, Bashir se perdió entre los curiosos que aún se acercaban a contemplar la enorme mole de las pirámides.

La plaza Midan Ismailia superaba con creces la impresión abigarrada que les produjo El Cairo vislumbrado desde el renqueante coche de alquiler que los había llevado a su hotel la tarde anterior. Aquel gran recinto, concebido como parte del urbanismo de la ciudad moderna por el bajá de quien tomaba su nombre, era un hervidero de carretas arrastradas por un humilde pollino que transportaban desde hortalizas hasta los más insólitos objetos, carricoches sobre los que viajaban ciudadanos pudientes, algún automóvil y dromedarios que avanzaban insensibles al tumulto que los rodeaba. Con aquel maremágnum competían los tenderetes, en los que igual se podía comprar un puñado de dátiles como una chilaba a buen precio. Las riadas de viandantes esquivaban hábilmente y sin inmutarse vehículos, vendedores y a la infinidad de mendigos que imploraban la bendición de Alá para quienes socorriesen sus generalmente falsas desgracias.

Bashir los había recogido de buena mañana al pescante de una victoria tirada por un caballo de excelente aspecto que en poco más de una hora recorrió la distancia entre Guiza y la plaza. «Bashir acompañará», les había dicho al tiempo que señalaba un edificio de llamativo color rojizo que albergaba el Museo de Antigüedades Egipcias. Simon estaba impaciente por entrar y contemplar las piezas que había estudiado en Oxford, pero el semblante serio de su padre le devolvió a la realidad.

—¿Estás bien, papá?

—Estoy intranquilo, para qué te voy a engañar. Nunca debí aceptar la proposición de Carnarvon. Ahora que estamos aquí me parece una absoluta locura localizar los vasos en este enorme edificio que, por lo que sé, es como un depósito de piezas presentadas sin demasiado criterio. Las que están expuestas, claro, porque en los almacenes hay grandes cantidades de material aún por clasificar.

—¿No podemos preguntar dónde están? Sería lo lógico.

—Lógico, sí. Pero poco prudente, porque en cuanto se descubriese que faltan los vasos, alguien podría acordarse de los ingleses que se interesaron por ellos.

—Quizás podríamos conseguir que tardasen en echarlos en falta.

—¿Qué quieres decir, hijo?

—Pues se me ocurre que podrías repetir la treta que utilizaste con el Furini, cuando conociste a mamá.

Esmond no tuvo más remedio que reconocer que la sugerencia de su hijo tenía sentido. Si sustituían los vasos canopos auténticos por unos cuantos de los que se venden en cualquier tienda de *souvenirs*, la falta de orden, la aglomeración de piezas y la deficiente iluminación harían que pasase tiempo antes de que alguien pudiese descubrir la superchería. Pero no dejaba de preocuparle la facilidad con que su hijo había asumido el hecho de que estaban planeando un robo.

—Para empezar, veamos dónde están los vasos. Después analizaremos si podemos poner en práctica tu idea.

Mientras hablaban, Bashir se había abierto paso entre la multitud vociferante hasta la verja del Museo, donde unos guardas de aspecto indolente intentaban dar sensación de orden evitando que la marea humana que llenaba la plaza inundase también los jardines aledaños al edificio. Ya ante la imponente puerta, Bashir los sorprendió con una propuesta que evidenciaba que, a pesar de su discreción, aquel árabe estaba más implicado en aquella descabellada aventura de lo que habían supuesto.

—Bashir entrará después de ustedes. Dentro del museo haremos como desconocidos —les indicó en su inglés rudimentario—. Bashir preguntará por vasos y nadie extrañar porque Bashir está en equipo de Carter, y Carter quiere saber.

Cruzar aquella gran puerta era como penetrar en un mundo que nada tenía que ver con lo que quedaba al otro lado. Los pocos visitantes murmuraban impresionados por la imponente presencia de las estatuas que llenaban la sala principal, iluminada únicamente por la luz cenital de las vidrieras que constituían la casi totalidad del techo. Un olor indefinido impregnaba el ambiente contribuyendo a la sensación de irrealidad. Esmond y Simon, sin perder de vista a Bashir, que según lo previsto caminaba con calma por delante de ellos, iniciaron un somero recorrido entre estatuas y sarcófagos que hablaban de una civilización milenaria de la que tan poco se sabía. Simon, contento de poder mostrar a su padre que sus brillantes calificaciones estaban justificadas, inició una disertación sobre Akenatón, el faraón hereje, ante cuya estatua se habían detenido para no perder de vista a Bashir.

—Se cree que Akenatón es el padre de Tutankamón, el faraón niño que tanto interesa a Carter —explicó Simon deseoso de mostrar sus conocimientos a su padre.

—Perdona que te interrumpa, hijo, pero Bashir ha desaparecido por aquella puerta acompañado por un individuo con aspecto de funcionario.

—Esperemos que le esté enseñando los vasos.

—Es de suponer. Puedes seguir ilustrando a tu padre sobre el Antiguo Egipto mientras no vuelvan a salir.

Apenas quince minutos después, Bashir se despedía de su acompañante y se encaminaba hacia la puerta pasando por delante de ellos para asegurarse de que le habían visto. Poco después, sentados ante unos tés a la menta en el café Fishavi, un establecimiento singular que no había cerrado sus puertas desde 1773, Bashir los puso al corriente.

—Bashir ha visto vasos. Están en caja de madera cubierta con serrín para protección. En primera sala de almacén. Hay que entrar por puerta que habéis visto. Creo no cerrada con llave. Empleado no sabe cuándo exponer al público.

Dos noches después, Simon estaba agazapado detrás de una columna en la sala principal del museo, a pocos metros de la puerta indicada.

Había tenido que convencer a su padre de que le dejase protagonizar aquella aventura argumentando que, si tenía la mala suerte de que le descubriesen, Esmond tendría más posibilidades de librarle de la cárcel. Bashir se había ocupado de comprar los vasos de pacotilla que iban a sustituir a los auténticos y de proporcionarle linternas, un juego de ganzúas y un rudimentario croquis ubicando el cajón que contenía el botín. También le había entregado una pequeña alforja con una buena cantidad de dátiles secos, pan de especies y un odre con agua. «Espera será larga, mejor estómago tranquilo», le había dicho. Su padre había trazado el plan a seguir. Tan sencillo como permitían las circunstancias. Comprobado que por la noche la vigilancia del museo quedaba en manos de un par de guardas que se limitaban a recorrer el perímetro del edificio cada hora, decidió que lo más eficaz sería que Simon se quedase en el museo cuando se cerrasen las puertas. Después podría con tranquilidad acceder al almacén. A la hora convenida, su padre le esperaría en una puerta de servicio cuyas cerraduras, según había comprobado Bashir, no ofrecían resistencia al juego de ganzúas.

Las claraboyas dejaban entrar los tenues rayos de una luna que estaba a punto de alcanzar su fase de mayor esplendor. Su luz levemente azulada caía sobre las estatuas que parecían custodiar el perímetro de la gran sala dándoles un aire fantasmal que se acrecentaba con una sensación de movimiento cuando una nube creaba una pasajera oscuridad. Simon llevaba ya más de tres horas en su escondite para asegurarse de que estaba solo en el interior del museo y para adaptarse al horario convenido. La luz fantasmagórica y la proximidad de varios sarcófagos, alguno de los cuales aún contenía su macabro ocupante, no dejaban de inquietarle. Aguzaba el oído buscando algún ruido en aquel silencio sepulcral cuando percibió el roce de unos pies que avanzaban en la semipenumbra. Se puso en guardia y echó mano de la única arma defensiva de que disponía: uno de los falsos vasos canopos. Fantasma o humano, nada le libraría de un buen golpe en la cabeza.

—Sidi Simon, sidi Simon. —La voz susurrante de Bashir le tranquilizó.

—Estoy aquí. ¿Qué sucede, Bashir?

—Cambio de planes. Sidi Esmond explicar. Ahora salir de aquí enseguida.

Bashir se hizo cargo del cesto con los falsos vasos y le condujo, agazapados los dos, hasta un punto de la verja que podía escalarse con facilidad. Unos metros más allá, en un carruaje cerrado los esperaba Esmond acompañado por un personaje desconocido para Simon.

—Te presento a Howard Carter. Gracias a su rapidez de reflejos, nos hemos evitado un conflicto mayúsculo.

Pocas horas antes, lord Carnarvon había recibido en Highclere la noticia de que el director del Servicio de Antigüedades egipcio le proponía un pacto equitativo: siete de aquellos maravillosos vasos se quedarían en el país al que pertenecían y los seis restantes pasarían a engrosar la colección de su descubridor. Carnarvon cablegrafió a Carter para que cancelase los planes de Esmond, ignorante de que la operación ya estaba en marcha. A uña de caballo, el arqueólogo había llegado desde Luxor y los había localizado.

—Celebro que todo se haya resuelto de este modo. Nunca debí consentir que mi hijo ocupara mi puesto en la operación —comentó aliviado Esmond.

—Había dado mi palabra de honor al conde de que nunca daría a entender que estaba al corriente de los motivos de su visita a El Cairo, pero lo sucedido esta noche me libera de ese compromiso. Ahora puedo confesarles que, tras la sorpresa inicial, quedé muy impresionado por ese romanticismo aventurero que les mueve. Me pareció una muy peculiar manera de ayudar a los necesitados a costa de los que andan sobrados de medios y totalmente faltos de voluntad de compartirlos.

»De hecho, mi reacción inicial fue negarme a colaborar en lo que me parecía una aventura descabellada, pero cuando lord Carnarvon me explicó la historia desde sus inicios, me convencí de que debía comprometerme en contrarrestar una decisión arbitraria de las autoridades egipcias. Afortunadamente —concluyó el arqueólogo con una sonrisa—, todo se ha resuelto de una manera razonable y nos hemos librado de posibles complicaciones. Creo que ahora ha llegado el momento de que disfruten de su estancia en este país.

Tras unos días dedicados a conocer El Cairo, incluida una visita detallada al museo para ver de cerca los vasos que habían estado a punto de robar —«Entiendo que Carnarvon no quisiese renunciar a esta belleza», le comentó Esmond a su hijo—, Carter organizó su visita al Valle de los Reyes fuera del circuito

93

de los turistas convencionales, con una travesía por el Nilo a bordo de una *dahabiya* cedida por un adinerado bajá que había hecho su fortuna proporcionando obreros a las excavaciones.

El Nilo les ofrecía toda su magnificencia al remontarlo por aquella embarcación cuyo diseño no había cambiado en milenios. Acomodado en la pequeña cubierta a popa, Simon veía materializarse los textos que había estudiado en Oxford, como si el tiempo se hubiese congelado miles de años atrás: esos pescadores que golpeaban con largas cañas la superficie del agua para llevar los peces a la red los había visto ya en las paredes de la tumba de algún preboste, al igual que aquellas mujeres que se afanaban lavando su ropa arrodilladas en la orilla.

Esmond le contemplaba preguntándose si no habría sido un grave error desvelarle su vida secreta, pero Simon había evidenciado que, con él, La Liga de la Pimpinela Escarlata tenía asegurada su continuidad.

11

¿Patriotismo o espíritu aventurero?

Aquella mañana gloriosa de mayo de 1920 la prensa de Barcelona no hablaba de otra cosa que de la presencia del mariscal Joffre en la ciudad. El militar que se había distinguido por su intervención en la sangrienta batalla del Somme era recibido con honores oficiales y entusiasmo ciudadano por su condición de catalán del Rosellón.

Mientras jugueteaba distraído con la invitación que le había hecho llegar el cónsul británico para la función de gala que se celebraría en el teatro del Liceo, Simon rememoraba el día en que anunció a su padre su intención de incorporarse a filas como voluntario.

Leyendo los exaltados panegíricos que dedicaban a Joffre los periódicos locales, más interesados por su condición de catalán que por sus méritos militares, Simon reconoció que, de no haber sido por la intervención de su padre, quizás él sería uno de los más de cuatrocientos mil soldados británicos que cayeron en una de las más inútiles batallas de la guerra.

—Me parece una locura y, lo que es peor, una locura totalmente gratuita.

Simon le escuchaba desde el otro extremo de la mesa de juntas que habían convertido en lugar de trabajo compartido desde que se incorporó a la gestión del negocio.

La invasión de Bélgica por los ejércitos de las Potencias Centrales supuso que Inglaterra declarase la guerra a los miembros de la Triple Alianza. Y la eclosión de un sentimiento de patriotismo en los jóvenes ingleses, que se precipitaron a las oficinas de reclutamiento.

—Si quieres ser útil a tu país tienes mil maneras de hacerlo, sin necesidad de exponerte a las balas de los alemanes. —Esmond apenas podía disimular la angustia que le producía imaginar a su hijo en el frente.

—Comprendo que te preocupes, pero no podría quedarme en Inglaterra viendo cómo todos mis amigos salen hacia el continente. Te juro que sabré cuidarme.

—Ya puedes jurarme todo lo que quieras que no me tranquilizas lo más mínimo.

Al final, como era presumible, no pudo convencer a su hijo y se consoló moviendo todos sus contactos en el Ministerio de la Guerra para conseguirle un destino que le permitiese hacerse la ilusión de que correría un riesgo menor. Pocas semanas después, invitó a Simon a almorzar en Rule's recordando el día en que Percy le captó para su segunda naturaleza aventurera.

—Como ya habrás supuesto, me he preocupado de que el Ejército te trate lo mejor posible, dadas las circunstancias.

—No quiero ningún trato de favor, padre. —Simon no pudo contener un tono de reproche en sus palabras.

—No hay trato de favor. Sencillamente he hecho valer que sería una lástima que te quedases en soldado raso, como pretendes, cuando por tu formación y tus capacidades puedes ser más útil como oficial.

—Pero si no tengo ninguna formación militar.

—Es evidente, pero resulta que el Ministerio está falto de oficiales y, para remediarlo, ha dispuesto unos cursos acelerados en la Real Academia Militar de Sandhurst. De manera que en tres meses te darán el rango de subteniente, o incluso de teniente, según te las hayas compuesto en las pruebas.

Los tres meses pasaron como un suspiro. Para su propia sorpresa, Simon se sintió a gusto en el ambiente de la academia militar y se adaptó con facilidad a la disciplina impuesta por los profesores que, en aquellas circunstancias especiales, eran todos oficiales con experiencia en combate. Su afición a la práctica de la esgrima y el boxeo le granjearon el interés de los mandos y le valieron una primera recomendación en su hoja de servicios, así como el grado de teniente.

—Si no fuese por lo que supone, te diría que el uniforme te sienta muy bien —le dijo su padre.

Esmond había recorrido en su automóvil las sesenta millas que mediaban entre Londres y Sandhurst para asistir a la entrega de despachos. Pese a las excepcionales circunstancias de aquella promoción de jóvenes oficiales, los mandos no habían querido prescindir de la liturgia con que el Ejército gusta de solemnizar este tipo de actos. La ceremonia fue presidida por un representante del secretario de Estado de Guerra, Horatio Kitchener, cuyo rostro se había hecho popular entre la población porque aparecía en los carteles de la campaña de reclutamiento que había orquestado, convencido de que la guerra sería mucho más larga de lo que presumían algunos miembros del Gobierno. Al término del acto, pamelas y levitas se mezclaban con los uniformes en el patio de armas, donde se ofrecía un refrigerio. Todos parecían querer olvidar que aquellos muchachos pronto estarían a merced del fuego enemigo y que los ciudadanos de a pie empezaban a percibir los efectos de las duras disposiciones del Gobierno en materia de seguridad y de suministros.

—Reconozco que tenías razón, papá. Después de estos meses, creo que efectivamente puedo ser más útil como oficial que como simple soldado. Ahora solo falta saber dónde me destinarán.

—Espero que no te enfades conmigo, hijo, porque he hecho algunas averiguaciones en el Ministerio...

—¿Y?

—Dado que eres el único de esta promoción que habla árabe con cierta fluidez, lo más probable es que te destinen a El Cairo.

—Pero si allí no se combate, papá. —Simon se exaltó, convencido de que había maniobrado para conseguirle un puesto «emboscado», como se llamaba despectivamente a los que intentaban zafarse del peligro.

—Siento decirte que te equivocas. Ya me gustaría que Egipto quedase alejado del frente, pero la entrada de Turquía en la guerra, al lado de los alemanes, supone una amenaza para Rusia, a la que ya han atacado en sus bases del mar Negro, y también para nuestros intereses. Es seguro que intentarán hacerse con el control del canal de Suez, y el Alto Mando se está preparando para cubrir ese frente con fuerzas combinadas británicas y neozelandesas.

Apenas dos semanas después, Simon se despedía de su padre al pie de la escalerilla del transporte militar que le llevaría hasta Alejandría. Esmond, que a duras penas podía ocultar su desazón, le había llevado en su coche hasta Southampton. Ahora, mientras contemplaba cómo el buque se perdía en la distancia, no pudo dejar de rememorar el día en que él mismo había iniciado en aquel puerto un viaje que cambió su vida.

12

Encuentro en el desierto

*L*a travesía hasta el estrecho de Gibraltar no fue ningún viaje de placer. El mar parecía tomar conciencia de los agitados momentos que se vivían en tierra y les deparó una navegación tormentosa; buena parte de los voluntarios embarcados, muchos de los cuales veían el mar por primera vez, la sufrieron en estado de permanente mareo. El buque, un carguero convertido a toda prisa en transporte militar, ofrecía unas comodidades escasas incluso para los oficiales, de manera que Simon agradeció la posibilidad de desembarcar por unas horas en Gibraltar, donde hicieron escala para repostar.

El Mediterráneo se mostró más acogedor que su vecino Atlántico y el buque navegó con relativa tranquilidad, solo turbada por el vuelo de algún avión de observación que hizo temer que pudiese alertar a los submarinos alemanes de la presencia del convoy británico. Pese a ello, llegaron a Alejandría sin mayores percances. Desde allí a El Cairo, en el mismo tren en que había viajado con su padre diez años atrás.

La ciudad no había cambiado, salvo en la profusión de uniformes que vio por las calles. La presencia de importantes contingentes de tropas británicas en diversos puntos de Egipto había alterado el perfil de discreción con que Inglaterra ejercía un «protectorado no oficial» en el país. Sentado en la sala de espera de la sede del Alto Mando de las fuerzas expedicionarias, Simon se entretenía contemplando el abigarrado desfile de oficiales procedentes de los extremos más lejanos del Imperio. Australianos y neozelandeses con sus tradicionales sombreros de ala ancha, algunos con el ala derecha doblada hacia arriba y rematada con una pluma, así como indios, cuyo turbante blanco resultaba poco coherente con el kaki del uniforme.

—Son gurkas —le explicó un capitán que compartía con él la espera, al observar su mirada sorprendida—, nepalíes con nacionalidad india, probablemente las tropas más valerosas y feroces de toda la Commonwealth. Suelen reclutarlos cuando tienen diez años, lo que es un honor para sus familias, y entran en servicio después de cinco o seis de formación. Son terribles con su *kukri,* un cuchillo curvo del que nunca se separan.

—He leído sobre ellos, pero nunca había visto ninguno. Reconozco que tienen un aspecto impresionante.

—Pues posiblemente tenga usted oportunidad de verlos en acción. Hay cien mil combatiendo en Europa junto a nuestras tropas, y por lo menos un regimiento aquí en Egipto.

Un ordenanza interrumpió la conversación:

—El general Lawrence le recibirá ahora, teniente Sinclair. Haga usted el favor de acompañarme.

Recorrieron una larga galería, jalonada de columnas de mármol rosa, que daba a un patio por el que paseaban algunos oficiales. El despacho del general, por sus dimensiones y el lujo de sus muebles y alfombras, confirmaba la tradición británica de disfrutar de lo mejor de sus colonias siempre que fuese posible. Simon, en posición de firmes, esperó a que el general levantase la vista de los papeles que estaba revisando.

—Descanse, teniente. Confío en que haya tenido usted buen viaje.

—Gracias, señor. No ha sido malo del todo.

—Me alegro. No siempre podemos decir lo mismo por culpa de los malditos submarinos alemanes. Tome asiento. Tengo entendido que domina usted el árabe.

—Dominarlo es quizás exagerado, pero puedo mantener una conversación con cierta fluidez.

—Eso es lo que dice su expediente, además de afirmar que es un boxeador bastante contundente, un buen esgrimista y un excelente jinete.

—Procuro defenderme, señor.

—Una actitud muy conveniente, dadas las circunstancias. Acompáñeme. Quiero mostrarle algo.

El general se acercó a la gran mesa recubierta de planos que ocupaba el centro del despacho y con un puntero señaló sobre unos de ellos.

—Esta es la península del Sinaí. Aquí vamos a frenar los avances de los turcos, que pretenden hacerse con el control del canal de Suez. Hasta ahora los hemos repelido desde el propio Canal pero es mucho más eficaz cortarles el paso antes de que lleguen. Y el Sinaí es el lugar adecuado. Estamos concentrando varias divisiones británicas y neozelandesas y también un regimiento de gurkas.

—Tengo entendido que son unos soldados excelentes.

—Así es. Y usted va a tener ocasión de comprobarlo. Le he asignado precisamente a ese regimiento, a las órdenes del capitán Lawrence, que, a pesar de la coincidencia de apellidos, no tiene nada que ver conmigo. Creo que le puede ser usted muy útil como enlace con las tropas irregulares beduinas que está intentando organizar.

—Espero no defraudarle, señor.

—Así sea. Ahora puede retirarse. Mi ayudante le dará toda la información necesaria para incorporarse a algún transporte que salga para el Sinaí.

Los trescientos cincuenta kilómetros que mediaban entre El Cairo y Romani, el punto de concentración de las tropas combinadas británicas en el centro de la península del Sinaí, fueron como una repetición de la travesía por mar en cuanto a la incomodidad, aunque agravada por el calor agobiante. Simon, sentado en la cabina de un camión que avanzaba traqueteando por pistas apenas insinuadas, contemplaba el paisaje monótono, solo animado por la aparición de algún oasis en la distancia. O por la larga fila de soldados montados en camellos con que se cruzaron.

—Son australianos —comentó el conductor del camión al observar su sorpresa—. Están acostumbrados a los camellos porque parece que en su tierra los tienen a miles. Según me explicaron, los importaron desde Arabia los primeros colonos como bestias de carga y se han asilvestrado. Ahora van, como nosotros, a unirse al resto de tropas montadas australianas. La caballería Anzac, los llaman.

—¿Qué significa Anzac? —preguntó Simon.

—Son las siglas de Australian and New Zealand Army Corps. Hay que reconocer que son unos tipos estupendos. Un poco alborotadores cuando están fuera de servicio, pero se les perdona.

Arrullado por la cháchara del conductor, Simon había entrado en un estado de duermevela que fue súbitamente interrumpido cuando aquel anunció:

—Ya estamos a la vista de Romani. Pronto podremos darnos un baño. Si es que hay agua, claro.

Ante los ojos de Simon se desplegaba, en medio del desierto, un mar de tiendas de campaña y todo lo necesario para el funcionamiento de aquella aglomeración militar. Con los prismáticos que le ofreció el chófer pudo descubrir los hangares de los aviones de caza que completaban la capacidad ofensiva de la Fuerza Expedicionaria Egipcia.

—No sabía que dispusiésemos de aviación en este frente —comentó.

—Es una escuadrilla de doce aparatos que llegó hace dos o tres semanas. Parecen pocos, pero hacen el trabajo de muchos, tanto en combate como en tierra. Esos pilotos son gente estupenda, pero les gusta el jaleo y pueden armarlo por una tontería después de unas cuantas copas en la cantina.

—Me gustaría mucho conocerlos. Volar debe ser algo fantástico.

—Y peligroso, me parece a mí. No tiene más que pasarse por la cantina después de la cena. Seguro que encontrará a alguno o a todos.

En el horizonte, una espectacular extensión de ruinas que, con el mapa de campaña en mano, Simon identificó como Pelusio.

—Esta fue una ciudad importante del Antiguo Egipto. Cleopatra llegó hasta aquí al mando de su ejército para enfrentarse a su hermano Ptolomeo. Y aquí asesinaron a Pompeyo —le explicó a su compañero de viaje, sorprendido por su erudición—. Son cosas que he estudiado durante la carrera —se disculpó un tanto avergonzado.

—Pues no sé si podrá verlas de cerca porque están en zona de fuego. Tendrá que esperar a que echemos a los turcos de sus posiciones.

Simon siguió el consejo del chofer. Tras localizar su alojamiento en uno de los barracones de oficiales y quitarse de encima el polvo del viaje gracias a que las duchas disponían de agua suficiente, se encaminó a la cantina con la esperanza de entablar conversación con algún piloto de la escuadrilla. Aquel lugar que servía de restaurante, pub y casino, todo en una pieza, para los oficiales que buscaban olvidarse de la guerra al menos por unas horas, le recibió con una mezcla de olores que combinaba las salchichas fritas con beicon, la cerveza y el tabaco. Nadie parecía prestar atención a la música: unos discutían acaloradamente a saber por qué menudencia, lo que era un excelente remedio para la tensión; otros estaban pendientes de las partidas de póquer que se jugaban en varias mesas. Después de acostumbrar la vista a la luz del local, enturbiada por un espeso humo, Simon intentaba abrirse paso hasta el concurrido mostrador cuando le sobresaltó un vozarrón:

—Simon Sinclair, muchacho, ¿qué demonios se te ha perdido en este maldito lugar? —le interpeló un mocetón que se precipitó sobre él y lo estrechó en un abrazo de oso.

Quien le había recibido tan efusivamente era sir Adrian Newcombe, uno de los mejores amigos de Simon en Oxford, heredero de un título y de una fortuna considerable basada en la explotación de los vastos dominios familiares en Gales, pero también en las inversiones en el comercio con la Commonwealth. Adrian había transitado por la universidad con la tranquilidad de quien sabe que la carrera solo le va a servir para colgar el título en una pared de su piso de soltero. Con gran habilidad, mantenía el equilibrio justo para que sus notas no provocasen una medida drástica del claustro con la consiguiente indignación de su padre, que podría obligarle a trabajar y, lo que sería aún más grave, suspender su generosa asignación mensual. Ahora vestía una interpretación personal del uniforme de vuelo, con un fular de seda anudado al cuello y los distintivos que proclamaban que había abatido siete aviones enemigos.

—Lo mismo que a ti, me temo —contestó Simon cuando se repuso de la sorpresa y consiguió desprenderse de las efusiones de su amigo—. Me han destacado aquí porque hablo el árabe razonablemente bien. Haré de enlace de algún mando, según parece.

—Pues yo estoy aquí gracias a mi afición por los aviones, que tanto os chocaba en Oxford. El Ejército no tiene ningún tipo de escuela de pilotos, de manera que a nosotros nos han enseñado y nos han dado el título en el Real Aeroclub de Inglaterra. Estoy al mando de una escuadrilla de cuatro Sopwith Camel, un caza increíblemente eficaz, recién salido de fábrica, con el que nos dedicamos a hostigar a las tropas alemanas. Y a desafiarnos en el aire con sus pilotos, que debo reconocer que son verdaderos *gentlemen*. Por eso, si alguno cae prisionero, lo tratamos como a un igual. Ahora mismo puedo presentarte a uno de ellos. El capitán König tuvo que hacer un aterrizaje forzoso y cayó en manos de una de nuestras patrullas. Estamos esperando canjearlo por un piloto nuestro.

El oficial alemán, al sentirse aludido, se puso en pie y se cuadró para saludar con una breve inclinación de cabeza y un sonoro taconazo. A Simon le impresionó su rostro anguloso y unos ojos anormalmente juntos cuya mirada penetrante poco costaría calificar de cruel si se daban las circunstancias. Por lo demás, no cabía negarle un porte atlético y un cierto atractivo, sobre todo para las mujeres que amasen el peligro.

Newcombe se volvió a los ocupantes de la mesa de juego a la que había estado sentado y proclamó, con un vozarrón que debió llegar a todos los rincones de la enorme tienda de campaña:

—Os presento a Simon Sinclair, el mejor remero que ha tenido Oxford desde hace muchos años y que, además, por todos los santos del cielo, habla árabe como un bereber.

—Veo que no has estado desocupado —le comentó Simon señalando con respeto las insignias que atestiguaban su eficacia en combate—. Volar ya me parece una experiencia notable, pero volar y combatir debe ser impresionante.

—No te lo niego, pero al final uno se acostumbra y lo encuentra normal. De todas maneras, si quieres probarlo, puedes venir conmigo en un vuelo de reconocimiento. Estoy seguro de que el comandante no pondrá ningún obstáculo siempre que no entremos en combate. Si te apetece, nos encontramos a las siete de la mañana en las pistas.

Al día siguiente a la hora convenida, Simon fumaba un cigarrillo, no sin algo de nerviosismo ante su primer vuelo, esperando a Newcombe cuando le vio aparecer detrás de uno de los barracones, gesticulando enfurecido y farfullando algo que no pudo entender.

—¡Maldito alemán! ¡Maldito alemán y mil veces maldito alemán!

—Pero ¿qué ha sucedido, Adrian?

—Pues que esta noche, después de que yo le acompañase al cuarto que le servía de celda, ha apuñalado al centinela y al soldado de guardia junto a los aviones y ha huido pilotando su propio aparato.

—Pero ¿cómo es que nadie ha oído el ruido de los motores?

—Porque es algo normal. Con luna llena podemos volar de noche y siempre hay algún aparato que llega de una misión. No le damos mayor importancia. Este maldito hijo de perra lo sabía y se ha largado con toda tranquilidad. Tras asesinar a dos pobres infelices.

—¿Y qué vais a hacer?

—Nada. ¿Qué quieres que hagamos? A estas horas ya está en su base vanagloriándose de su astucia. Hasta es posible que le condecoren esos *boches* del demonio. Pero te juro por lo más sagrado que le buscaré en el aire y le derribaré. Y aterrizaré para comprobar que está muerto y rematarle si aún no lo está.

Adrian siguió dándose a todos los diablos hasta que fue recuperando la calma necesaria para ponerse a los mandos de su aparato.

—A volar, Simon, de esta no te escapas —rugió al tiempo que le alargaba un casco y unas gafas de vuelo.

Sentado en el reducido cubículo del ametrallador situado tras el piloto, Simon experimentó por primera vez en su vida la embriagadora sensación de libertad que proporciona volar. Una vez alcanzada la altura de crucero, su compañero le confió la aeronave y pudo comprobar la engañosa docilidad con que los mandos del aparato respondían a la menor presión de sus manos. Siguiendo las indicaciones del piloto, sobrevolaron el desierto en amplios círculos con el propósito de localizar patrullas enemigas. Cuando Adrian volvió a hacerse cargo de los mandos para efectuar un aterrizaje impecable en una pista con honores de pedregal, Simon sintió lo mismo que cuando, de niño, le arrebataban su juguete predilecto.

—Lo has hecho muy bien, muchacho —le dijo su compañero al tiempo que le daba una fuerte palmada en la espalda—. Unas cuantas horas de vuelo más y te convertirías en un experto piloto. Lástima que no podamos incorporarte al equipo.

—Te aseguro que nada me gustaría más, pero dudo que los mandos lo autorizasen.

—Ellos se lo pierden, porque estás hecho para volar. Me comprometo a hacer de ti un buen piloto en cuanto acabe esta maldita guerra.

Simon asintió con una sonrisa. No le apetecía nada responderle a su amigo que quizás estaba siendo demasiado optimista. Nadie podía asegurar que llegarían a presenciar vivos el fin de aquella locura.

13

Bautismo de fuego

—¡*T*eniente Sinclair, teniente Sinclair! Debemos irnos de aquí, señor.

El *havildar* Khao intentaba que Simon recobrase el conocimiento después de que un obús otomano estallara muy cerca de la posición de su pelotón. Simon había recibido un impacto en la cabeza y otro en el pecho con abundante pérdida de sangre. Aquella noche, divisiones alemanas, austríacas y turcas alcanzaron la primera línea de defensa de Romani en un potente ataque combinado que obligó a los británicos a replegarse. La sección gurka al mando del teniente Simon Sinclair era una de las pocas unidades que habían mantenido su posición en primera línea, pero a costa de quedar aislada del grueso de las fuerzas británicas. En aquellos momentos, el fuego graneado de fusiles y ametralladoras completaba la labor destructiva de la artillería. El sargento Khao comprendió enseguida que la única posibilidad de salvar la vida de su teniente era replegarse a la nueva línea de defensa. Tras ordenar al resto del pelotón que los cubriese, cargó sin aparente dificultad con el cuerpo inerte de Simon y aprovechando la protección de la escasa vegetación consiguió alcanzar un puesto avanzado, desde donde el herido fue trasladado al hospital de campaña.

—Ha tenido usted mucha suerte, teniente. De no ser por el sargento que le llevó a cuestas, se habría usted desangrado. —El médico, en cuya bata blanca lucían las dos estrellas de capitán, seguía examinando su estado—. Las heridas no son graves, pero la pérdida de sangre habría resultado fatal. Gracias al valor y a la fuerza física de su gurka, le hemos intervenido a tiempo y en una semana podré trasladarle a El Cairo para que siga reponiéndose en un hospital mejor acondicionado.

El último recuerdo de Simon era el impacto de un obús enemigo a pocos metros del lugar donde su pelotón se hallaba atrincherado. Había despertado en un escueto catre de tijera, bajo la tienda de lona que hacía de hospital de campaña.

—No recuerdo nada de lo que me cuenta. Ni mucho menos que alguien haya sido capaz de trasladarme bajo el fuego enemigo.

—Pues le debe la vida a su sargento, que también está ingresado aquí.

—¿Qué le ha sucedido?

—Una bala perdida le acertó en la pierna cuando le faltaban unos centenares de metros para llegar a nuestras líneas. No entiendo cómo pudo recorrerlos con esa herida y con usted a cuestas.

—¿Es muy grave, doctor?

—El proyectil le ha atravesado el hueso, pero si no hay complicaciones estará bien en un par de semanas, aunque es posible que le quede una cojera.

El médico no entendía lo grave que podía ser para un gurka aquella merma de sus capacidades físicas. Probablemente sería destinado a servicios auxiliares, algo que aquellos guerreros de raza no pueden asumir. Un gurka es un soldado profesional que acepta la muerte como parte de su compromiso de combatir, pero nunca será capaz de contemplarla desde la seguridad de un puesto alejado de la primera línea. Por lo que Simon podía intuir, era muy posible que Khao abandonase el Ejército. Durante los meses que estuvo bajo su mando había tenido ocasión de evaluar a aquel sargento de gesto impenetrable. Descubrió en él una inteligencia despierta al servicio de un sentido excepcional de la disciplina y la fidelidad. Como combatiente, hacía honor a la reputación de los nepalíes, apoyada por un físico de atleta. Simon no abandonaría al hombre al que debía la vida si este llegaba a dejar el servicio de las armas.

El hospital de la colonia británica de El Cairo, que había sido puesto a disposición de los oficiales heridos en lo que debió ser la residencia de algún rico bajá, contaba con unos vastos jardines donde los convalecientes podían descansar a la sombra de frondosos sicomoros. Un enjambre de diligentes enfermeras se preocupaba de atenderlos, y un observador perspicaz habría constatado que el nivel de atención estaba directamente relacionado con la juventud del paciente.

—Ya se habrá dado cuenta de que nuestras enfermeras parecen salidas de un salón de belleza —dijo un comandante que ocupaba una tumbona al lado de Simon—. No le extrañe. Puede apostar a que todas son hijas de residentes británicos, por lo general podridos de dinero. Las criaturas se aburren mortalmente en este ambiente endogámico y se pirran por un marido que pueda devolverlas a la metrópoli. Y nada mejor que las salas del hospital para avizorar a algún joven oficial herido, sensible a los cuidados de una abnegada enfermera. Como enfermeras no valen gran cosa, pero nos alegran la vista. Son un peligro para los devotos del celibato.

La llegada de una de aquellas sonrientes muchachas interrumpió sus cáusticos comentarios. Les ofreció refrescos y té frío que llevaba en un carrito de mimbre y se alejó tras dedicar una radiante sonrisa a Simon.

—A mí no me ha hecho ni caso. Los comandantes no somos por lo general piezas a abatir. Se supone que estamos casados. Por cierto, no me he presentado: comandante Hargitay, del Primero de Camelleros.

—Teniente Sinclair, del regimiento gurka.

—Excelente tropa. He combatido con ellos en la India y puedo asegurarle que no he mandado a mejores soldados en mi vida.

—No hace falta que me lo diga. Le debo la vida a uno de ellos. Precisamente estoy intentando localizarle porque lo único que sé es que lo trasladaron a El Cairo, igual que a mí.

—No será muy difícil si tenemos en cuenta que para Su Graciosa Majestad sus súbditos son todos iguales a la hora de jugarse la vida. —El comandante Hargitay hizo una pausa como queriendo adivinar el efecto de su ironía en aquel joven teniente—. Pero no lo son cuando se trata de mezclarse con los ingleses de pura cepa. Así que tenemos hospitales para las tropas coloniales, donde seguramente podrá encontrar a su heroico gurka. Ahora mismo voy a pedir que hagan unas averiguaciones.

El ordenanza del comandante, un galés de aspecto tosco y aires de campesino desplazado de su ambiente, resultó más eficaz y diligente de lo que su apariencia permitía suponer.

Al día siguiente Simon disponía de la dirección del hospital para los heridos neozelandeses e indios. Tuvo que esperar a que el médico le autorizase a salir a la calle, pero una semana después un *rickshaw* le dejaba a la puerta del hospital. Pese a que tenía un aspecto funcional y pulcro, no podía compararse con el lugar donde él convalecía, especialmente por la multitud que se agolpaba en la recepción reclamando a gritos alguna información. Su condición de oficial le facilitó las cosas y un pulcro enfermero egipcio le acompañó hasta la sala de descanso. Varios turbantes blancos atestiguaban que había un gurka debajo de cada uno de ellos y Simon fue recorriendo la estancia en busca del que cubría la cabeza de Khao. Lo descubrió en un rincón, abstraído en una partida de mahjong.

—Buenas tardes, *havildar*, ¿cómo está esa pierna?

El sargento dio un respingo que se convirtió en un intento de ponerse en pie para cuadrarse ante su superior.

—Señor. A sus órdenes, señor.

—Descanse, Khao. No estamos de servicio ni usted ni yo. He venido para saber cómo se encontraba y, por supuesto, para agradecerle que me haya salvado la vida.

—No sé si le he salvado la vida, señor. Pero en cualquier caso era mi deber, señor.

—No todos se habrían comportado como usted. Quiero que sepa que no olvidaré nunca su valor y su generosidad.

—Gracias, señor.

—Ahora cuénteme cuáles son sus planes. ¿Cuándo le darán el alta?

—Creo que la semana que viene, si todo va bien.

—¿Y se reincorporará a su unidad?

—Mucho me temo que no va a ser posible, señor.

El gesto desolado de Khao confirmó a Simon sus sospechas.

—¿Por que motivo, si puede saberse?

—Por supuesto, señor, no hay ningún secreto. El médico me ha anunciado que me quedará una pequeña cojera permanente porque han tenido que soldar el hueso. Y usted sabe que esto es causa de incapacidad para el servicio de armas.

—Cierto. Pero hay maneras de seguir en activo, aunque, desgraciadamente, sin entrar en combate.

—Sí, ya lo sé. En las oficinas del batallón. Pero me moriría de pena y de rabia sabiendo que mis compañeros están combatiendo y yo debo quedarme tras una mesa de despacho.

—Lo entiendo. Pero yo tengo una propuesta algo distinta que hacerle. Creo que estoy en situación de conseguir que le asignen a mi servicio, como ordenanza. En principio, no entrará en combate. Claro que nunca se sabe, porque en caso de apuro cualquier hombre es bienvenido.... aunque cojee un poco. —Simon sonrió para animar a su interlocutor.

El sargento Khao se había quedado en suspenso. Los negros pensamientos que ocupaban su mente desde que conoció el diagnóstico parecían aclararse. No era habitual —de hecho, no sabía de ningún caso— que un sargento hiciese de ordenanza de un teniente, pero eso no le preocupaba demasiado frente a la perspectiva de dejar el Ejército y volverse a su pequeño pueblo de Nepal para convertirse en uno de los muchos desocupados que haraganeaban por sus calles, aunque fuese un desocupado rico, porque la pensión de un gurka retirado haría de él un potentado ante sus paisanos.

—Puede usted tomarse su tiempo para decidirlo. Creo que pasarán unos cuantos días antes de que pueda reincorporarme a mi unidad.

—No necesito pensarlo, señor. Prefiero estar cerca de la acción, aunque no pueda tomar parte. Siempre podré resultar útil de un modo u otro.

—¿Esa es una respuesta afirmativa?

—Por supuesto, señor. Estaré muy orgulloso de servirle de ordenanza allí donde le destinen, señor. Y muy agradecido por haber pensado en mí.

El rostro habitualmente impasible del duro *havildar* Khao, integrante del temible Primer Regimiento de tropas gurkas, se iluminó con una sonrisa. Un observador atento quizás habría descubierto un rastro de humedad en sus ojos cuando, con un doloroso esfuerzo, se cuadró en posición de firmes ante su teniente.

Los superiores de Simon no pusieron ninguna objeción a que un sargento imposibilitado para el combate se reincorpo-

111

rase al servicio en calidad de asistente de su teniente. Tanto uno como otro estaban recomendados para una condecoración. Simon, por la defensa de su posición, y Khao, por el valor demostrado en el rescate. Contra lo que Simon habría deseado, la distinción no le valió la reincorporación a su unidad, sino que le situó en un puesto de confianza en el Estado Mayor.

—Aunque le cueste admitirlo, teniente Sinclair, puede usted ser más útil en El Cairo que en el frente. —El general Lawrence intentaba convencer a un decepcionado Simon que había acudido a él en demanda de un cambio de destino—. Como sabe, mi tocayo el capitán Lawrence está organizando el ejército rebelde de Faisal y necesitamos cerca del Alto Mando a alguien que hable árabe.

Era un argumento que Simon no podía rebatir, de modo que se resignó a lo que, al principio, le pareció una ocupación insulsa. Pronto, el seguimiento de las operaciones desde la mesa de mapas del Estado Mayor y la información de primera mano a la que tenía acceso gracias a sus conocimientos del árabe le hicieron cambiar de opinión. Desde aquella atalaya privilegiada estaba al tanto del desarrollo de los combates y también del malestar creciente del hombre que había asumido la tarea de ganar a los árabes para la causa de los aliados a cambio del compromiso de crear un Estado panárabe bajo el gobierno del jerife Husayn. Lawrence comprendió muy pronto que ingleses y franceses habían pactado en secreto sus ambiciones territoriales en Oriente Próximo y que las promesas y la palabra dada a sus amigos árabes quedarían en papel mojado. Pese a ello, aunque con infinita amargura, decidió seguir con la labor iniciada, dividido entre sus dos lealtades: los árabes, con quienes había trabado lazos de profunda amistad, y el Ejército al que se había comprometido a servir.

La sala de mapas del Alto Mando, además de servir al planeamiento estratégico y táctico de las operaciones, era como un club donde podían escucharse todo tipo de comentarios, muchos de ellos indiscretos. Simon, que se había convertido en algo así como un mueble para los oficiales de alta graduación habituados a su presencia, era testigo mudo de los planes aliados para el reparto de los territorios en litigio con absoluto menosprecio por la labor de Lawrence.

Aquella exhibición del cinismo practicado por los políticos colmó de decepción a Simon y precipitó la decisión que llevaba meditando desde que una carta del hombre de confianza de su padre le alertó de que este había tenido algunos problemas de salud. Su condecoración y la herida en combate facilitaron que su petición de traslado a la metrópoli fuese admitida sin mayor dificultad.

A Simon le quedaba por resolver el problema de Khao. En los meses transcurridos desde que fue asignado a su servicio, el gurka se le había hecho imprescindible. Fiel, callado, eficiente, no solo era el perfecto ordenanza militar sino que se había convertido, sin que Simon se lo hubiese indicado, en un excelente ayuda de cámara que asumía sus funciones con el mismo rigor con que había mandado a su pelotón. Además, se aplicó con notable éxito en adiestrar a su teniente en el manejo del *kukri* y en las técnicas del *kalaripayattu*, una de las muchas artes marciales que se practican desde tiempos inmemoriales en la India, con su ritual iniciático y sus cuatro fases de aprendizaje. Simon deseaba conservarlo a su servicio en Inglaterra, pero faltaba saber si Khao estaría dispuesto a un cambio tan radical.

Con su impasibilidad habitual, Khao escuchaba en posición de firmes los argumentos con los que pretendía convencerle.

—Mi pueblo dice que cuando alguien salva la vida a otro, debe cuidar de que no la pierda de nuevo. —Khao había tardado en responder—. Simon *sahib* dice que Khao le ha salvado la vida. Si eso es cierto, Khao debe cuidar de Simon *sahib*. Por eso, Khao seguirá a Simon *sahib* a Inglaterra y a cualquier lugar donde vaya.

14

De vuelta a casa

*E*l Espagne, pese a su nombre, navegaba bajo pabellón estadounidense. Era un buque de pasaje convertido en transporte de tropas que en esa travesía parecía un barco hospital por la gran proporción de heridos a bordo. El muelle de Southampton al que había quedado atracado bullía de gentes ansiosas por recuperar al hijo o al marido al que seguramente habían temido no volver a ver. Los vendajes o incluso alguna mutilación apenas embargaban la alegría del reencuentro. Simon había telegrafiado a su padre encareciéndole que no fuese a esperarle. Le preocupaban las noticias sobre su salud que había ido recabando de sus colaboradores y no deseaba que se fatigase viajando desde Londres. Aun así, no le sorprendió en absoluto descubrirle en la puerta de la estación marítima. De pie ante el que supuso era su nuevo automóvil y flanqueado por un chófer uniformado, le pareció que había disminuido de tamaño.

—Después de casi dos años sin verte, no podía quedarme en Londres esperando —se justificó mientras le abrazaba con fuerza—. Tienes muy buen aspecto. Temí que quizás no me decías la verdad cuando escribiste que estabas restablecido de tus heridas.

—Pues es cierto. Gracias a Khao, que se ha dedicado estos meses a ponerme en forma. Como ves, ha venido conmigo como ordenanza y se quedará con nosotros, espero que definitivamente, cuando nos licencien a los dos.

Esmond apenas había dedicado atención a aquel hindú que presenciaba las efusiones de padre e hijo con talante impasible.

—Le debo lo que más quiero en el mundo —le dijo con un toque de emoción en la voz, al tiempo que tomaba una de sus enormes manos entre las suyas—. Sea bienvenido a Inglaterra y a nuestro hogar. Espero ser capaz de demostrarle mi gratitud.

Durante el viaje hasta Londres, intentó responder con evasivas al interrogatorio sobre su salud al que le sometió su hijo. No tuvo más remedio que admitir que había tenido algún problema cardiaco.

—Pero no es grave, no tienes por qué preocuparte. El doctor Sterne me ha dicho que no hay peligro inmediato, pero que debo tomarme las cosas con calma y trabajar un poco menos. De manera que cuento contigo para que me ayudes.

Paulatinamente, Simon fue haciéndose con la gestión del boyante comercio de antigüedades que era el orgullo de su padre sin que este opusiese resistencia, señal inequívoca de que no se sentía tan bien como pretendía mostrar. La presencia de su hijo pareció darle nuevos ánimos y, tranquilizado acerca de la marcha del negocio, concentró sus energías en disfrutar de su compañía. Se les veía juntos en el West End, asistiendo a los estrenos teatrales, en el Covent Garden cuando actuaba alguna estrella del momento y en los restaurantes de moda, después de la función. Y era evidente el orgullo de Esmond cuando presentaba a su hijo a quienes se acercaban a saludarle. Simon, a su vez, se admiraba del número de políticos, aristócratas y hombres de negocios que distinguían a su padre con su amistad.

—No te sorprendas, hijo —le aclaró cuando, a la salida de un estreno en el Covent, Simon hizo un comentario al respecto—. Nuestro negocio exige mucha discreción y se presta a muchos favores. Tanto puedes sacar a un caballero de un apuro económico puntual comprándole alguna pieza de valor, sin aprovecharte de su situación o, como sucedió hace poco, entregar a una dama un precioso camafeo con la particularidad de que la afortunada no es la esposa de nuestro cliente.

—Sin olvidar las veces en que se trata de satisfacer a un coleccionista empeñado en hacerse con alguna pieza especial que no se halle a la venta. —Simon sonrió recordando su fallido debut en El Cairo, como émulo de los miembros de La Liga de la Pimpinela.

—En esos casos, la complicidad crea vínculos muy agradables. No sabes cuánto he disfrutado comentando las incidencias de alguno de esos encargos con el cliente convertido en un buen amigo.

—Y cómplice. Desde que estuvimos en El Cairo, no me escandalizo en absoluto, padre. Pero aún me sorprende tu sangre fría.

Esmond se disponía a responder cuando el saludo de un nuevo personaje le dejó en suspenso.

—Forrester, amigo mío. Cuántos años sin noticias suyas —exclamó estrechando efusivamente la mano de aquel Hombre de Gris que tan fundamental había sido para que sus inicios en La Liga hubiesen resultado un éxito—. ¿Qué ha sido de usted en todo este tiempo? Le veo igual que siempre.

—No me halague, *mister* Sinclair. Un poco menos de cabellera y bastante más de cintura es lo que me han dejado estos años. Pero no me quejo. Gracias a *sir* Percy y a usted, he disfrutado de muy buenos ratos en mi vida y he podido retirarme a una bonita propiedad en Surrey.

—Me alegra oírlo. Fueron unos años muy estimulantes para todos. Por cierto, no sabía que era usted aficionado a la ópera.

—No mucho, en realidad. Mi hija ha estudiado canto y ha debutado esta noche con un pequeño papel. Tiene solo diecisiete años y sus profesores le pronostican un brillante porvenir. Ahora la estoy esperando para acompañarla a casa.

—Le felicito si, como imagino, es la única dama joven del elenco. Una bonita muchacha y una voz preciosa.

—Eso creo yo. Orgullo de padre, sin duda. El mismo que debe sentir usted por este joven que no puede negar de quién es hijo.

—Discúlpeme por no habérselo presentado.

Simon estrechó la mano de Marcus Forrester.

—Mi padre me ha hablado mucho de usted y de su habilidad para resolver todo tipo de situaciones complicadas.

—Por lo que me dice su hijo, entiendo que no tiene usted secretos para él, *mister* Sinclair.

—Así es. Y no sé si lamentar mi debilidad, porque a veces sospecho que le atrae la idea de imitarnos.

—Una preocupación muy comprensible. Es natural que

117

un joven se deje deslumbrar por la aventura. Y también por la oportunidad de ayudar a los necesitados, como hacían ustedes.

—Preferiría que no lo hiciese. Aunque comprendo que tiene usted razón. Hasta yo recuerdo a veces con nostalgia aquellos tiempos.

La aparición de la hija de Forrester, que se había aproximado tímidamente al grupo, dejó sin respuesta el comentario de Esmond.

—Aquí tenemos a mi debutante. —El rostro de Forrester se había iluminado con una amplia sonrisa—. Abigail, te presento a mi gran amigo el señor Esmond Sinclair y a su hijo Simon.

—Sin saber que era usted hija de mi buen amigo, ya me había fijado en su intervención. Tiene usted una voz muy prometedora. Le deseo muchos éxitos en el futuro.

—Muchas gracias, señor. Espero que se cumpla su deseo.

Forrester abrazó visiblemente emocionado a Esmond y estrechó fuertemente la mano de su hijo.

—Me ha alegrado mucho conocerle, Simon. Y quiero que sepa que puede usted contar siempre conmigo si en alguna ocasión cree que puedo resultarle de ayuda.

Simon, inmerso en el día a día del negocio, había olvidado el encuentro con Forrester, y por supuesto su ofrecimiento, cuando uno de los mozos acudió al almacén donde estaba revisando unas porcelanas recién llegadas para anunciarle que su padre deseaba verle en su despacho.

—Tenemos que resolver un problema doméstico, hijo mío.

—Espero que no sea nuestro, padre. —Por la media sonrisa que animaba el rostro de Esmond, comprendió que le divertía la situación.

—No, en absoluto. El problema es de *sir* Algernon Longsmith, que acaba de marcharse.

—Parecía bastante alicaído, sí.

—El pobre tiene motivos para estarlo.

Esmond le desgranó una historia con tintes de vodevil. El tal Longsmith, un comerciante enriquecido en las colonias que debía el título de *lord* a la contribución de sus negocios a las arcas de la Corona, se había prendado de la señorita Eliza Barrow, segunda vedete en una comedia musical del Savoy en la que tenía oportunidad de exhibir sus encantos con generosidad.

En su deseo de ganar los favores de la damisela, le regaló el precioso camafeo del que Esmond habló a Simon semanas atrás en el teatro. Desgraciadamente, el infeliz pasó por alto que el día en que vio aquella pieza, durante una visita a la tienda, le acompañaba su mujer y que esta había hecho grandes elogios de la joya. De hecho, en su ingenuidad, fueron precisamente esos elogios los que le llevaron a escogerla para obsequiar a la vedete, sin darse cuenta de que su mujer le estaba sugiriendo sutilmente que le haría feliz que se la regalase.

—No me digas más. Ahora la mujer le ha insinuado que le regale el camafeo para su cumpleaños.

—Exacto. Salvo que no es el cumpleaños sino las bodas de plata, que, como es preceptivo, van a conmemorar a lo grande.

—¿Y qué pretendía el bueno de *mister* Longsmith?

—Pues algo tan sencillo como que recuperemos el camafeo. Que le ofrezcamos a su propietaria comprárselo al precio que sea. Cueste lo que cueste. Sin reparar en gastos. Y sin que él aparezca para nada, claro.

—No lo veo tan fácil, la verdad.

—No lo es, te lo aseguro. Por lo que ha acabado confesándome, su generosidad surtió el efecto deseado y la joven ha caído finalmente en sus brazos. No creo que el camafeo tenga efectos afrodisíacos, pero parece que la señorita Barrow no es ninguna ignorante y es capaz de apreciar el valor del regalo. Y de suponer que después de este pueden llegar otros no menos valiosos si conserva el entusiasmo de su enamorado.

—Que ella será muy capaz de mantener en su apogeo. Lo cual significa que nunca correrá el riesgo de que él llegue a saber que lo ha vendido.

—Ahí está la cuestión.

—¿Y tú qué le has dicho, padre?

—Que lo intentaría a pesar de que no tengo ninguna esperanza.

—Yo creo que no vale la pena. Pero no entiendo por qué no le dice a su mujer que se ha vendido ya.

—Al parecer, la ve tan entusiasmada que no se atreve a decepcionarla. Como tantos maridos infieles que se vuelven tremendamente atentos con sus mujeres, es víctima de su mala conciencia.

119

—Pues creo que intentar comprarlo a su propietaria puede resultar peligroso.

—No veo por qué.

—Si, como suponemos, la damisela no quiere desprenderse del camafeo, la única solución es que nos hagamos con él sin su permiso. Y si antes le has propuesto comprarle el camafeo, ella podría explicárselo a la Policía y esta sospechar de nuestra implicación.

—Por Dios, Simon. Te has vuelto loco. En mala hora te hablé de La Liga. Esa historia se acabó.

—Pero, padre, se trata de salvar el matrimonio de un buen hombre que ha cometido un error muy frecuente, y probablemente comprensible si la señorita de sus afanes es como supongo. Además, la cosa es simple: recuperamos el camafeo y se lo devolvemos para que haga feliz a su mujer. Él compra una pieza del mismo valor para consolar a su amada del disgusto que le habrá supuesto el robo, con lo que ella queda doblemente impresionada por su generosidad. Como remate de esta historia, él le ofrecerá a su santa esposa solemnizar sus bodas de plata con un donativo sustancioso, de por lo menos el valor del camafeo, para la obra de caridad que tú le sugerirás. Conclusión: habremos hecho felices a tres seres a los que no les falta de nada y ayudado a otros muchos que carecen de lo más elemental.

Esmond se había quedado sin palabras ante el desparpajo con que su hijo le estaba proponiendo un puro robo, sin excusas y sin ambages, para solucionar el problema del enamorado imprudente. Claro que él no era la persona más indicada para reprochárselo.

—Suponiendo, que es mucho suponer, que esté de acuerdo con este plan, me imagino que habrás pensado cómo y quién podría llevarlo a cabo.

—El cómo todavía he de madurarlo, aunque tengo una idea bastante definida. Y el quién no tiene duda: lo haré yo. Como es lógico, a *mister* Longsmith le diremos que lo único que podemos hacer por él es ponerle en contacto con una persona de confianza que quizás pueda ayudarle. Y esta persona, ya habrás adivinado, será el insustituible Forrester.

Esmond comprendió enseguida que todos sus esfuerzos para que Simon renunciase resultarían inútiles. Y confió en que la aparente sencillez de su plan tenía un punto débil que podía hacerlo fracasar. Efectivamente, Simon se había propuesto seducir a la joven para que esta le facilitase el acceso a su dormitorio y, entre encuentros amorosos, averiguar el lugar donde guardaba sus joyas. Después bastaría regresar mientras ella estaba sobre el escenario y hacerse con el camafeo. El punto débil estaba en saber si su hijo había sobrevalorado su poder de seducción al suponer que su encanto personal iba llevarle tan fácilmente al lecho de la actriz. Aunque consciente de las miradas que le dedicaban las clientas de todas las edades en la tienda y las damas con las que trataban en sociedad, tenía que admitir que era posible que se saliese con la suya.

Marcus Forrester había recibido un telegrama de Simon rogándole que fuese a Londres para tratar de un asunto profesional. Una vez puesto al corriente, acogió con entusiasmo juvenil la propuesta de volver a la vida activa.

—Como su señor padre ha tenido ocasión de comprobar en más de una ocasión, los planteamientos más simples son los que dan mejor resultado —sentenció.

—Siempre que la dama no se resista a este don Juan un tanto presuntuoso que tengo como hijo —replicó el padre en un último esfuerzo por abortar la operación.

—Me sorprendería mucho, la verdad. Sin ánimo de ofender al gremio, la opinión general es que las actrices de ese tipo de espectáculos suelen ser bastante liberales en sus relaciones con el sexo opuesto. Y dado el aspecto y los modales de Simon, yo diría que no le resultará difícil ganarse su, digámoslo pudorosamente, amistad.

El primer cometido de Forrester iba a ser entrevistarse con el abrumado señor Longsmith presentándose como la persona de confianza designada por Sinclair y fijar las condiciones. El caballero aceptó cuanto Forrester le propuso y, admitió que, por razones de seguridad, no le diese mayores detalles. Se le entregaría la joya a cambio de quinientas libras, correspondientes a los honorarios de Forrester, y de un cheque por el doble de dicha cantidad a favor de la institución caritativa que le indicara.

Llegado el momento de entrar en acción, una parte del plan competía a Forrester. Esmond exigió que intentasen recomprar el camafeo a su propietaria. Si para entrevistarse con el cliente

Forrester había adoptado el aspecto de un miembro del hampa, ahora se trataba de infundir la confianza que debe inspirar un respetable comerciante de joyería. Así se personó en el domicilio de la bella Eliza, un modesto apartamento situado en una calle-cita de Notting Hill. Ceremoniosamente, Forrester entregó a la criadita de aire pueblerino su tarjeta de visita: «Archibald De-vereaux. Alta Joyería. Compra, venta, valoraciones y peritajes».

—Dígale a la señora que le ruego me conceda una entrevis-ta para tratar de un asunto de su interés. Mañana a esta hora volveré para recibir su respuesta. —Con un discreto gesto de saludo a la criadita impresionada por los aires de aquel caballe-ro, dio media vuelta y subió al taxi que le esperaba en la puerta.

El resultado de la entrevista fue el previsto. Bajo ningún concepto estaba la señorita Barrow dispuesta a deshacerse de lo que, con gesto candoroso, describió como «una prueba de amor de una persona muy querida por mí».

—Es posible que estuviese actuando —comentó Forrester al dar cuenta de sus gestiones—, pero lo cierto es que interpretó muy bien su papel. Y no parece que le sobre el dinero, a juzgar por el apartamento.

—Quizás sospechó que su visita no era más que una ar-timaña de su enamorado para averiguar hasta dónde llega su «amor eterno» —añadió Esmond abandonando sus esperanzas de dejar a su hijo al margen.

—Estoy seguro de que a *mister* Longsmith le haría muy feliz saber cómo Eliza pregona su amor por él. En bien de mis propósitos, quiero creer que no pasa de ser una pose —remató Simon—. Estoy ansioso por comprobarlo.

122

15

Un ladrón encantador

$\mathcal{D}$os días después, Simon ocupaba un asiento en la primera fila del teatro donde actuaba la bella. Había reservado el mismo, junto al pasillo, para las siguientes cinco funciones. «Si en una semana no consigo que se interese por mí, renunciaré y reconoceré humildemente mi fracaso», le había prometido a su padre, al salir camino del teatro, enfundado en un elegante esmoquin. La señorita Barrow habría de fijarse sin duda en la persona que cada noche ocupaba la misma selecta localidad y, por lo que ella podría adivinar desde el escenario, la contemplaba embelesado. Además, un ramo anónimo con treinta y cinco rosas rojas la esperaría cada noche en su camerino. La rosa que faltaba para completar la tercera docena se la quedaba Simon para exhibirla bien visible en la solapa durante la función.

La estrategia surtió efecto incluso antes del plazo fijado. A la cuarta representación, la señorita Barrow le dedicó una leve sonrisa cada vez que se aproximó al proscenio y la quinta noche acusó recibo explícito del mensaje exhibiendo una rosa prendida en el escote. Simon consideró que era el momento de pasar a la siguiente fase del plan y al término de la función se dirigió al camerino.

—Le ruego entregue esta rosa a la señorita Barrow. Es la que falta en el ramo —le dijo con la mejor de sus sonrisas a la asistente—. Yo esperaré aquí fuera por si hay respuesta.

Como había previsto, no se hizo esperar. La asistente le franqueó la entrada.

—La señorita Barrow estará encantada de recibirle.

Vista de cerca, con la cara libre de maquillaje y envuelta en un kimono de seda que revelaba un cuerpo de proporciones perfectas, la señorita Barrow justificaba de sobra el desvarío de Algernon Longsmith. Una sonrisa radiante, que dejaba ver unos dientes perfectos, dio la bienvenida a Simon.

—Perdone que le reciba sin arreglar —arguyó con coquetería—. Reconozco que sentía mucha curiosidad por conocerle. Nunca había tenido un admirador tan constante y tan gentil como usted.

Eliza había despedido a su asistente y con un gesto indicó a Simon que se sentase a su lado en el pequeño sofá que casi ocupaba todo el reducido camerino. Ligeramente vuelta hacia él de manera que el kimono dejaba entrever una porción más que razonable de su armonioso busto, añadió:

—Aunque todavía no me ha dicho usted su nombre.

—Me llamo Simon Sinclair y reconozco humildemente que soy un auténtico maleducado. Mi única disculpa es que me he quedado en suspenso al verla de cerca. Debo decir que el escenario no le hace justicia.

—Veo que, además de gentil y constante, es usted un admirador peligrosamente halagador.

—Y peligrosamente atraído por su belleza, si me permite que se lo diga.

—Antes de ver hasta dónde llega el peligro en realidad, no tengo más remedio que pedirle que me conceda unos minutos para vestirme.

—Con una condición.

—Veamos si es aceptable. —Eliza seguía el juego con una sonrisa.

—Creo que lo es. Sigamos la conversación compartiendo una botella de *champagne* helado y un refrigerio.

—Me rindo, pero juega usted con ventaja porque a estas horas, después de la función, estoy famélica.

Simon no tuvo que esperar mucho en la salida de artistas, donde aún quedaban unos cuantos curiosos a la espera de ver de cerca a alguno de ellos. La aparición de Eliza los consoló de otras ausencias. Arropada en un abrigo de piel de leopardo de proporciones generosas, como mandaba la moda, agradeció con una radiante sonrisa los discretos aplausos, firmó algún autógrafo sobre el programa de la función y, con un gesto de despedida, se prendió del brazo de Simon.

—¿Dónde va a usted a llevarme? Estoy segura de que no me defraudará —afirmó con el tono de una chiquilla ilusionada.

—He pensado que lo más práctico será el Savoy, lo tenemos aquí cerca. Podemos tomar unas ostras en Kaspar's si le apetecen. El Savoy tiene a gala servir las mejores de Londres.

—Me encantan las ostras y me encanta el Savoy. Cuando sea famosa y rica, viviré allí todo el año.

Atravesando el suntuoso salón principal del hotel bajo su espectacular cúpula de cristal, Simon corroboró que el señor Longsmith tenía motivos para perder la cabeza por la mujer que ahora caminaba a su lado. Más de una conversación quedó en suspenso por contemplarla y también alguna cabeza femenina se volvió para apreciar a su acompañante.

El ambiente del Kaspar's resultó muy adecuado para un primer encuentro. La iluminación suave y una música de fondo apenas audible, pero suficiente para crear un ambiente de intimidad, combinaban a la perfección con las ostras y una langosta a la cardinal regadas con un Mumm helado. Eliza parecía disfrutar de la velada. Rio divertida cuando Simon le explicó que, después de que el hotel acogiera dos cenas de trece comensales, en cada una de las cuales murió trágicamente uno de ellos, la dirección había dispuesto que en la próxima ocasión el gato Kaspar ocuparía el decimocuarto puesto en la mesa. Por eso la escultura de aquel comensal de comodín ocupaba un lugar destacado en el bar. La vedete también se emocionó con los peligros que habían acechado a Simon durante la guerra en el desierto. En la sobremesa, Simon supo del duro camino que había que recorrer para llegar a destacar en el escenario.

—No basta con saber cantar y bailar. En este oficio, si no eres guapa, no tienes opción de llegar a nada. Y si lo eres, siempre hay alguien que pretende ayudarte a cambio de lo que ya puedes imaginar.

—Pero ahora, por lo que entiendo, ya no dependes de nadie.

—No creas, hay muchos tiburones en este mundo del teatro. Y siempre hay un escalón que puedes subir, sobre todo si te dan un empujoncito interesado. Y por la misma regla puedes bajar ese escalón y otros más, hasta encontrarte un día con que

125

nadie te llama. Yo he luchado mucho para ser una de las dos segundas vedetes. El caché no es muy importante, pero existe la posibilidad de sustituir a la estrella por algún motivo y que esto te dé la oportunidad de demostrar lo que vales.

Varias parejas se levantaron de la mesa en busca del salón donde una orquesta interpretaba las piezas del momento.

—Me encantaría bailar. ¿Me llevas?

Su gracioso mohín al hacer la pregunta habría imposibilitado cualquier negativa.

Sobre la pista, ella pareció abandonarse a la música ajustando su cuerpo al de Simon de tal manera que él podía sentir cada una de sus formas, la presión de su pecho, aparentemente libre de cualquier sujeción, y la curva de sus caderas tan bien moldeadas. Eliza alzó la cabeza para susurrarle:

—Qué pena que tengamos que irnos, Simon. Ha sido una noche tan agradable…

—Una noche maravillosa, de verdad. Pero si tú quieres, no hace falta que nos vayamos…

—¿Quieres decir que…?

—El hotel tiene unas *suites* maravillosas donde podrás descansar y mañana desayunar con vistas al parque.

—Contigo, claro está.

—Solo si tú lo deseas.

—Vas a pensar muy mal de mí, pero nada me gustaría más en este momento. Espero no tener que arrepentirme mañana por la mañana.

Las primeras luces del alba de un día sorprendentemente libre de brumas se abrían paso por los amplios ventanales de la habitación. Eliza dormía plácidamente acurrucada junto a Simon, con la cabeza apoyada en su pecho, agotada por una velada amatoria de alta tensión. Contra lo que él había podido suponer partiendo de los lugares comunes que acompañan a las artistas de variedades, la muchacha no era una amante experta en demasía, aunque compensaba su ignorancia con un temperamento dispuesto a compartir y disfrutar todas las fantasías de Simon. A la exaltación de cada momento culminante seguía un abandono tierno y sensual que la hacían aún más apetecible.

Ahora, viéndola dormida a su lado, rememoraba los momentos de intensa pasión que habían compartido y la belleza de su cuerpo, que vibraba de placer entre sus brazos. Pero, muy a su pesar, una vez más aparecía inexorable el recuerdo de Lavinia, y sentía, contra toda lógica, que le había sido infiel.

Eliza entraba en la categoría de los encuentros intrascendentes que nada tenían que ver con la impresión indeleble que le había dejado aquella mujer. Aun así, se dijo, iba a necesitar mucha habilidad para que su plan no ocasionase ningún perjuicio a la muchacha. Es más, aún no sabía cómo, pero haría todo lo posible por que, al final, aquella trama resultase beneficiosa para ella.

—¿Qué hora es? —Eliza parecía haber intuido que los pensamientos de Simon se centraban en ella y estiraba perezosamente su cuerpo desnudo sobre el suyo al tiempo que buscaba sus labios con expresión aún adormilada.

—Acaba de amanecer. Debieras descansar algo más.

—No quiero descansar. Quiero disfrutar el tiempo que nos queda de estar juntos.

Las pocas horas de sueño habían surtido un efecto reparador en la pareja y el suave beso con que Eliza se había desperezado fue el prólogo de la repetición de los encuentros de la noche, aunque matizados por el mutuo conocimiento de sus cuerpos y de los resortes que podían aumentar el placer de cada uno.

—¡Tengo hambre! —proclamó Eliza, que se había vuelto a adormilar después de haber hecho el amor otra vez.

Envuelta en un mullido albornoz, exploraba los pequeños lujos que las habitaciones del Savoy ofrecían a sus clientes, mientras Simon llamaba al *room service*.

—Después del desayuno voy a darme un baño de espuma —anunció entusiasmada como una chiquilla, al tiempo que contemplaba golosa la abundancia de exquisiteces dispuesta por el impecable camarero.

Mientras ella disfrutaba sumergida en una nube de espuma perfumada, Simon intentaba decidir cuál iba a ser el siguiente paso de aquella aventura que iba a crearle un problema de conciencia. La voz de Eliza, que tras disfrutar del baño había hecho su entrada envuelta en una toalla de generosas proporciones, le sacó de dudas.

127

—¿Te volveré a ver? —murmuró de una manera que pregonaba el temor de haber sido un agradable entretenimiento pasajero para Simon.

—Claro que sí, si es lo que tú quieres. ¿Cómo puedes dudarlo?

—No lo sé. Nunca he tenido mucha suerte en estas cosas. Aunque ya sé que las chicas como yo no deben ilusionarse con hombres como tú, que seguramente se mueven en ambientes más respetables.

—A mí no me preocupan esas cosas, Eliza. Lo que me apetece es volver a verte.

—Y a mí. Pero quiero que sepas una cosa que a lo mejor te hace cambiar de opinión.

Eliza reconoció ante Simon la historia que él ya conocía: tenía un protector que la había conquistado con su constancia y sus generosos regalos. «Ni en sueños podría tener yo este abrigo de leopardo.» Y, sobre todo, con la recomendación que le valió el puesto de segunda vedete. Además, le pagaba unas clases de canto y de música. Era una buena persona y le estaba muy agradecida, pero no le quería, aunque deseaba no hacerle daño. Él estaba viajando por el continente y por eso ella había estado tan libre aquella noche.

—Normalmente nos vemos en mi apartamento a media tarde, cuando él puede librarse de su familia, aunque alguna noche viene a esperarme a la salida del teatro. Lo tuyo es muy diferente, al menos para mí. Pero no sé lo que pensarás tú después de lo que te he explicado. —Su tono expresó una preocupación que conmovió a Simon.

—Sigo pensando que eres una mujer encantadora y que tengo muchas ganas de volver a estar contigo.

—Tenía miedo de que no te gustase este aspecto de mi vida. Yo también quiero que estemos juntos otra vez. Si te apetece, podemos vernos en mi casa esta noche, después del teatro. Es un apartamento muy sencillo, espero que no te importe.

El apartamento de Eliza respondía con exactitud a la descripción que había hecho Forrester. Ocupaba el último piso de un modesto edificio de cuatro plantas cuya fachada, un tanto pretenciosa, no había vuelto a conocer la pintura desde que albergó a sus primeros inquilinos. Pese a sus dimensiones reducidas, denotaba que Eliza se esforzaba en darle un ambiente pulcro y hogareño. Simon se alegró de que no hubiese espacio para alojar a la doméstica de la cual les había hablado Forrester. La propia Eliza se lo aclaró cuando él comentó el trabajo que debía suponer mantener aquel orden impecable. Una muchachita, hija de una portera de la vecindad, se ganaba unos chelines ayudándola durante unas horas a la semana.

—La verdad es que todavía no puedo permitirme una doncella, que además no tendría donde dormir. Ya ves que solo hay un dormitorio —terminó Eliza con una sonrisa pícara.

El ritual de aquella noche se repitió el resto de la semana. Simon, que había recibido una llave como prueba de máxima confianza, la esperaba en el apartamento. Llevaba un piscolabis nocturno que le había hecho preparar a su cocinera, al que añadía una botella de borgoña de la bien provista bodega de su padre. Cenaban antes o después de un apasionado episodio, se adormilaban muy juntos y repetían el lance cuando ella, muy a su pesar, le pedía que se marchase para evitar el encuentro con algún vecino madrugador.

Durante esas esperas suyas hasta que Eliza llegaba a casa, Simon se hizo cargo de todos los detalles que necesitaba para perpetrar el robo que tantas dudas le estaba provocando. La cerradura era de una simplicidad casi ofensiva para un profesional; los vecinos se retiraban temprano y después ya no se oía el menor movimiento en el edificio. El escondite del camafeo resultaba también de una ingenuidad que hizo sonreír a Simon. En una cajita de hojalata escondida entre su ropa interior, Eliza había guardado aquella pieza de indudable valor junto a otras que para ella debían ser importantes pero que no pasaban de ser bisutería fina. Simon no pudo menos que enternecerse ante aquella evidencia de que la vida real de una artista era muy diferente de lo que las lectoras de las revistas populares imaginaban con envidia. Lo cierto es que aquella simplicidad no dejaba de ser una complicación. Para dar verosimilitud al robo tendría que poner patas arriba el pequeño apartamento y llevarse, además de la cajita del camafeo, cualquier objeto que pudiese resultar de interés para un ladrón de poca monta, que es como calificaría la Policía al autor del robo.

La tarde que tenía previsto perpetrarlo, Simon estaba poniendo al corriente de la situación a su padre, instalados los dos, con una copa de brandi en la mano, ante la chimenea del salón principal del Caledonian Club, al que Esmond guardaba fidelidad desde que su situación económica le permitió hacerse socio, y había inscrito a su hijo en cuanto este alcanzó la mayoría de edad.

—Debo reconocer que me siento muy mal pensando en el susto y el disgusto que le voy a dar a esa pobre criatura.

—Supongo que no será porque la jovencita te ha impresionado más de lo previsto y has caído en tu propia trampa, como yo ya había intuido —ironizó Esmond.

—No, en absoluto. He de reconocer que es muy atractiva y me encanta su compañía, pero nada más. Lo que ocurre es que di por supuesto que me iba a encontrar con una especie de vampiresa de caballeros maduros y resulta que es una muchacha normal que lucha por hacerse un lugar como artista y se resigna a tener un protector que le permita llegar a fin de mes.

—Pues tienes dos opciones. O le decimos a Longsmith que no ha sido posible recuperar el camafeo, y él se enfrentará a un problema doméstico importante, o buscamos la manera de que el disgusto que se llevará tu señorita Barrow se compense ampliamente, además del espléndido regalo que le hará su enamorado.

—Perfecto, pero no he encontrado la manera de conseguirlo.

—Verás, cuando entran en casa de alguien para robarle, el propietario se obsesiona con el temor de que suceda otra vez. Es una aprensión muy desagradable que puede amargar a esa persona, sobre todo si vive sola.

—Esa es una de las consecuencias que me preocupan.

—Pero si la víctima del robo tiene un protector con dinero abundante, cabe la posibilidad de que este entienda que ella no puede seguir viviendo en ese inseguro apartamento, ni en un barrio tan modesto, ni tampoco sin una doncella que la acompañe por las noches.

—No me digas más. Solo falta que Longsmith se dé cuenta de la situación, porque Eliza es incapaz de pedírselo.

—Para eso cuentas con la capacidad de convicción de tu padre.

130

ϒ

Con la conciencia más tranquila, Simon siguió con su plan: forzar de manera chapucera la cerradura del apartamento mientras Eliza estaba en el teatro fue labor de aficionados. Después le bastó con desordenar los cajones y hacerse con el joyero y unas pocas libras escondidas en un jarrón. Le había advertido de que un compromiso profesional le impediría verla aquella noche, de modo que ella no tuvo más remedio que pasar el mal rato a solas con su miedo. Su sentido común le advirtió de que si avisaba a la Policía le resultaría difícil explicar el origen del camafeo, que era el único objeto de valor que se había agenciado el ladrón. Y de ningún modo iba a implicar a su benefactor. Así que, después de atrancar la puerta forzada lo mejor que supo, esperó desvelada y asustada a que fuese una hora prudente para telefonear a la única persona que podía tranquilizarla.

—No te muevas ni hagas nada, voy inmediatamente. —Simon volvió a sentirse terriblemente culpable al contestar aquella llamada que estaba esperando.

Eliza se precipitó en sus brazos en cuanto él atravesó el umbral y toda la tensión acumulada durante la interminable noche se desbordó en sollozos. Poder explicar a alguien la desagradable sorpresa que había sido descubrir la cerradura forzada, su miedo durante la larga media hora que estuvo escondida en el rellano antes de atreverse a entrar y la impresión que le produjo ver toda su ropa tirada por el suelo ejerció un claro efecto sedante en la muchacha, que lentamente se había ido abandonando entre los brazos de Simon de manera que su monólogo acabó llevándolos a ambos a la cama, el único lugar del apartamento que no había quedado revuelto.

Le costó convencer a Eliza de que debía informar a Algernon Longsmith de lo sucedido. Para ella, él estaba viajando por el continente por negocios, aunque eso no era más que un subterfugio para distanciarle de la farsa. Simon se comprometió a averiguar si ya estaba de vuelta, se ocupó de que un operario de su taller de restauración colocase una nueva cerradura y de buscar un hotel confortable para que Eliza no tuviese que dormir sola en su piso.

ϒ

El alivio que reflejó el rostro del atribulado Algernon Longsmith cuando tuvo en sus manos el magnífico estuche que contenía el camafeo convenció a Esmond de que era el momento propicio para su sugerencia.

—No sé si es usted consciente de mi gratitud, *mister* Sinclair. He visto peligrar mi matrimonio y también mi relación con la señorita Barrow. Quizás le parezca una muestra de cinismo, pero creía haber conseguido tener una amante sin dejar de ser un buen marido.

—Le aseguro que no voy a juzgarle. Solo me parece una muestra admirable de funambulismo sentimental… que le ha costado un buen susto a la señorita Barrow.

—Tiene usted toda la razón, amigo mío. Por eso quería ver alguna pieza de valor para compensarla por la pérdida del camafeo.

—Me temo que, en este caso, la compensación material es lo menos importante.

—No entiendo a qué se refiere.

—Por lo que me han contado, la señorita Barrow vive sola en un apartamento modesto. Imagino que después del robo no se sentirá tranquila pensando que pueden volver a entrar en él. Y no sirve que le digan que es estadísticamente muy difícil.

—Por Dios, qué razón tiene usted, amigo Sinclair. Y yo, qué poco perspicaz pensando que bastaría con una joya para tranquilizar a la pobre criatura. Hoy mismo me ocuparé de encontrarle el apartamento que se merece y de buscarle una doncella. O mejor, un ama de llaves de confianza.

Apenas seis meses después de aquel suceso. Simon ocupaba la misma localidad del Savoy desde la que había atraído el interés de Eliza. La señorita Barrow debutaba como primera vedete en una nueva «ópera Savoy», como llamaban los londinenses a los espectáculos de los americanos Gilbert y Sullivan que hacían furor en Europa. Los consejos de Esmond no solo habían convencido a Algernon Longsmith de que su pasión por

132

Eliza reclamaba un nido mucho más confortable, sino también de que sus aptitudes artísticas eran suficientes para elevarla a primera vedete. Y a este fin había propuesto a Richard d'Oyly, el empresario del Savoy, invertir una considerable suma en la producción del espectáculo que se estrenaba aquella noche, a condición naturalmente de que su adorada encabezase el cartel.

Simon se había comprometido a no volver a verla, pero se sentía pieza fundamental del mecanismo que la había llevado hasta allí. Hicieron el amor por última vez en el hotel donde la alojó la noche del robo, y pretextando un viaje al continente había evitado llamarla desde entonces. Sabía que los sentimientos de Eliza hacia él eran más profundos que los suyos y que podrían obstaculizar la relación con su protector. Apenas dos semanas después de su último encuentro, ella le había citado en el Savoy a la hora del té y con lágrimas en los ojos le suplicó: «Si tú no me ayudas, no sé si seré capaz de dejarte. Y no quiero engañarle a él. No es porque sea tan generoso conmigo, es porque me adora. Se moriría de dolor si supiese que estoy con otro hombre». Simon accedió sin dejar de aparentar que se le haría muy difícil dejar de verla.

133

Un ramo anónimo con tres docenas de rosas rojas resplandecía en el tocador de la artista, radiante de felicidad mientras atendía a quienes acudían a felicitarla: asiduos a los estrenos, gentes de la aristocracia que detectaban con instinto infalible el nacimiento de una estrella y tenían a gala incluirla entre sus amistades, como un trofeo que contribuiría al mayor éxito de sus reuniones sociales. El nuevo camerino de Eliza no tenía nada que ver con el que fue testigo de su primer encuentro. Simon lo rememoró mientras esperaba discretamente en un rincón a que Eliza le viese.

—No he podido resistirme a felicitarte. Perdóname por haber roto mi promesa —le susurró después de que ella corriera hasta él al descubrir su presencia.

—Te he visto en tu sitio de la primera fila. Y tus rosas. No te habría perdonado que no bajases a verme. —A Eliza se le humedecieron los ojos.

—¿Eres feliz?

—Sí, soy muy feliz. Tengo todo lo que soñaba antes de conocerte, pero me cuesta mucho aceptar que la vida nos da unas cosas y nos quita otras. No sé si lo que me ha dado es más valioso que lo que ya nunca podré tener.

Los admiradores, que no cesaban de invadir el camerino, los habían forzado a separarse y Simon se dijo que estaba de sobra y se fue a celebrar la felicidad de Eliza brindando a su salud con *champagne* en Kaspar's, en recuerdo del principio de aquella aventura. Con la copa en la mano, se dijo que las fechorías de La Pimpinela Escarlata acababan llevando la felicidad a los demás. Esta vez, a un adúltero bondadoso y a sus dos amores.

16

El regreso de Francesco Furini

*D*esde que, tras la muerte de su esposa, Percy le regaló el Furini que había sido tan importante para los dos, Esmond no dejaba de pensar que a Esmeralda le entristecía que su amor se hubiese construido sobre algo que podría apenar a quienes le hicieron de padres. En alguna ocasión se planteó hacer el camino a la inversa y devolver el Furini al palacio de los Alba. Habría sido una aventura propia de La Liga de la Pimpinela, pero su estado de salud le hizo desistir. No quiso que su hijo supiese que el corazón le había hecho alguna advertencia seria durante el tiempo que él estuvo sirviendo en Egipto. Y su médico personal consintió en guardar el secreto a condición de que se cuidara y medicara según sus instrucciones.

Pero una circunstancia fortuita le iba brindar la oportunidad de devolver el Furini como una prueba póstuma de amor a Esmeralda. Algunos meses atrás había recibido el encargo de localizar un huevo de Fabergé para un caprichoso industrial estadounidense de origen ruso que, sin reparar en gastos, quería regalárselo a su mujer el día de la Pascua ortodoxa, al igual que hacían los zares con la zarina… Simon había viajado por media Europa intentando localizar alguno de los sesenta y nueve huevos imperiales, muchos de los cuales estaban desaparecidos. Pese a sus esfuerzos fracasó en el intento, lo que le tenía de muy mal humor.

—No puedo hacerme a la idea de que no me haya sido posible dar con una sola de esas joyas —le comentó a su padre una mañana mientras examinaban un hermoso bargueño español que les habían ofrecido los descendientes de un militar que había servido en España a las órdenes del duque de Wellington y sin duda se lo había traído de allí como botín de guerra, pese a la tajante prohibición de su comandante en jefe.

—Creo que sus dueños actuales no tendrán ningún interés en que se les conozca si tienes en cuenta que los huevos se perdieron de vista durante la Revolución rusa y que vete a saber cómo los consiguieron.

—Tampoco quiero ni imaginar cómo se hizo con este bargueño el antepasado de sus propietarios.

—Seguro que no pagó por él. Aunque comparados con los franceses, que se llevaron todo lo que pudieron en su retirada, nosotros fuimos bastante moderados, seguramente porque Wellington amenazó con fusilar a quienes cometiesen pillaje.

—Es una pieza muy singular. Creo haber visto una muy parecida en el Victoria and Albert Museum. Aunque esta es más lujosa, con adornos de marfil y pan de oro. Debe haber estado en una casa noble. Podría haber estado en el palacio de los Alba, como el Furini.

Esmond había esperado la oportunidad de explicar a Simon su deseo de devolver el Furini al palacio de Las Dueñas y su comentario le dio pie:

—Me parece que todavía no te has repuesto del disgusto que llevas encima por no haber dado con el Fabergé en cuestión. Ya te he dicho que no siempre La Pimpinela se ha salido con la suya, pero como no parece que te haya convencido, voy a hacerte una propuesta que, si la aceptas, te va a ocupar de tal manera durante algún tiempo que te olvidarás de tu mal humor.

—Sea lo que sea, dala por aceptada.

Esmond cerró parsimoniosamente las gavetas del bargueño y, con la nostalgia que le embargaba siempre que los rememoraba, fue desgranando para Simon, que le escuchaba atento pese a que los conocía desde niño, los acontecimientos que culminaron en su novelesca boda con Esmeralda.

—Y ahora estás pensando que a ella le habría hecho feliz que el Furini volviese a Sevilla.

—Lo que he pensado es que seas tú quien lo devuelva.

—Me llenará de orgullo ayudarte a cumplir los deseos de mamá.

Como primera medida, Simon convocó a Marcus Forrester para refrescar los hechos de aquella noche ya lejana en el tiempo. Aquel singular colaborador conservaba en la memoria todos los detalles y pudo hacer un croquis fiel del palacio de Las Dueñas con el recorrido desde la puerta que había franqueado Esmond hasta el lugar donde colocó el falso Furini.

—Afortunadamente, estamos en otoño, que es la época del año en que los duques se instalan en el palacio de Liria, en Madrid. Es el mejor momento para entrar en Las Dueñas, porque parte del servicio viaja con ellos y el resto se aloja en los anexos, de manera que allí no vive nadie, salvo que hayan cambiado las costumbres.

No resultó tarea fácil que Forrester transigiese en no participar en la operación. Solo la combinación de los dolores reumáticos que le hacían cojear y la preocupación por dejar sola a su hija acabaron por convencerle. Para sorpresa de los Sinclair, aún guardaba un as en la manga.

—No me quedo tranquilo dejando a Simon sin ningún apoyo sobre el terreno. Nunca se sabe lo que puede pasar, incluso en asuntos sencillos como este, de manera que voy a escribir a un par de buenos amigos que aún conservo en Sevilla para que se pongan a su disposición.

—Nunca deja usted de sorprenderme, Forrester, y le agradezco de veras la ayuda de sus amigos —replicó Esmond aliviado por aquella sugerencia.

—Espero que al menos uno de los dos esté aún vivo. Hace ya más de treinta años de aquella aventura y el tiempo no perdona, *mister* Sinclair.

Para alegría de Forrester y tranquilidad de Esmond, sus dos antiguos amigos estaban en perfecto estado de salud. «Les escribí recordándoles nuestra visita al palacio y me han contestado que están a nuestra disposición para lo que haga falta», había anunciado dos semanas después, satisfecho de la eficacia de sus contactos, que también le habían confirmado que los duques estaban en Madrid. Faltaba ahora planear el viaje desde Londres a Sevilla.

—Reconozco que es bastante largo y pesado —había comentado Esmond—. Bastante más que el que hicimos a El Cairo hace unos años. Tienes que atravesar la Península de norte a sur en tren, y a partir de Madrid la cosa se pone más difícil.

—Creo que tengo la manera de ganar tiempo y comodidad.

—Como no sea a bordo del Esmeralda...

—No padre, lo haré volando.

—¡Estás loco! Ni lo sueñes —se sobresaltó Esmond, que seguía con aprensión creciente la afición de su hijo por la aviación.

—El avión es un medio más seguro que otros, está demostrado. Deberías volar conmigo alguna vez para convencerte.

—Menuda ocurrencia. No lo verán tus ojos. Lo encuentro antinatural. Además, no se me ocurre cómo vas a conseguir un aparato de esos.

—Estoy convencido de que Adrian Newcombe me prestará su nuevo De Havilland. Lo he tripulado mientras me sacaba el título de piloto y es una maravilla.

—Por muy maravilla que sea, debe haber más de mil quinientas millas a vuelo de pájaro. No quiero ni pensar la de cosas que pueden suceder en una distancia tan larga.

—Te aseguro que no es mucho para un avión como ese. Además, en estos últimos años las cosas han cambiado mucho. La guerra ha servido de banco de pruebas para la industria y ese avión no tiene nada que ver con el que volé yo en Egipto.

Newcombe accedió encantado a la petición de su amigo. Con la sola condición de que volarían juntos al menos hasta Madrid, donde pensaba pasar unos días atendiendo a una antigua invitación del embajador inglés. «Es un gran amigo de mi padre, pero resulta bastante aburrido —le explicó—. Aunque debo decir que tiene dos hijas encantadoras a las que pienso utilizar para conocer a alguna joven señorita que haga honor a la fama de apasionadas de las españolas. Tú puedes recogerme a tu regreso y pasar unos días en la ciudad. Estoy seguro de que el embajador estará encantado de recibirte en su casa.»

Simon le contó que viajaba a Sevilla para entregar un valioso lienzo de Reynolds adquirido por un rico bodeguero perteneciente a una de las muchas familias de origen inglés afincadas desde hacía años en El Puerto de Santa María. El valor de la pieza y la discreción reclamada por el comprador hacían necesario que fuese personalmente a hacer la entrega. La explicación fue suficiente para lord Newcombe, que, más que por el estuche de cuero que contenía el lienzo enrollado, estaba preocupado por el espacio que reclamaban sus voluminosas maletas en la bodega del aparato. «Espero que te hayas acordado del esmoquin —le comentó a Simon al observar su escueto equipaje—. Estos diplomáticos son muy picajosos con el protocolo, ya sabes». Superados estos trámites, el aparato despegó sin mayores problemas del aeropuerto de Leysdown, a sesenta millas de Londres, donde los había dejado el lujoso Bentley del lord.

—Le tengo un gran cariño a este aeropuerto —comentó este mientras tomaban altura—. Aquí hice las primeras prácticas y me dieron el título de piloto en 1914. Solo en aquel año salimos de aquí más de trescientos chiflados dispuestos a jugarnos el pellejo combatiendo a los alemanes. Yo tengo la suerte de poder contarlo. Muchos cayeron en combate.

Ya en el aire, Simon tomó los mandos del aparato para iniciar su primera travesía larga desde que se puso a los mandos de un avión sobre el desierto de Siria. Su primera etapa iba a ser Biarritz, donde podrían repostar tras haber superado las dos terceras partes del viaje. Después de darle unas escuetas indicaciones sobre el funcionamiento del compás y del altímetro, su compañero se arrellanó en su puesto y se quedó dormido. «Despiértame cuando estemos a la vista del aeropuerto —le había pedido con la mayor tranquilidad—. Ayer tuve una velada bastante agitada y quiero descansar para estar en forma esta noche.»

El aeropuerto de Biarritz consistía en unas pistas someramente balizadas, unos hangares y lo que parecían ser las oficinas. Hacía poco que el recién nacido Aeroclub de Biarritz, siguiendo los consejos de Blériot, el as de la aviación francesa, había escogido aquel paraje con el pintoresco nombre de La Chambre d'Amour para construir el primer aeropuerto de la región. Simon, que había aterrizado sin mayor problema en una pista desierta sin despertar a Newcombe, se vio sorprendido por la aparición de unos mecánicos que se hicieron cargo del aparato con eficiencia militar. Tras unas formalidades en las oficinas, el taxi que habían solicitado por teléfono los dejó a las puertas de Le Palais, el lujoso hotel que fue la residencia veraniega de Napoleón III y de la emperatriz Eugenia cuando convirtieron aquella población de la costa vasca francesa en una rutilante sucursal del París cortesano. Aunque Adrian Newcombe se había informado al establecer el plan de vuelo de la mejor manera de hacer grata su primera escala, tanto él como Simon se quedaron impresionados al acceder al enorme y lujoso vestíbulo.

—Hay que reconocer que a los Bonaparte les gustaba vivir a lo grande —comentó mientras seguían al ceremonioso conserje que los acompañaba a sus habitaciones—. Creo que esta noche no hará falta que salgamos del hotel. Parece que el restaurante es excelente y hay varias salas de juego.

Después de tomar un baño y vestirse para la cena, Simon se encontró con su compañero en uno de los bares del hotel, donde la mayor parte de los clientes resultaron ser ingleses.

—No me gusta nada que haya tantos compatriotas, me da la sensación de que no he salido de Inglaterra. Le quita emoción al viaje —comentó Simon.

—A mí me pasa lo mismo, pero creo que voy a tener ocasión de sentirme en Francia porque hay una mesa de póquer en la que todos son franceses, pero falta un jugador y me he ofrecido. De modo que después de la cena tendré ocasión de descubrir cómo juegan por aquí. Y si te apetece, podrás sustituirme en algún momento.

—No cuentes conmigo. Me horroriza el juego, pero te acompañaré para ver qué tal te trata la suerte.

La velada se estaba prolongando más de lo que Simon había supuesto, de modo que optó por retirarse dejando a su amigo enfrascado en el difícil empeño de intentar recuperar las pérdidas. Durante las dos horas que pasó siguiendo los avatares del juego, había tenido oportunidad de observar a los jugadores. Ninguno le había parecido interesante, más allá del evidente olor a dinero que todos despedían. A juzgar por su aspecto, un dinero obtenido con facilidad, probablemente gracias a la especulación de la posguerra en una Francia maltratada por la contienda. Solo uno de los jugadores llamó su atención, le pareció que nada tenía que ver con el resto. Era el más joven, poco más de cuarenta años, debía superar holgadamente el metro ochenta y sus movimientos, cuando se levantaba de la mesa para servirse una bebida, eran de una elasticidad felina. Vestía el esmoquin con una sobria elegancia, sin la ostentación de las botoneras de diamante que resplandecían en la pechera de sus compañeros de juego. Pero lo que más destacaba en aquel personaje era la mirada. Una mirada que parecía penetrar en la mente de los otros jugadores.

—Anoche salí bastante bien librado —le comentó Adrian mientras contemplaban la excelente vista sobre el océano desde la rotonda cubierta del hotel donde se habían citado para desayunar—. Pero el resto de la mesa se dejó la piel a manos del más joven. Un tipo extraño que juega con aparente indiferencia y arriesga una fortuna con la mayor frialdad.

—Anoche ya me fijé en él y confirmo la sensación que me dio: me pareció un zorro en un gallinero.

—Nos desplumó a todos. A mí, por suerte y porque algo me hizo ser más prudente de lo habitual, solo me arrancó un par de plumas.

—¿Valiosas?

—No mucho. Las doy por bien perdidas a cambio de haberle visto jugar. No parece que sea uno de esos profesionales que se dedican a encandilar a incautos en los casinos. Según su tarjeta, es un título.

Simon pudo leer en la cartulina que le mostraba su amigo, escrito con elegantes caracteres ingleses bajo una corona impresa en oro: «Vizconde Raoul d'Andrésy».

—Me parece que vas a poder conocerle porque acaba de entrar en el salón y se dirige hacia nosotros.

Efectivamente, el vizconde D'Andrésy, que había sustituido el esmoquin por un traje de golf de *tweed* con la misma elegante naturalidad, los saludó sonriente.

—Le veo muy madrugador, amigo Newcombe.

—No más que usted, vizconde.

—Tengo una cita para jugar unos hoyos con un compatriota de ustedes y esto es sagrado. Pero, por favor, deje usted el tratamiento, solo lo uso en las tarjetas. Resulta muy útil para conseguir mesa en los restaurantes —bromeó.

—Discúlpeme, pero no le he presentado a mi amigo, el señor Simon Sinclair.

—Prestigioso anticuario, si no estoy confundido.

Simon, que se había puesto en pie para estrechar la mano que le ofrecía, se quedó en suspenso ante aquella afirmación inesperada del vizconde.

—Discúlpeme si le he sorprendido —se apresuró a aclarar este— Podría afirmar, sin pecar de inmodesto, que soy un coleccionista de arte bastante experto y, por tanto, conozco su negocio, por el que pasan piezas muy destacadas. Cuando supe que habían llegado en su propio avión, sentí franca curiosidad por saber de los dos intrépidos pilotos. Y resulta que tengo puntos de contacto con los dos. Los del señor Newcombe tienen que ver con su brillante hoja de servicio en la pasada guerra. Yo también piloté un aparato de combate y tengo el orgullo de haber abatido dieciocho cazas alemanes.

Simon, haciendo gala de su recelo instintivo, se adelantó a Adrian, que con su vehemencia habitual estaba a punto de abrazar a aquel colega del aire.

—No puede negarse que estamos ante un llamativo conjunto de casualidades, pero a mi aún me parece más sorprendente la rapidez con la que ha averiguado usted todo esto sobre nosotros.

—No lo encontraría tan sorprendente si supiera que me dedico a gestionar mi fortuna personal mediante inversiones en diversos países, lo que a menudo entraña un riesgo cierto. Y en esta actividad, la información es fundamental. Así que me he dotado de una vasta red de contactos internacionales que me tienen al corriente de todo lo que pueda afectar a mi negocio. En el caso de ustedes, los he utilizado para satisfacer mi curiosidad. Espero que sabrán disculparme.

Resultaba difícil no dejarse seducir por las maneras del vizconde, de modo que tanto Simon como Adrian dieron por válidas sus explicaciones y le ofrecieron compartir la mesa del desayuno. Fue una reunión breve pero muy agradable en la que el vizconde los entretuvo con una serie de anécdotas sobre el mundo financiero francés, que parecía conocer al dedillo, y también sobre el mercado del arte, sobre el que, según pudo comprobar Simon, poseía unos conocimientos notables. Tuvo la habilidad de enterarse, sin preguntarlo directamente, del objeto del viaje y pareció decepcionado ante la discreción de Simon respecto al destinatario del cuadro que viajaba con ellos. Al término del desayuno, se despidió cordialmente con una frase dirigida a Simon:

—Ni que decir tiene que si en algún momento estima usted que mis conocimientos y mis relaciones pueden serle útiles, me complacerá poner ambos a su disposición. Mi residencia habitual está un tanto alejada del ajetreo de París, en Étretat, un pequeño pueblo de la costa de Normandía. Allí me conoce todo el mundo. Basta mi nombre en un telegrama para que me llegue sin problema.

—Curioso personaje —comentó Adrian cuando se quedaron solos—. Mi padre, además de cazar el zorro y jugar al golf, también se dedica a invertir en bolsa, y por lo que he aprendido de él, el vizconde está al día de lo que sucede en las finanzas mundiales.

—Resulta, por lo menos, inquietante. Aunque para inquietante, el individuo que acaba de salir y que nos ha estado observando todo el tiempo que el vizconde ha estado aquí. No sé si te has fijado en él.

—No, la verdad. ¿Qué tenía de extraño?

—Aparte de que me ha sorprendido su curiosidad, me resulta vagamente familiar. Si no fuera porque es moreno y luce un bigote de actor de cine, te diría que me recuerda al piloto alemán que se fugó de Romani.

—Me cuesta creerlo. Me parece que los alemanes no son muy bien recibidos por aquí. Aún quedan muchas heridas por cerrar.

—Aun así, voy a ver si me entero de quién es.

Una sustanciosa propina a un conserje le proporcionó a Adrian Newcombe la información que necesitaba. El objeto de su curiosidad era un aristócrata belga, el barón Von Rolland, de paso hacia España.

Horas después estaban los dos a bordo del avión y, tras encender el motor, Adrian indicó con un gesto al mecánico que ya podía arrancar manualmente la hélice. El aparato rodó sobre la pista cobrando velocidad para el despegue cuando de repente Adrian redujo la marcha y, dando un giro, retornó al punto de partida.

—¿Qué sucede? —preguntó Simon sorprendido.

—He notado un ruido extraño en la hélice. Quiero ver lo que ocurre. En el aire no puede haber errores.

Tras revisar el fuselaje, Adrián se dirigió a Simon con una expresión preocupada, nada normal en él:

—Ya he descubierto la causa del ruido. Un tornillo suelto en

143

el estátor. Si llegamos a despegar, la hélice se habría desprendido en cuanto el motor alcanzase potencia para tomar altura. Una cosa muy extraña, la verdad.

—¿El aparato se revisó a fondo en Londres?

—Por supuesto. Y yo, que lo conozco muy bien, no noté nada raro durante el vuelo de ayer. Además, el tornillo presenta unas señales como si no lo hubiesen manipulado con la herramienta adecuada.

—Es decir, que alguien podría haberlo saboteado.

—Eso podría parecer, si no resultase una idea absurda. ¿Quién podría querer deshacerse de nosotros? Por lo que a mí respecta, no me consta ningún marido vengativo —comentó Adrian con una sonrisa.

—Supongamos que el barón Von Rolland, supuesto industrial belga de camino a la España neutral y germanófila, es en realidad el capitán König, responsable de dos asesinatos a sangre fría en la base británica del Sinaí.

—En cuyo caso, intentaría deshacerse de dos testigos presenciales que podrían alertar a los servicios secretos británicos y franceses. —Adrian Newcombe acababa de sentir un escalofrío—. Tiene mucho sentido. La cuestión es qué hacemos ahora.

—No podemos hacer gran cosa. Si vamos a la Policía francesa o al consulado inglés nos pedirán pruebas. Y no tenemos más que sospechas. Además, lo más seguro es que König haya cruzado ya la frontera y no creo que las autoridades españolas se tomen la molestia de detener a un súbdito alemán únicamente por nuestras sospechas. Solo nos queda andar con cuidado si nos lo volvemos a cruzar.

—La lógica me dice que si va a España, debe ser con intención de quedarse. Hoy es el mejor refugio en Europa para un *boche*, en especial si tiene algo que ocultar, como parece que debe ser por el cambio de apellido… y de color del pelo.

—De ser así, donde mejor se sentirá es en Barcelona, que reúne a un florido plantel de delincuentes de todos los países que llegaron durante la guerra.

—Pues ya sabemos dónde buscarlo.

La avería quedó resuelta con un sencillo golpe de tuerca. «Pequeñas causas, grandes efectos», sentenció Simon cuando el aparató despegó, por fin, rumbo a la segunda escala del viaje:

el aeródromo madrileño de Cuatro Vientos. Allí el lujoso Rolls Royce de la embajada inglesa aguardaba la llegada de su invitado.

—He enviado un telegrama desde el hotel esta mañana —le explicó a Simon—. Como ves, el embajador no puede ser más atento. Ya que no has querido hacer noche en Madrid, espero que puedas disfrutar de su hospitalidad a tu regreso de Sevilla.

Poco más de dos horas después de despedirse de su amigo y despegar de Madrid con el depósito lleno, provisto de un termo de café y unos emparedados que la embajada le había hecho llegar a través del chófer, Simon avistó la base militar de Tablada, en las proximidades de Sevilla, donde también podían aterrizar aparatos deportivos. El vuelo se le había hecho corto tras los primeros minutos, en que la ausencia de su durmiente copiloto le produjo cierta sensación de desamparo. Pero una complaciente meteorología le permitió relajarse y disfrutar de la gloriosa soledad que se experimenta en las alturas. El impecable aterrizaje le había devuelto a la realidad, representada por el guardia civil que le sometió a un somero interrogatorio sin ocultar su sorpresa por su dominio del español.

Una vez cubiertas las formalidades impuestas por las autoridades españolas, aún poco familiarizadas con la llegada de visitantes extranjeros desde el aire, Simon se dirigió al hotel que había reservado Forrester siguiendo las indicaciones de sus amigos sevillanos. «Me temo que será más bien sencillo, pero garantizan un cuarto de baño», le había advertido. La austeridad del hotel, situado en una de las callejuelas que serpentean por el barrio de Santa Cruz, quedó ampliamente compensada por el encanto del patio florido sobre el que se abrían las habitaciones y por la simpatía con que le dio la bienvenida el conserje, que también hacía funciones de botones y de informadísimo guía. El propósito de Simon era dedicar por lo menos un par de días a conocer la ciudad por la que sus padres habían paseado su corto noviazgo. Y, por supuesto, el palacio de Las Dueñas, cuyos salones eran el destino de su viaje.

Gracias a las explicaciones del conserje, Simon se lanzó a descubrir los entresijos del barrio más típico de la ciudad, convenientemente pertrechado con una lista de las tabernas donde podía encontrar el mejor jamón o los chopitos más frescos y, por supuesto, el fino más reciente. «*Acabaíto* de llegar

145

de la bodega, oiga *usté*», según aseveró su informador. Caía la tarde y las calles ofrecían un pintoresco panorama de la ciudadanía sevillana. En los numerosos bares que las poblaban, señoritos elegantemente trajeados hacían una benévola excepción a su arraigado sentido de clase y se mezclaban con jornaleros endomingados para jalear a un cantaor o aplaudir a unas gitanillas que bailaban al ritmo que les marcaban un guitarrista y unos palmeros.

El camino hasta el palacio de Las Dueñas duró algo más de los quince minutos que le había pronosticado el conserje porque le resultó imposible no dejarse tentar por el ambiente. Hasta que, inesperadamente, al doblar una esquina, se topó con el muro que rodea los jardines del palacio y siguiéndolo, llegó a la verja apenas iluminada por los dos faroles que la flanqueaban. Le emocionó imaginar a su padre atravesando aquella misma puerta, treinta años atrás, para dar el primer paso de su vida secreta y, sobre todo, para conocer a la mujer que le colmaría de felicidad. El resonar del chuzo de un sereno sobre la acera le recordó que en las próximas horas debería cerrar simbólicamente aquella etapa de la vida de su padre.

146

Los amigos de Marcus Forrester le esperaban a la mañana siguiente, según lo convenido, en el patio del hotel. Nada en su aspecto anodino indicaba que pudiesen ser capaces de cualquier actividad poco ortodoxa, y mucho menos delictiva. «También Forrester parece un tipo de lo más corriente», se dijo Simon divertido. Tras las presentaciones de rigor, el que aparentaba mayor edad tomó la palabra:

—Si le parece, podemos hablar mientras damos un paseo —sugirió con un gesto que daba a entender la conveniencia de mantener la máxima discreción.

Simon pudo darse cuenta de que sus dos acompañantes participaban de la eficiencia de Forrester. Gracias a sus buenos oficios, aquella misma tarde, en su condición de prestigioso anticuario inglés, podría visitar el palacio de Las Dueñas acompañado por un guarda que sin duda habría sido convenientemente gratificado. La visita le permitiría localizar el emplazamiento del falso Furini y calcular el tiempo necesario para hacer el recorrido y sustituirlo por el original. En el momento que él decidiese, previsiblemente la noche siguiente, un coche le recogería en el hotel y le dejaría ante una puerta trasera del recinto, quizá la misma que utilizó su padre, que al igual que entonces estaría discretamente entornada. Para no despertar sospechas, el coche no le esperaría sino que volvería para recogerle después de un plazo prudencial.

Acompañado del guarda, que había optado por el silencio al comprobar que aquel visitante no precisaba de sus explicaciones, Simon recorrió los salones del palacio admirando las obras de arte y se detuvo en la antecapilla, ya que de una de sus paredes pendía el objeto de su aventura. Demorándose ante la magnífica *Coronación de espinas* de Ribera, que ocupaba el lugar de honor, había podido estimar el tiempo que le llevaría sustituir la tela.

Y a la noche siguiente, el plan funcionó con total precisión. Simon repitió la peripecia de su padre en sentido contrario, y Eva volvía a ocupar el lugar del que fuera secuestrada. Un escueto telegrama anunciando que «la transacción se ha cerrado sin problemas», llevó la noticia y la tranquilidad a su padre.

147

Simon había estado dudando hasta el último momento si aceptar la sugerencia de Adrian Newcombe y quedarse unos días en Madrid. Pero en cuanto se puso a los mandos del De Havilland, decidió regresar sin demora a Inglaterra. Una preocupación que se había colado en su subconsciente se materializó súbitamente. Había aceptado como algo natural que su padre redujese su actividad y se apoyase cada vez más en él para ocuparse de su negocio, y en ningún momento se planteó la posibilidad de que se debiera a problemas de salud. Ahora comprendía que la devolución del Furini, tantas veces demorada, se había convertido en una urgencia para él. Y si era así, significaba que su salud era más problemática de lo que aparentaba.

Voló sin problemas hasta Madrid, donde repostó y pudo llamar por teléfono a su amigo Adrian, que solo dejó de protestar por su decisión de no quedarse en la ciudad cuando le explicó su preocupación. Le disculpó también de devolver el avión. Un piloto del Aeroclub volaría con él de vuelta a Madrid para recogerle.

Simon hizo noche de nuevo en Biarritz y despegó de buena mañana para aterrizar en Leysdown con tiempo de llegar a Londres y acudir a la consulta de su médico. La entrevista con el doctor Sterne le confirmó sus sospechas. El corazón de su padre parecía haberse fatigado de realizar su cometido y, ya desde varios años atrás, el médico se había afanado en obligarle a medicarse y llevar una vida tan tranquila como fuese posible.

—La muerte de su esposa le afectó mucho más de lo que él mismo estaba dispuesto a admitir. Creo que lo que le ha hecho vivir durante todos estos años ha sido la ilusión de verle a usted convertido en un hombre hecho y derecho —le había explicado el médico a un conmovido Simon.

—Jamás me ha dicho una palabra sobre su salud.

—Me temo que ahora ya no podrá ocultárselo. La otra noche tuvo una crisis que superó con facilidad, pero le he prescrito reposo absoluto, tanto físico como mental.

—Tenía un extraño presentimiento. Por eso he regresado antes de lo planeado.

—Le hará bien verle antes de lo que espera. No puede imaginar su angustia mientras estuvo usted en el frente.

Le costó asimilarlo. Su primera reacción fue culparse por no percibir los problemas de salud de su padre. «No debe usted reprocharse nada, amigo mío. Su padre se empeñó en no preocuparle y tuve que darle mi palabra de que guardaría el secreto —le había tranquilizado el médico—. Le aseguro que ha sido usted la mejor medicina, la prolongación del inmenso cariño que sintió por su madre».

El regreso de Simon pareció revitalizar a Esmond, que se incorporó del sillón orejero donde reposaba cubierto con una manta escocesa de cachemir y rodeado de libros. A Simon le pareció que había envejecido varios años en los pocos días que llevaba ausente.

—No me riñas, hijo —le dijo con una sonrisa mientras le estrechaba entre sus brazos con más fuerza de lo que haría suponer su delgadez—. Sterne me ha llamado para decirme que no ha tenido más remedio que faltar a su palabra y ponerte al corriente de mis achaques. O sea que no hace falta que te cuente nada.

—No te riño, pero comprenderás que me duela que me lo hayas ocultado.

—¿Por qué? Lo mío no tiene cura, de modo que solo habría

conseguido entristecerte sin necesidad. En cambio, te he visto feliz disfrutando con nuestro trabajo y he pasado muy buenos ratos saliendo contigo a cenar y al teatro. Y, además, he tenido la satisfacción de que compartieses mi otra vida. Por cierto, tienes que contarme con detalle tu viaje y tu visita al palacio de Las Dueñas.

Simon entendió que la mejor medicina era la normalidad y se extendió con los detalles del vuelo, su paso por Biarritz y, por supuesto, la restitución del Furini.

—Estuve a punto de deshacerme de la copia, pero me pareció que tenía un valor sentimental y la he traído de vuelta.

—Has hecho muy bien, hijo. Si me apuras, debiera tener más valor sentimental para mí la copia que el original. Mañana mismo la haremos enmarcar y la colocaremos en un lugar de honor.

Esmond sabía que sus fuerzas se iban extinguiendo. Pero el deseo de disfrutar hasta donde le fuese posible del cariño de su hijo le daba ánimo para llevar una vida relativamente normal. Aquel otoño y el invierno que lo siguió, razonablemente apacible, como si fuese sensible a su voluntad, padre e hijo, como dos buenos amigos, disfrutaron de la *season* en un Londres bullicioso cuya vida social se recuperaba despacio de los años de guerra. Se les vio en la última *flat race* de Ascot, animando a un caballo propiedad de la familia Newcombe, y en el Royal Meeting de junio, donde toda la sociedad londinense acude a intentar acercarse a la familia real, desplazada desde su castillo de Windsor hasta ese hipódromo que forma parte de las propiedades de la Corona. No se perdieron prácticamente ningún estreno y al término de la nueva revista del Savoy, Simon pudo presentar a su padre a una Eliza en la cumbre del éxito. «Ahora entiendo tus escrúpulos y también el entusiasmo del bueno de Longsmith», le comentó Esmond con una sonrisa, tras saludar a la muchacha.

Y así, ambos parecieron olvidarse de la amenaza que pendía sobre el padre. La exigencia rigurosa de su hijo, que no consentía que abandonase la medicación o que se apartase del régimen que le había impuesto el doctor Sterne, le reconfortaba más que las atenciones médicas. Una noche de finales de junio, después de una cena tranquila en su espacioso apartamento de Sloane Square, muy cerca de la tienda y del primer estudio que pudo alquilar gracias a la ayuda de Isaias Dewhurst, Esmond le pidió a su hijo que le sirviese un brandi: «Una pequeña excepción no me hará ningún daño». Con un gesto le invitó a sentarse a su lado en el sofá.

—Quiero que sepas, hijo mío, que estos últimos meses he sido feliz disfrutando del placer de ser padre, algo que no todos los padres pueden decir, por desgracia para ellos. Desde que se fue tu madre, pensé que no podría superar su falta y, aunque no hay día ni noche en que no la recuerde, tenerte a mi lado ha sido como tener algo de ella.

—Lo sé, y yo también tengo que agradecerte que durante todos estos años hayas hecho lo imposible para que la ausencia de mamá me resultase más llevadera. Yo también pienso a menudo en ella, pero no nos pongamos tristes, por favor.

—No es tristeza sino nostalgia. Quizás no volvamos a hablar como lo hacemos esta noche y quiero que nunca olvides lo que te he dicho.

—Me estás preocupando, papá. ¿Te sientes mal?

—Me siento bastante bien, hijo. Pero pienso que en cualquier momento el corazón puede dejar de funcionar y es algo que debes aceptar, pensando que gracias a ti y al recuerdo de tu madre, he tenido una vida razonablemente feliz.

El presentimiento de Esmond tardó pocos meses en cumplirse. Una tarde de principios de otoño, mientras Simon examinaba una pieza que acababa de entrar en el almacén, el ama de llaves le alertó de una nueva crisis. Tardó pocos minutos en correr hasta su casa, donde el doctor Sterne ya estaba junto al enfermo.

—Ahora está descansando. Su corazón ha reaccionado a la medicación, pero me temo que no podemos ser demasiado optimistas si sufre otra crisis.

Aunque se había esforzado en hacerse a la idea, enfrentarse a la realidad que le planteaba el médico le sobrecogió.

—¿Está seguro de que no podemos hacer nada, doctor?

—Desde el punto de vista médico, hemos hecho todo lo que estaba a nuestro alcance, que en estos casos es muy poco, para qué le voy a engañar. Ahora solo podemos esperar.

Simon mantuvo la entereza mientras el médico y la compungida ama de llaves estuvieron en la habitación, pero cuando se quedó solo junto al lecho de su padre, la emoción se desbordó

150

en un llanto silencioso. Sentado junto a la cabecera, tomó entre sus manos la de su padre, que abrió los ojos y sonrió.

—¿Estás aquí? —murmuró—. Vaya susto te he dado, ¿no?

—Pues sí, la verdad, no sé si enfadarme contigo. —Simon intentaba bromear pero le traicionó la congoja.

—No estés triste, Simon. Recuerda que has sido un buen hijo y que he tenido una buena vida. Y que espero reunirme con tu madre, esté donde esté.

Esmond cerró los ojos al tiempo que le apretaba suavemente la mano. Simon se tranquilizó al comprobar que respiraba con normalidad y se quedó dormido. Hasta que le despertó la voz de su padre, que murmuraba su nombre.

—Aquí estoy, papá.

—Acércate, hijo. Quiero darte un beso.

El rostro de Esmond se iluminó al sentir cerca el de su hijo y con un esfuerzo levantó la mano y le acarició. Después cerró los ojos de nuevo y, como si aquel último gesto hubiese sido una despedida, Simon notó que la presión de su mano iba cediendo hasta desaparecer. Su padre había muerto.

151

SEGUNDA PARTE

17

Barcelona, años veinte

*L*a desaparición de su padre había debilitado el único vínculo estable que mantenía a Simon Sinclair en Londres. Pensó
que la rutina del trabajo le ayudaría a llenar su ausencia. Y a
atenuar el recuerdo de Lavinia, que le asaltaba persistente con
el más nimio motivo. Se descubría buscándola en los estrenos
teatrales o en los actos sociales a los que asistía atendiendo a la
invitación de un cliente importante. Se debatía entre el deseo
de volver a verla y el temor de descubrir que ella no sentía lo
mismo que él.

Aquel breve encuentro que no se apartaba de la mente de
Simon había tenido todos los ingredientes de una aventura intrascendente, pero caló en el ánimo de sus protagonistas. Tres
días después, Lavinia regresó a Devonshire embargada por sentimientos confusos. Acababa de ser infiel a su marido por primera
vez, y no solo no se sentía culpable si no que deseaba ardiente-
mente volver a ver a Simon. Las pocas horas que habían pasado
juntos las vivió como dentro de una burbuja. Ahora, paseando a
caballo por la propiedad de los Lavengro, comprendía que la realidad la alejaba inexorablemente de él. En pocas horas regresaría
su marido, y ella se preguntaba si podría percibir algún cambio
en su actitud.

Lavinia no debería temer que Philip Lavengro detectase
nada especial. Llegaría pletórico tras unas jornadas de caza en
que su fusil habría abatido todo lo que se le puso por delante.
Sus hazañas serían el tema de un monólogo eufórico durante
la cena y durante los días siguientes. No había muchos temas
que despertasen el interés del baronet, más allá de la caza,

las largas partidas de *whist* en las que acostumbraba a perder importantes sumas de dinero y las camareras de los pubs de la vecina Exeter, donde pasaba gran parte de su tiempo. Aunque su matrimonio había sido arreglado por sus padres, Lavinia se casó creyéndose enamorada de aquel joven, algunos años mayor que ella, que la había deslumbrado con su aire deportivo y sus maneras de hombre de mundo. Pero en los tres años que llevaban de matrimonio, había descubierto que todo era una pura fachada que encubría a un personaje superficial con el que no tenía nada en común y, lo que resultaba más decepcionante, que el principal motivo del compromiso fue la fortuna personal de Lavinia. El baronet era incapaz de gestionar y rentabilizar las propiedades que había heredado y ella aportó lo necesario para mantener el tren de vida al que ambos estaban acostumbrados.

Por parte de Simon, no hubo subasta importante a la que no asistiese, ni petición de ayuda de aristócratas en apuros económicos a la que no atendiese fijando con generosidad y discreción el precio de las obras de arte que estos necesitaran vender. Recibió con entusiasmo las insinuaciones de alguien interesado en una pieza que estaba fuera del mercado, cuyo capricho le permitía recuperar la emoción de la aventura. Pero no tardó en darse cuenta que, si bien su pasión por los objetos bellos se incrementaba a medida que se movía más y mejor entre ellos, cada vez le aburría más, incluso le exasperaba con frecuencia, el trato con los clientes. La posguerra había enriquecido exageradamente a una serie de personajes de origen modesto que buscaban adornar sus mansiones con obras de arte singulares y aproximarse a la aristocracia ofreciendo recepciones en las que abundaban, hasta el límite del mal gusto, el *champagne* y el caviar, y en las que solía actuar algún artista de éxito. Simon resultaba el anticuario ideal para este tipo de cliente porque, además de la garantía de seriedad que suponía su prestigio profesional, se había convertido sin proponérselo en un miembro relevante de aquella vida social londinense por la que ellos suspiraban.

Él, en cambio, ansiaba alejarse de aquel ambiente artificioso en el que la nueva aristocracia del dinero era adulada por aquella otra tradicional que había sufrido en su economía los nuevos aires que recorrían Europa, como consecuencia del auge de las clases obreras tras la Revolución rusa y la guerra. Habían pasado los años en que su padre y él podían disfrutar del placer de dar con una pieza única, o de tratar con un cliente de gusto exquisito. Ahora, por lo general, todo era cuestión de precio y de ostentación.

Llevaba tiempo meditando la posibilidad de abandonar todo aquello que le traía el recuerdo de Lavinia, convencido de que la distancia le ayudaría a olvidarla, cuando una circunstancia fortuita precipitó su decisión. El Esmeralda navegaba por el Mediterráneo, llevando a bordo a Adrian Newcombe y a su reciente esposa. «Me parece justo —había argumentado Simon ante la resistencia de su amigo—. Tú me prestaste tu avión y yo te correspondo poniendo mi barco a tu disposición para que disfrutéis de vuestra luna de miel». Algún esporádico cablegrama había informado a Simon de las singladuras del Esmeralda y de la buena marcha de la travesía. Por eso le sorprendió recibir una llamada telefónica de Adrian desde Portofino.

—No te inquietes, todo está en orden. Te llamo porque se me ha ocurrido una idea estupenda.

—Cuéntamela, a ver si es tan estupenda —contestó Simon, que conocía la vehemencia de su amigo.

—Verás. A mi mujer le apetece mucho pasar unos días en París y se me ha ocurrido que podrías coger el De Havilland y venir a encontrarte con nosotros en algún puerto. Pasamos unos días juntos y tú te quedas con el barco y nosotros nos vamos a París en mi avión.

Tras la sorpresa por la ocurrencia de su amigo, Simon se dio cuenta de que la idea le resultaba muy atractiva. Disfrutaba a los mandos de un avión, pero le atraía incluso más la posibilidad de regresar a Inglaterra navegando. El Esmeralda llevaba una tripulación contratada para el viaje de novios de su amigo, pero él se llevaría a Khao y podía licenciar a algún tripulante.

—Pues es una gran idea. ¿Dónde nos encontramos? ¿Qué tal Marsella?

—Yo había pensado en Barcelona. Tenemos intención de conocer antes las Baleares y ese sería el puerto más conveniente. Además, la ciudad tiene un buen aeropuerto y un aeroclub, eso te facilitará los trámites.

—Me parece muy bien —contestó Simon, que recordaba con agrado los días que pasó con sus padres en aquella ciudad.

Apenas una semana después, Simon aterrizaba en el aeropuerto de El Prat, donde un empleado del Aeroclub de Cataluña le dio la bienvenida y se hizo cargo del aparato. Aconsejado por el cónsul inglés, había reservado habitación en el hotel Oriente, en el corazón de las Ramblas. «Es un hotel excelente que recibe huéspedes de categoría y, además, está en la zona más divertida de la ciudad», le había garantizado el diplomático. Y cuando salió a la calle, después de instalarse, tuvo que darle la razón. Paseando sin rumbo, dio con un rincón que le sedujo a primera vista. A pocos metros de su hotel, la plaza Real ofrecía un ambiente recoleto, casi monacal gracias a las arcadas que cerraban su perímetro. Y se transformaba por completo al atravesar uno de los soportales y desembocar en la calle de Escudellers, con su notable variedad de cabarés y *music halls* de todas las categorías y precios. Y cruzando la Rambla para adentrarse en el Barrio Chino, descubrió todo tipo de distracciones más o menos exóticas e, incluso, perversas.

Dos días más tarde, un cable de Adrian le anunciaba que dejaban Palma de Mallorca rumbo a Barcelona. Simon, que conocía bien su barco y había consultado las condiciones de navegación en el Real Club Náutico, calculó con bastante acierto la hora de arribada y entretuvo la espera conversando en el bar del club con el comodoro, curioso a su vez por conocer detalles del barco que esperaba aquel inglés de aire aristocrático que hablaba un castellano perfecto. Contemplando al Esmeralda arriar el velamen para atracar en el pantalán, Simon tuvo una inspiración repentina. El barco tendría un amarre permanente allí y eso le podría proporcionar una vida más libre y más tranquila en Barcelona.

Simon había heredado un negocio muy boyante, cuya gestión diaria había delegado en el hombre de confianza de su padre, el excelente Alistair, a quien hizo socio de la empresa para premiar su fidelidad. A este activo se sumaba una considerable fortuna en diversas inversiones y varias propiedades en la campiña inglesa. Además, Simon había heredado también las inclinaciones artísticas de Esmond. Al igual que él, aceptó pronto que no estaba llamado a convertirse en un artista de fama, pero le satisfacía sentarse ante el caballete y trasladar al lienzo su visión de objetos, paisajes y personajes, por lo general femeninos. Cuando entendió que Barcelona cumplía todas las condiciones para convertirse en un tranquilo refugio y una cómoda base de operaciones para sus actividades profesionales y para las menos confesables de su segunda personalidad, su primer empeño fue encontrar un apartamento donde instalarse. No le resultó difícil localizar, en aquella plaza Real que tanto le seducía, un edificio de viviendas que, por las trazas, debió acoger a finales de siglo a pudientes representantes de la alta burguesía catalana que, al calor de los buenos negocios traídos por la guerra, se habían desplazado al más elegante paseo de Gracia y aledaños dejando la plaza a menestrales y comerciantes acomodados. Unos vecinos muy convenientes para Simon, que no deseaba tener otra relación que la del cortés saludo al cruzarse con ellos en el zaguán.

Los amplios balcones del apartamento le brindaban una perspectiva aérea de la plaza. Bajo las palmeras que flanqueaban sus cuatro extremos, latía una vida variopinta. Ancianos que dejaban transcurrir el tiempo con la barbilla apoyada en el puño de su bastón y el pensamiento perdido en quién sabe qué historias del pasado; niños que chapoteaban en la fuente ante la indignación de las palomas que la habían convertido en su piscina particular: alguna muchacha de vida alegre que se tomaba un respiro en su penosa búsqueda de clientes por las callejuelas aledañas y, de vez en cuando, un par de tunantes que vaciaban a hurtadillas la cartera que acababan de afanar a algún incauto y se repartían su contenido, a veces decepcionantemente escaso.

El apartamento se actualizó para adaptarlo a los gustos y necesidades de Simon. Eliminando algunos tabiques, obtuvo una estancia de generosas dimensiones que parecía aún más amplia por la altura de los techos y que cumplía la triple función de estudio, salón y biblioteca. Su dormitorio, una cocina que apenas utilizaba y una habitación de servicio donde se alojaba Khao cuando era necesario completaban la parte visible. Porque aquella vivienda de aire un tanto bohemio encerraba un secreto: disimulada tras un panel de la biblioteca, una puerta acorazada daba paso a la cámara en la que el inquilino atesoraba su colección personal de obras de arte, fruto de su furtivo recorrido por algunas de las mansiones más significadas de Europa en busca de piezas que satisficiesen sus gustos o los de clientes dispuestos a pagar cualquier suma por un capricho.

Simon seguía con notable entusiasmo y éxito la estela de los miembros de La Liga de la Pimpinela Escarlata. Cumplía escrupulosamente las normas no escritas de La Liga, incluso cuando se hacía con una pieza para su propio disfrute, en cuyo caso le fijaba un precio y lo aportaba de su bolsillo. Y no se limitaba a apropiarse de obras por encargo o para su placer, sino que a veces se encaprichaba de una joya singular y se divertía concibiendo la estrategia para hacerse con ella. Para trasvasar el fruto de esa peculiar redistribución de la riqueza, contaba con la colaboración de sus abogados en Londres, y ahora también en Barcelona, que le garantizaban el anonimato. Sabedores de la importancia de su fortuna, les admiraba la generosidad de su cliente y no detectaban nada que les hiciese sospechar el origen de los fondos que distribuían en su nombre.

160

El Esmeralda podía convertirse en el verdadero hogar de Simon, pues respondía a su espíritu libre y también a su frecuente necesidad de cambiar de paisaje. Pero tenía algunas limitaciones que quedaban compensadas por el apartamento de la plaza Real. En este tenía espacio suficiente para pintar, recibir visitas femeninas, que quizás no se arriesgarían a acudir al barco, y practicar sin llamar la atención su afición a callejear por el ambiente canalla de sus alrededores. Barcelona estaba preparada para ofrecer cualquier tipo de placeres que pudiese reclamar la marinería de todos los países que recalaba en su puerto. Unido a la presencia de personajes de variado pelaje, fugitivos de la guerra que acudían al reclamo de la euforia económica que disfrutaba la ciudad, el panorama resultaba de lo más interesante para quien no temiese moverse en aquel mundo turbio y a menudo peligroso.

Al instalarse en la ciudad, Simon descubrió que había varias Barcelonas. La que en teoría debiera resultarle más próxima la constituía una aristocracia industrial que en muchos casos se enriqueció vendiendo sus productos a precios abusivos a los países contendientes. El cónsul inglés se había empeñado en introducir en esa sociedad un tanto cerrada a aquel distinguido compatriota. Pronto le llovieron invitaciones para cenas y recepciones en las mansiones que empezaban a construirse en la parte alta de la ciudad. Y Simon se dejaba llevar, entre divertido y curioso, pero lo que le fascinaba era explorar la ciudad más canalla que bullía alrededor de su propio domicilio.

En sus correrías nocturnas adoptaba la apariencia de un obrero endomingado, pantalón ajustado, chaleco y chaqueta de otro color, camisa sin cuello y la imprescindible gorra, que era como un signo de clase que distinguía a obreros y menestrales de oficinistas y dependientes, que solían tocarse con sombrero. El día adecuado era el sábado porque los bolsillos de los obreros estaban alegres después de cobrar la semanada y los burgueses honorables acudían con cierta sensación de peligro a aquel barrio que prometía emociones de todo tipo. Los cabarés y *music halls* competían para ofrecer los espectáculos más llamativos, donde la oferta de carne femenina lo más descubierta posible era fundamental y las señoritas de vida más o menos alegre trabajaban a destajo.

Pero con menos bullicio y mayor secreto, otras ofertas también tenían su público. Los fumaderos de opio habían surgido como respuesta a la demanda de los marineros extranjeros y de la variopinta fauna que la neutralidad de España durante la guerra había llevado a la ciudad. Ocultos a la vista del público en locales recónditos, solo conocidos por los adictos, se habían puesto de moda entre muchos jóvenes de buena familia a los que encanallarse les parecía un signo de modernidad.

Simon había trabado conocimiento con el opio durante su servicio en Egipto y de tarde en tarde gustaba de disfrutar de unos momentos de ensoñación. Descubrió durante los escasos permisos con sus compañeros de armas que estos se relajaban de la tensión del combate acudiendo a alguno de los fumaderos que proliferaban en torno al puerto de Alejandría. La curiosidad le llevó a acompañar a Adrian Newcombe a un local un tanto siniestro donde con cierta aprensión contempló cómo un árabe silencioso llenaba la cazoleta de una larga pipa metálica con una sustancia con aspecto de piedra oscura y cristalina y depositaba sobre ella un carboncillo incandescente. Cuando la cazoleta empezó a burbujear, colocó la pipa en sus manos

161

sin mediar palabra. A su alrededor, sus compañeros fumaban tranquilamente recostados sobre los mugrientos sofás y no tuvo más remedio que imitarlos pese a su escepticismo sobre los beatíficos efectos de aquel humo caliente que llegaba a sus labios. No habría podido decir cuánto tiempo estuvo en estado de duermevela soñando con paisajes extraños y volando entre nubes, pero volvió a la conciencia plena con una tranquila relajación.

El inconfundible olor de la adormidera le llevó a descubrir el antro que se ocultaba en la trastienda de un barucho de la calle San Ramón, en el Barrio Chino. El que parecía el dueño le miró con desconfianza cuando quiso pasar a la parte *non sancta* del local, pero los billetes que le mostró Simon bastaron para tranquilizarle y con aire de complicidad le franqueó la puerta y lo dejó en manos de la que debía ser su mujer. Acostumbrado al aspecto miserable de los fumaderos en Egipto, se sorprendió por la decoración de aires chinescos rematada por el kimono de la mujer que le sonreía en el interior. Aunque una serie de cortinas proporcionaban intimidad a los clientes, Simon intuyó que se trataba de gente bien, entre otras cosas porque el precio que había satisfecho no estaba al alcance de un obrero. Una vez acomodado en un cubículo, la mujer le llevó una pipa ya encendida, corrió la cortina y le dejó solo.

162

Estaba empezando a abandonarse a la somnolencia cuando un tumulto procedente del bar le despabiló de golpe. La puerta se abrió con violencia y aparecieron dos policías de uniforme seguidos de un individuo de paisano que arrastraba por el brazo al lloriqueante propietario del local. En un tono que no dejaba lugar a dudas sobre sus intenciones advirtió:

—Quédense todos quietos sin hacer tonterías. De momento, están arrestados y van a venir a comisaría junto con este sinvergüenza y esta china de pacotilla.

De entre las cortinas comenzaron a aparecer los clientes con aire de haber regresado abruptamente del limbo. Salieron varios jóvenes de buen aspecto, y un par de muchachas esforzándose en recomponer su aspecto. Simon contemplaba el espectáculo de aquellas gentes con la tranquilidad de quien dispone de un pasaporte extranjero y sabe que su cónsul moverá todos los hilos para sacarle del aprieto. El que estaba al mando del grupo de agentes le llamó especialmente la atención. Era un tipo fornido, de unos cuarenta años, con una cabeza de busto romano en la que relucían unos ojos que no dejaban escapar detalle y que transmitía tal autoridad que no necesitaba levantar la voz para dar instrucciones.

—No voy a esposarles, no creo que vayan a salir corriendo, pero por si acaso no lo intenten —advirtió a los arrestados mientras subían a un furgón entre la rechifla de noctámbulos, prostitutas libres de servicio y algún que otro borracho congregados a las puertas del bar.

Simon esperó a ver cómo se desarrollaban los acontecimientos antes de solicitar que avisasen al cónsul inglés. La comisaría estaba en la calle Conde del Asalto, en aquel barrio barcelonés que podía presumir de la mayor concentración de ciudadanos conflictivos por metro cuadrado, de modo que el trayecto del furgón duró solo unos minutos. Al llegar a comisaría les recogieron la documentación y les encerraron en un calabozo del sótano, donde los demás detenidos empezaban a recuperar la conciencia. Una de las muchachas incluso inició un coqueteo con Simon. Entretenido con sus carantoñas, le sorprendió oír:

—Simon Sinclar, acompáñeme.

El funcionario le condujo hasta una puerta con un sencillo rótulo: «Comisario jefe», a la que llamó discretamente. Al otro lado, descubrió un despacho de dimensiones reducidas. Detrás de la mesa levantó la vista de unos papeles el mismo que había dirigido la redada en el fumadero y se puso en pie para saludarle de manera que a Simon le pareció extrañamente cordial, dadas las circunstancias.

—Pase, señor Sinclair, y tome asiento. Soy el comisario Perales y estoy a cargo de este distrito. Le confieso que tenía ganas de conocerle.

—Me halaga, señor comisario. No puedo imaginar qué interés puedo tener para la Policía española.

—No se trata de un interés profesional propiamente dicho, sino de una curiosidad personal. Aunque claro, tratándose de un policía, es difícil determinar cuándo acaba una cosa y empieza la otra.

—Me tranquiliza, pero aun así me sorprende.

—Verá, mi jurisdicción se extiende hasta el puerto y yo tengo la costumbre de pasearme por allí para desintoxicarme del barrio. Su barco me llamó mucho la atención. No suelen verse veleros como el suyo por aquí. Aunque soy de tierra adentro, aragonés por más señas, me entusiasma todo lo relacionado con el mar. Por eso al comprobar que, pasado un tiempo, seguía en el puerto, he hecho mis averiguaciones. Espero que no le moleste.

Simon negó con la cabeza y dejó que continuara.

—Telegrafié a un colega que presta servicio en nuestra embajada en Londres y me devolvió una pequeña biografía por la que he sabido que es usted un prestigioso anticuario y también que sirvió brillantemente en Egipto. Y que, para sorpresa de la buena sociedad londinense, tras el fallecimiento de su padre decidió dejar sus intereses en manos de personas de su confianza y retirarse.

—Básicamente, esta es la historia —asintió Simon disimulando su sorpresa por lo preciso de la información—. Aunque no estoy definitivamente retirado. Sigo en contacto con la tienda, viajo a Londres con relativa frecuencia, y por Europa cuando me alertan de que está en venta alguna pieza que merece verse de cerca.

—Me quedo más tranquilo. Debo confesarle que su llegada a Barcelona me produjo extrañeza. Será por los tiempos que corren y por deformación profesional, pero uno ve espías por todas partes. Y delincuentes internacionales de todo tipo.

—Casi me halagan sus sospechas. Me siento como un personaje de novela —contestó con una sonrisa, por más que comprendió que ese Perales podía ser un hueso duro de roer en el caso de que él llegase a perpetrar alguna de sus travesuras en Barcelona.

—Verá, cuando nos enfrentamos a delitos relacionados con obras de arte, sean robos o estafas, contar con la opinión de un experto, sobre todo si viene de fuera, resulta muy útil para presentar el caso ante el juez. O sea, que me gustaría mucho disponer de su ayuda si llega la ocasión.

—Puede usted contar con ello, faltaría más. Y también con mi invitación para visitar el Esmeralda y salir a navegar si le apetece.

—Acepto la primera parte de la invitación encantado, pero me temo que debo rechazar la segunda.

—¿Y eso?

—Resulta que se da la contradicción de que me fascina todo lo relacionado con el mar y la navegación, pero para mi desgracia cuando me subo a un barco me mareo como un pato.

—Entonces le espero en el barco cuando usted quiera para tomar una copa sin movernos del muelle.

—Acepto encantado. Y esto nos lleva al segundo tema que nos ocupa: sus andanzas nocturnas.

Simon se limitó a hacer un gesto de asentimiento y guardar silencio.

—No sé si conoce las leyes españolas en materia de drogas: solo se persigue la venta, salvo con fines medicinales, y no el consumo, lo que se presta a todo tipo de chanchullos. O sea que no tengo motivo legal para retenerle a usted ni a sus compañeros de diversión. La redada tenía fines disuasorios, con intención de asustar a los posibles clientes, pero para qué me voy a hacer ilusiones. De modo que, aparte de recomendarle en bien de su salud que procure no volver por esos antros, voy a hacer una excepción y en lugar de que pase usted la noche en los calabozos, le acompañaré hasta la puerta. Por cierto, frente a la comisaría le está esperando ese servidor suyo de aspecto impresionante.

A Simon le divirtió comprobar que, como correspondía a un buen sabueso, el comisario Perales era lo bastante profesional como para profundizar más de lo que le había manifestado. Con la tranquilidad de quien se sabe a cubierto de sospechas, reconoció que le había resultado muy simpático y que no estaba de más contar con algún amigo en la Policía española. Era de suponer que el comisario también lo sabía todo sobre Khao, que sin que nadie le hubiese advertido, había intuido que su amo podía hallarse en problemas y le esperaba, impasible como siempre, oculto en la semipenumbra de un portal. «Espero que Perales no sepa que no se separa nunca de su kukri», se dijo Simon con una sonrisa, recordando la destreza de Khao con su cuchillo en la mano.

18

Diamantes sucios

—*E*stoy seguro de que podrá decirme quién es aquella belleza rodeada de moscardones, amigo Lacey.

Norman Lacey era un diplomático con largos años de experiencia en el servicio, que había vivido la guerra desde el observatorio privilegiado que fue Barcelona y conocía bien sus entresijos y cloacas. La llegada de un compatriota como Simon, con intención de establecerse en la ciudad, le proporcionaba un grato contraste con sus gestiones habituales en el consulado. Estaban ambos fumando un cigarrillo con una copa de *champagne* en la mano en el exclusivo Círculo del Liceo, aprovechando el entreacto de *Othello*, y Simon no podía apartar la mirada de aquella criatura espectacularmente hermosa, con un cuerpo espléndido rematado por un rostro de rasgos algo extremados que le daban un aire exótico. A sus ojos de experto tampoco había pasado desapercibida su fina gargantilla de diamantes.

—Algo puedo contarle sobre ella. Ya sabe usted que el deber de un cónsul es estar bien informado —correspondió el diplomático a su curiosidad—. Sobre todo, cuando la información puede tener algún valor estratégico y, además, incluye a una mujer como esa.

—No me dirá que es una espía alemana.

—No, por favor. Pobre muchacha. Es la *petite amie* de un personaje por el que no sentimos mucha simpatía en el Foreign Office.

—Me intriga usted, Lacey.

—Es muy sencillo. Amadeu Tubella, su protector, es uno de los industriales que se enriquecieron obscenamente durante la pasada guerra vendiendo a los ejércitos de los dos bandos productos de primera necesidad a precios exorbitantes. Tubella tenía como clientes a los alemanes. Esto bastaría para que lo tuviéramos en la lista negra, pero es que sospechamos, creo que justificadamente, que proporcionaba información a los submarinos *boches* sobre los mercantes aliados que navegaban por estas costas. Así fueron torpedeados varios barcos que, rara casualidad, siempre transportaban mercancía fabricada por los competidores de Tubella para los franceses. Ahora mismo está charlando con un tal Von Rolland, que se hace pasar por barón pero tenemos la seguridad de que es un delincuente. Llegó aquí durante la guerra y espió para los alemanes. Desde que se le acabó ese negocio, se dedica a extorsionar a los industriales catalanes bajo la apariencia de protegerlos. Ahora controla un grupo de pistoleros que igual sirven para asustar a un fabricante que para despachar a algún obrero con ideas avanzadas que estorba a su patrón.

La mención de aquel nombre que había oído tiempo atrás en Biarritz sobresaltó a Simon. Si era quien él creía y le había reconocido, como era de suponer, estaba claro que había progresado en su carrera criminal y podría resultar un peligro. Dudaba si debía alertar al cónsul, al comisario Perales o directamente a los servicios secretos ingleses. Antes debía confirmar sus sospechas. Disimulando su inquietud, reanudó la conversación con el cónsul:

—No entiendo cómo la Policía no le echa el guante a ese supuesto barón.

—Tiene muy buenas relaciones con las autoridades, porque sus pistoleros les hacen el trabajo sucio cuando hace falta.

—En definitiva, que este Tubella me resulta un tipo muy poco recomendable y sus amistades no le van a la zaga. Claro que esto no impide que siga encontrando bellísima a su amiguita.

—No solo bellísima. También ha sabido aprovechar la protección de Tubella para adquirir educación. Era una obrera de su fábrica sin apenas estudios. Ahora se desenvuelve en estos ambientes como una señorita de buena familia. Ahí la tiene rodeada por una corte de admiradores y pretendientes que, por lo que se dice, fracasan en sus intentos. Al parecer, es fiel a su protector, o por lo menos no quiere correr riesgos porque él es celoso como un moro.

—Pues no le hará ninguna gracia verla rodeada de tanto petimetre.

—Creo que halaga su vanidad. Aquí, tener una amiguita es cuestión de estatus: cuanto más guapa y más enjoyada, mejor. Por eso la exhibe, aunque siempre acompañada de ese joven con aires de poeta romántico que es un *chevalier servant* de su entera confianza porque es homosexual y, además, depende de lo que cobra como profesor de música de su hija. Amadeu Tubella es aquel tipo de aspecto vulgar que está apoyado en la barra y no quita el ojo a su amiguita.

El afortunado usufructuario de aquella belleza era el paradigma del hombre al que la riqueza ha pillado de sorpresa. Su esmoquin, que debía llevar la etiqueta del sastre más caro de la ciudad, no conseguía disimular los estragos de la buena mesa. Aunque apenas rebasaría la cincuentena, su rostro abotargado y la incipiente calva le hacían parecer mayor.

—La que está a su lado es su mujer, Mercedes, que se hace llamar Merceditas, lo encuentra más distinguido —le aclaró Lacey ante la mirada interrogante de Simon—. Y la joven que está con ellos es Rosina, su única hija. Los padres suspiran por encontrarle un marido de buena familia pero, como verá, su único atractivo es el dinero paterno.

—Lo cual resulta bastante estimulante para algunos. Sobre todo, si miran a la madre, que parece el escaparate de una joyería.

Sobre el escote de la señora Tubella relucía un collar de esmeraldas y sobre su frente, una diadema de diamantes a juego con el brazalete y los pendientes.

—Tubella es el mejor cliente del joyero Roca, que ahora está de moda entre la buena sociedad. Y cree que exhibiendo su riqueza a base de tapizar a su mujer de diamantes se ganará un lugar entre la clase alta local, pero dudo que lo consiga, tal como son los catalanes, poco amigos de hacer ostentación de su fortuna.

A Simon su instinto le decía que aquella belleza no era tan inasequible como aparentaba. Un cruce casual de miradas le había confirmado que el interés era mutuo y estaba dispuesto a explorar hasta dónde llegaría por parte de ella. Además, la vileza del industrial le convertía en un objetivo ideal de sus actividades menos confesables.

—¿Y a qué negocios se dedica ahora Tubella? —le preguntó al cónsul.

—Sigue con su fábrica de tejidos, que es lo que vendía a los alemanes, y equilibra su cuenta de resultados explotando descaradamente a sus obreros.

Esa información era el empujón que le hacía falta a Simon. Liberaría a la mujer legítima del peso de los diamantes y sus abogados encontrarían la manera de hacerlos llegar, convertidos en pesetas contantes y sonantes, a los obreros del marido.

—Me encantaría conocer a esta familia. Quién sabe si a él, además de las joyas, le interesa el arte. —Simon le hizo un guiño que hizo sonreír al cónsul.

—Pues vamos hacia allí. Estoy seguro de que se derretirán de emoción cuando les explique quién es usted. Además, va a tener el dudoso honor de conocer al falso barón, que sigue de charla con Tubella.

Aunque Von Rolland se despidió de su interlocutor en cuanto vio que se acercaba el cónsul, Simon tuvo la certeza de que su sospecha estaba fundada. Pese al cambio del color del pelo y a que estaba más grueso, le delataba la cicatriz que cruzaba su mejilla. Y la mirada que le dirigió le confirmó que él también le había identificado. Tras las presentaciones formales, el cónsul hizo referencia, con malintencionado entusiasmo, a la condecoración del señor Sinclair por su valor combatiendo a los alemanes. La joven Rosina contemplaba con curiosidad a aquel inglés que haría soñar a cualquiera de sus amigas, cuyo único objetivo era encontrar un marido.

—Tendría usted que hacernos el honor de visitarnos en nuestra casa, señor Sinclair. Me gustaría mucho conocer su opinión sobre algunas pequeñas piezas que he ido adquiriendo en estos últimos tiempos.

—Será un placer, amigo Tubella.

—Pues si a usted le conviene, el sábado de la próxima semana damos una cena para un selecto grupo de amigos y sería un honor contar con su presencia. Y con la del señor cónsul, por supuesto.

—Por mi parte, acepto con mucho gusto, y espero que el señor Lacey no tenga otros compromisos.

El cónsul no tenía ningún compromiso a la vista, y de haberlo tenido lo habría cancelado, porque por nada del mundo se habría perdido la oportunidad de ver cómo los Tubella exhibían ante sus amistades a aquel distinguido invitado inglés. Sin contar con que intuía, divertido, que la madre debía estar evaluándolo como candidato a yerno.

El sábado siguiente, a la hora convenida, el Hispano de Simon se detenía a las puertas de la casa de los Tubella y un solícito Khao, uniformado con pantalones blancos y chaqueta azul con ribetes dorados, aunque descalzo como siempre, dejaba el volante y se precipitaba a abrirles la puerta a él y al cónsul, ambos de rigurosa etiqueta. Simon había querido aderezar su entrada en escena con el toque exótico que siempre aportaba el gurka, que realzaba su aspecto impresionante con el *kukri* que portaba a la cintura.

La casa, situada donde la ciudad empieza a ascender hacia el Tibidabo, resultaba menos horrible de lo que habría podido suponerse; no ofendía a la vista aunque su tamaño exagerado era una deliberada exhibición de riqueza. Una estructura cuadrada, de tres plantas, rodeada de un jardín muy ordenado y bien cuidado, del que partía una gran escalinata de mármol hasta la planta noble.

Aunque habían llegado puntuales, frente a la casa ya estaban estacionados varios relucientes últimos modelos, custodiados por chóferes uniformados.

—Parece que el resto de los invitados se ha adelantado —le comentó a Lacey.

—Todo el mundo está ansioso por conocerle. Esta noche usted es la atracción estelar.

—Lo soportaré con la mejor de las sonrisas. En definitiva, estamos aquí por mi culpa. Siento haberle metido en esto, la verdad.

—No se disculpe, hombre. No hay para tanto. Incluso los más conspicuos miembros de la alta burguesía barcelonesa, que considera que los Tubella no son dignos de relacionarse con ellos, admiten que la cocina de esta casa es excelente y que la bodega está a la altura.

Como le había advertido el cónsul, su entrada en el salón, que ocupaba casi toda la planta baja, atrajo las miradas de la concurrencia compuesta por colegas del propietario, cuyas esposas tenían poco que envidiar a la anfitriona en cuanto a complicación del atuendo y exhibición de diamantes. Simon estrechó cordial las manos de los caballeros y rozó con los labios las de las señoras a medida que se los iban presentando. Estaba diciéndose que cualquiera de aquellas damas iba a resultar una compañía aburrida durante la cena cuando Amadeu Tubella reclamó su atención hacia un pequeño grupo en el que Simon no había reparado.

—Permítame que le presente al maestro Benavides, que es el profesor de música de mi hija y un excelente concertista, y a su novia la señorita Rebeca.

Por unos instantes, Simon se quedó en suspenso a causa de la sorpresa. Con todo descaro, Tubella traía a su amante a su propia casa y la presentaba como la novia de un homosexual evidente.

—Creo que ya nos habíamos visto antes, señor Sinclair. ¿No estaba usted la otra noche en el Círculo?

—Efectivamente. Es una excelente fisonomista.

—Siempre me intereso por las amistades de Amadeu.

Aquella breve y en apariencia intrascendente conversación le resultó reveladora a Simon. Rebeca le había hecho saber que se había interesado por él y que en el Liceo sus miradas no se cruzaron por casualidad. En aquella partida de ajedrez, le tocaba a él mover ficha.

No iba a resultar fácil porque Tubella, mientras ejercía como anfitrión entre sus invitados, que aguardaban copa en mano el momento de pasar al comedor, no dejaba de observar al pequeño grupo que rodeaba a Rebeca. Simon sabía que debía mantener el tono críptico que tan bien le había señalado ella, a base de sobreentendidos y mensajes indirectos. El cónsul le brindó una excelente oportunidad al hablar del Esmeralda como el barco más bonito que estaba en el Club Náutico.

—Es usted muy valiente navegando desde Inglaterra hasta aquí, señor Sinclair. Debe ser muy emocionante. Y vivir en un barco parece muy romántico. ¿Se quedará mucho tiempo en Barcelona?

Podría haber dicho que le gustaría visitarlo, por ejemplo, pero se limitó a acusar recibo sin manifestar un interés sospechoso.

—Mi idea es instalarme aquí como base de operaciones, viajo con mucha frecuencia. Claro que dependerá de cómo me trate la ciudad.

—Estoy segura de que no tendrá usted motivo de queja.

Un pomposo mayordomo interrumpió la conversación anunciando que la cena estaba servida. Los asientos, como no podía ser menos, estaban ya asignados y Simon se encontró emparedado entre las dos mujeres de la familia Tubella, madre e hija. Justo frente a su mesa, el cónsul Lacey, que había tenido la fortuna de sentarse al lado de la bella Rebeca, le contemplaba con una mirada burlona. Después de un intercambio de frases banales, Merceditas se dedicó al comensal que tenía a su izquierda, sin duda para que Simon no tuviese más remedio que dedicar su atención a Rosina. En cuanto esta superó su timidez, le sorprendió por sus ideas avanzadas y su claridad de juicio.

—Mis padres están empeñados en que me case lo antes posible y les dé nietos, pero yo quiero estudiar una carrera para poder trabajar y no tener que depender de su dinero —afirmó con una vehemencia que nadie adivinaría bajo su aspecto modoso—. Ellos piensan que el dinero lo es todo, pero yo creo que hay cosas más importantes por las que luchar. Me gustaría ser médico para ayudar a la gente.

La cena le resultó grata conversando con aquella muchacha tan distinta de sus padres, quizás por reacción. Tras los postres, el anfitrión le tomó del brazo y se lo llevó para mostrarle su colección de obras de arte.

—Me interesa mucho su opinión de experto. Yo compro la pintura y los objetos que me gustan, pero me temo que no es la mejor manera de formar una colección —le confesó con fingida modestia.

Amadeu Tubella le fue mostrando cuadros cuyos autores le eran desconocidos pero le parecieron realmente notables.

—Reconozco que no estoy muy al corriente de los contemporáneos españoles, pero los cuadros que ha reunido usted aquí son excelentes. Le felicito por su buen ojo.

173

—Ahora todos ellos son conocidos y valorados, Rusiñol, Casas, Nonell, Mir se cotizan muy alto, pero cuando yo empecé a comprarles obra eran unos desconocidos, de modo que los ayudé mucho y hemos mantenido una buena relación y sigo adquiriéndoles algún cuadro. Excepto al pobre Mir, que murió muy joven.

—Pues tiene usted una excelente colección, amigo mío.

Simon comprendió que Tubella era muy consciente de ello. Y sin proponérselo le había dado la pista sobre el escondite de las joyas de su mujer. A su mirada no se escapó que un cuadro quedaba ligerísimamente separado de la pared, lo que indicaba que ocultaba una caja de caudales de tamaño respetable, dado el formato de la pintura. Según había podido apreciar, los cerramientos de la casa eran sólidos aunque no inexpugnables, y el sistema de alarma, bastante elemental. Ahora solo necesitaba estar al corriente de los horarios y las costumbres de la casa. Y para conseguir esta información, nada mejor que el personal de servicio. Había observado durante la cena que había por lo menos dos doncellas, una de las cuales le pareció atractiva y bastante desenvuelta a juzgar por el modo como sonreía a los invitados masculinos. La cómplice involuntaria perfecta.

El cónsul Lacey se acercó a Simon en cuanto comprobó que se había librado del anfitrión.

—Preparémonos para el remate de la velada. Rosina Tubella, acompañada al piano por el novio de nuestra bella Rebeca, nos deleitará con unas melodías de moda y quizás alguna pieza clásica.

En el salón donde se había ofrecido el aperitivo habían dispuesto asientos y, ante un espectacular piano de cola, el maestro Benavides aguardaba el momento de dar la entrada a Rosina. Simon buscó con la mirada a Rebeca, pero no la vio por ninguna parte. El hecho de que tampoco estuviese el falso barón Von Rolland le hizo temer que pudiesen estar juntos, aunque no creía que Rebeca pudiese sentirse atraída por aquel petimetre de aires donjuanescos. Se quedó al fondo de la sala, apoyado en una columna cercana a una de las puertas del jardín. Estaba considerando la posibilidad de escabullirse cuando le sobresaltó la presencia de Rebeca a sus espaldas.

—No tema, no va a tener que escaparse. La niña canta con mucho más gusto de lo que podría temerse y mi supuesto novio es también un buen pianista —le dijo con una sonrisa.

—Creía que se había marchado usted.

—¿Y le ha importado?

—Por supuesto. Verla de nuevo y poder conocerla ha sido lo mejor de la velada.

—Yo también me he alegrado, aunque dada mi situación, tengo pocas posibilidades de demostrarlo.

—¿Puedo preguntarle si existe la posibilidad de que acepte venir a visitar mi barco, que tanto parecía interesarle?

—Me encantará. Aunque debo de ser muy prudente. Si me da usted su número de teléfono, le llamaré en cuanto pueda disponer de un momento de libertad.

Apenas habían transcurrido unos días cuando Rebeca le telefoneó para anunciarle que Tubella salía aquella noche en el expreso de Madrid y no regresaría hasta una semana después.

Caía la tarde siguiente cuando una radiante Rebeca, que ocultaba su rostro tras el medio velo de un gracioso sombrerillo, se apeaba de un taxi a las puertas del Club Náutico, donde la estaba esperando Simon, atento a evitar encuentros con algún socio que pudiese identificarla como la amiguita de la que Amadeu Tubella solía hacer alarde. A aquellas horas de la tarde el club estaba prácticamente desierto y solo algún marinero de servicio vigilaba los pantalanes. El Esmeralda, al que Khao había sometido a un minucioso aseo puliendo metales y baldeando la cubierta a conciencia, ofrecía un aspecto espléndido.

—No me sorprende que quiera vivir aquí, Simon, resulta hermosísimo, tan esbelto. Y huele de una manera tan especial…

—Pues vamos a verlo por dentro. Le enseñaré mi pequeño hogar.

El interior del Esmeralda fue pensado para acoger a dos personas enamoradas y todo en él respiraba confort y calidez. Rebeca no pudo reprimir su sorpresa al descubrir el camarote principal.

—No podía imaginarme que en un barco cupiese una cama de estas proporciones —comentó mientras se sentaba en ella para comprobar lo mullido del colchón.

—Es el privilegio del armador. La tripulación y los invitados no están tan holgados. Pero en el Esmeralda solo vivimos tres personas, de modo que nos sobra espacio.

Como si hubiese intuido que hablaban de él, Khao hizo su aparición en el salón.

—¿Deseas algo, Simon *sahib*?

—Nada, Khao. Puedes retirarte.

—Un tipo impresionante. ¿Es su criado? —preguntó Rebeca atónita.

—Es algo más que un criado. En Egipto, durante la guerra, me salvó la vida jugándose la suya, y desde entonces se me ha hecho imprescindible. Según sus creencias, puesto que vivo gracias a él tiene el deber de protegerme y le aseguro que lo hace a conciencia. Desde que murió mi padre, él y su mujer, Shu Ting, son como mi única familia.

—O sea, que es usted un verdadero solitario.

—Pues sí. Me gusta la sensación de libertad que me proporciona no deberme a nadie.

—¿Ni a una mujer?

—No lo rechazo, al contrario, pero hasta ahora ninguna ha tenido el poder de hacerme cambiar.

—Me gustaría intentarlo.

Rebeca se había levantado de la cama y se aproximó a Simon hasta que sus cuerpos se rozaron. Era un ofrecimiento que él no podía rechazar…

Una hora después Simon se incorporaba de aquel lecho cuyo tamaño había sorprendido a Rebeca para ir a buscar una botella de *champagne* al salón mientras ella le contemplaba, lánguidamente apoyada en un codo.

—Hemos estado tan pegados el uno al otro que casi no había podido ver lo fuerte que eres —comentó con admiración.

—Pues yo sí me he fijado en tu cuerpo. Ya me fascinó las dos veces que te he visto vestida. Ahora no me canso de ver lo hermoso que resulta sin ropa.

—Pensarás que me desnudo con mucha facilidad.

—Pienso que los dos supimos desde el momento en que nos vimos en el Liceo que esto tendría que ocurrir, aunque no creí que fuese tan pronto. Y me alegro de que lo hayas hecho posible con tanta sencillez.

—En mi situación tengo que tomar las cosas como vienen. Quería estar contigo desde que te vi y cuando, la otra noche, confirmé que tú querías lo mismo que yo, simplemente te lo hice saber.

—¿Volveré a verte?

—Sí, pero tendré que ser muy prudente. Si Amadeu se enterase, me dejaría en la calle. Y mentiría si te dijese que no me asusta la idea.

Aquella misma semana, aprovechando la ausencia de Tubella, volvieron a verse. Esta vez la cita fue en el apartamento de la plaza Real. Resultaba más discreto que el Esmeralda, y Rebeca podía llegar dando un paseo desde la plaza de Urquinaona, donde Tubella la había instalado en un bonito piso construido a raíz de la reciente apertura de la Vía Layetana.

—Es precioso, Simon. Me encantaría vivir aquí —exclamó—. Pero no te asustes, no pienso proponértelo. Me conformaré con pasar la tarde contigo cada vez que consiga escaparme.

Como Simon había intuido, el maestro Benavides resultó perfectamente sobornable. Bastó una breve conversación y la promesa de una generosa compensación para que, por lo menos una vez a la semana, Rebeca dispusiese de una justificación para pasar la tarde en el apartamento de la plaza Real. El ritual era siempre el mismo. Llegaba poco después de la hora del almuerzo y, pese a que se había vestido cuidadosamente para gustar a Simon, apenas le daba tiempo a contemplarla porque se arrojaba en sus brazos y le arrastraba hasta la cama, donde se repetían las escenas fogosas que habían iniciado a bordo del Esmeralda. Después dejaba el lecho y, envuelta en una de las sedas que decoraban los sofás o desnuda, se dirigía al *office* y preparaba un té y algunas golosinas «para recuperar fuerzas». Un último encuentro, más relajado y detallista pero no menos intenso, ponía fin a la tarde. Rebeca se vestía despacio ante la mirada de Simon y, ahora sí, recababa la opinión de su amante sobre su aspecto. A la hora convenida, Benavides la esperaba sentado a una mesa del vecino Glaciar, y los dos, cogidos amistosamente del brazo, emprendían el regreso hasta la plaza de Urquinaona.

Aquel era del tipo de relación que Simon prefería. Sentían una intensa atracción física el uno por el otro y disfrutaban de su mutua compañía, pero estaba claro que Rebeca deseaba conservar la seguridad de su situación actual y que sabía que él tampoco iba a renunciar a su preciada libertad. Así que, salvo las tardes de sus encuentros, él podía seguir con su ritmo de vida. Y con su proyecto inmediato, que no era otro que desvalijar a Amadeu Tubella. Debía poner en marcha la estrategia para aproximarse a la pizpireta doncella que le había llamado la atención.

El domingo siguiente, un irreconocible Simon hacía guardia cerca de la mansión Tubella vestido como un obrero endomingado. Esperaba la aparición de las doncellas que disfrutarían de su tarde libre. Salieron entre risas y se encaminaron calle abajo hasta la parada del tranvía, que llegó en aquel momento. Simon subió detrás de ellas y se situó en la plataforma opuesta para pasar desapercibido. El trayecto terminó al final de las Ramblas, que Simon ya conocía como la palma de su mano. Enseguida calculó que se dirigirían al Palacio de Cristal, una de las salas de baile más populares de Barcelona, frecuentada los días de fiesta por una clientela variopinta de obreros, dependientes de comercio, muchachas de servicio, soldados de permiso, que por una peseta o poco más podían pasar la tarde al ritmo de infatigables y no siempre bien afinadas orquestas. Allí se gestaban noviazgos, amoríos y alguna que otra reyerta, siempre controlada por un eficiente servicio de orden con el argumento irrefutable de unos garrotes de respetable tamaño.

Las Ramblas eran a aquellas horas un hervidero de gente, de manera que tuvo que seguir a las doncellas de Tubella muy de cerca para no perderlas de vista hasta el Palacio de Cristal, ante cuya taquilla se había formado una cola de clientes. Dentro de aquel enorme recinto, un pasodoble sonaba con fuerza y la pista rebosaba de parejas que intentaban seguir el compás. Las dos muchachas se habían situado en un punto estratégico con la evidente intención de observar a la concurrencia masculina y esperar que algún galán de aspecto aceptable les propusiese un baile. Simon no se veía capaz de marcarse un pasodoble. Un súbito cambio de la orquesta le dio la oportunidad. Ante el entusiasmo de la clientela, los músicos atacaron un foxtrot, el ritmo estadounidense que se había impuesto en Europa después de la guerra y que a él le resultaba tan familiar que podía presumir de ser un experto bailarín.

Las dos muchachas se quedaron embelesadas cuando se les acercó aquel joven obrero de ojos claros y cabello rubio cuya estatura rebasaba a la de prácticamente toda la concurrencia. Simon había pensado empezar la aproximación invitando a bailar a la menos agraciada de las dos, pero ante la posibilidad de que algún mozo avispado le arrebatase su objetivo, optó por dirigirse a su compañera, que aceptó con una sonrisa radiante.

El foxtrot no es el ritmo más adecuado para empezar una conversación, de manera que Simon se concentró en bailarlo con el mejor estilo y hacer que la muchacha le siguiese.

—Qué bien bailas. ¿Dónde has aprendido? —le preguntó cuando la orquesta se tomó un breve descanso.

—Trabajé algún tiempo en la embajada de Estados Unidos en Madrid. Allí todo el personal lo baila estupendamente. Al fin y al cabo, este baile lo inventaron ellos.

—Debe ser emocionante trabajar en una embajada. ¿Qué hacías?

—Era ayudante de chófer. O sea, el que le sustituye si falta por algún motivo.

—¿Y cómo es que te has venido a Barcelona?

—El cónsul inglés me propuso ser su chófer. Más categoría, más salario y una ciudad con mar. No lo dudé ni un momento, y aquí me tienes. Y eso que no sabía que iba a conocerte.

—Vaya adulador. Si ni siquiera sabes mi nombre ni yo sé el tuyo.

—Me llamo Simon y, por si me lo preguntas, he vivido siempre en Madrid, mi madre era inglesa y por eso tengo el pelo rubio y hablo inglés. Ya lo sabes todo.

—Pues yo me llamo Carmela, mi familia es de Aragón pero vinieron a Barcelona antes de que yo naciese. Y trabajo de doncella en una casa de mucho dinero. Ahora tú también lo sabes todo.

—¡Qué voy a saber! La de cosas que no sé de ti y me interesan. Por ejemplo, ¿tienes novio?

—No, qué va. ¿Tú crees que si tuviese novio estaría aquí sola?

—Pues tienes razón. Si yo fuese tu novio, no me separaría de ti ni un momento. Pero me alegro de que no lo tengas, porque así podemos seguir bailando.

La orquesta acometió un ritmo lento y Simon tomó a Carmela por la cintura y ella respondió amoldándose a él y apoyando la cabeza en su pecho. Simon podía sentir en el suyo todas las sinuosidades de aquel cuerpo joven que anticipaba una entrega sin condiciones. De mutuo acuerdo, siguieron bailando todas las piezas que facilitaban el encuentro de sus cuerpos y parando para charlar animadamente cuando sonaban ritmos más movidos. De boca de la muchacha se enteró de los hábitos familiares de los Tubella, de cuánto personal integraba el servicio, de sus horarios. Habían transcurrido más de cuatro horas cuando Carmela, con evidente tristeza, anunció que su tiempo libre estaba llegando a su fin.

—Estoy muy a gusto contigo, Simon, pero tengo que volver a casa. Los domingos los señores se sirven ellos mismos una cena fría que les deja preparada la cocinera, pero una de nosotras tiene que llegar antes de las diez para recoger el servicio. Nos turnamos y este domingo me toca a mí.

—Te acompañaré. Así estoy un ratito más contigo.

—Me parece una tontería porque tenemos casi una hora de tranvía. Pero la verdad es que me gusta mucho que quieras hacerlo.

Un tranvía que traqueteaba más de lo habitual al enfrentarse a la empinada cuesta que llevaba a casa de los Tubella les dejó muy cerca de la puerta.

La entrada de servicio quedaba en la parte trasera del edificio y Carmela tomó de la mano a Simon para guiarle por el jardín poco iluminado.

—Ahora sí que tenemos que despedirnos.

Fue una despedida fogosa tras la que Carmela se recompuso el peinado y el vestido.

—¿Volveremos a vernos? —preguntó.

—Claro que sí. El domingo a las cuatro, si te parece bien, te estaré esperando en la puerta.

Una semana después, el falso chófer del cónsul británico acudió a recoger a Carmela en su coche, que para ella sería el del consulado. No le apetecía nada repetir la ruidosa velada en el Palacio de Cristal, así que había planeado una excursión a alguno de los bosques que rodeaban la ciudad. Una mullida manta de viaje, una cesta con algunos emparedados y dulces y una botella de buen vino remataban su proyecto de pasar la tarde a solas.

La doncella hizo su aparición a la hora prevista. Aunque vestía con sencillez, tenía una gracia especial para moverse y su rostro de rasgos pronunciados le pareció atractivo pese a que, salvo un toque de carmín en sus labios carnosos, no utilizaba maquillaje alguno.

—¡Has venido! No estaba muy segura de que te acordases de esta humilde criadita —le dijo sonriente al tiempo que se colgaba de su brazo—. ¿Dónde vamos a ir?

—Ahora lo verás. Tengo una sorpresa para ti.

Simon había estacionado el automóvil dos bocacalles más allá de la casa, de manera que este apareció ante sus ojos al doblar la esquina. Aquel lujoso Hispano Suiza Labourdette plateado, con su capota negra recogida, que incorporaba los últimos adelantos de la industria automovilística, se le antojó impresionante a Carmela. Simon lo eligió porque era de una fábrica española y porque los aviones franceses equipados con motores de esa marca habían destacado por sus victorias durante la guerra. Con un gesto teatralmente galante, abrió la portezuela ante ella.

—Es precioso, Simon. ¿De verdad vas a llevarme en él?

—Para eso lo he traído. Mi jefe me ha dado permiso cuando le he dicho que quería llevar de paseo a la chica más bonita de Barcelona.

—Eres un mentiroso y un adulador pero no me importa, me gusta que me lo digas.

—Estás guapísima y me gustas de verdad. Y ahora, ponte esta bufanda sobre la cabeza y alrededor del cuello porque con el coche descapotado vas a tener frío.

Simon le había tendido su propio fular al tiempo que arrancaba el poderoso motor y enfilaba hacia la carretera de la Arrabassada, en busca de un lugar agradable donde pasar la tarde. Cuando avistaron el monasterio de Sant Cugat, se desvió por un camino hasta un claro del bosque donde aparcó y dispuso la manta y el contenido de la cesta con gran regocijo de Carmela.

—Me río porque no estoy acostumbrada a que me sirvan. Y mucho menos, un chico tan guapo.

La caída de la tarde refrescó el ambiente y Simon tras, cerrar la capota, propuso que siguiesen charlando en el coche. La conversación duró poco porque Carmela volvió a mostrarse tan ardiente como el primer día y Simon le siguió el juego con mucha más satisfacción de lo que había imaginado cuando se propuso utilizarla para sus fines. La incomodidad del espacio y un aparente rasgo de pudor por parte de Carmela limitaban el juego sexual, de manera que entre suspiro y suspiro de la muchacha, pudo enterarse de que los Tubella se trasladarían en pleno a su mansión de Puigcerdá para pasar allí la Semana Santa y alternar con otras familias pudientes de Barcelona que, al igual que ellos, escapaban del sombrío ambiente que imperaba en la ciudad durante aquellos días. Así que ella iba a estar sola en la casa la noche del sábado al domingo. Debía esperar a que la señorita Rosina llegara de Tarragona, donde había asistido a la boda de una antigua compañera de internado, para acompañarla a Puigcerdá en el coche que los señores enviarían para recogerlas.

—Si te apetece, podemos vernos en casa. Te prepararé una cenita y así estaremos juntos todo el tiempo que quieras.

Habría sido muy difícil resistirse a aquella invitación que incluía la oportunidad de estudiar los detalles de su plan, mucho más simplificado con la familia ausente. Aunque en más de una ocasión había actuado mientras dormían los dueños de la casa, prefería la tranquilidad de una vivienda vacía.

El sábado siguiente, Khao le dejó en las proximidades de la casa y regresó al centro. No quería que alguien pudiese relacionar su coche con el robo. Tuvo suerte de no tropezarse con nadie. Como se sentía algo culpable de utilizar a Carmela, le había comprado un bolso y unos bombones. Y llevaba una botella de *champagne* para animar la velada, por más que sabía que Carmela no necesitaba de estímulos especiales.

Carmela le recibió radiante. Se había maquillado un poco y llevaba un bonito vestido que tenía todas las trazas de proceder del armario de su señorita porque le quedaba algo estrecho. En su caso, resultaba una ventaja ya que revelaba unas curvas armoniosas que Simon solo había apreciado al tacto en sus dos fogosos encuentros.

—¿Te apetece cenar ya o prefieres esperar un poquito? —le dijo en un tono insinuante—. Si quieres, podemos ver mi habitación.

Como era de imaginar, hicieron algo más que ver la habitación. No hubo prolegómenos ni conversación. Carmela se arrojó con avidez en sus brazos y dejó que Simon la desnudase mientras ella se esforzaba en arrancarle la ropa. Después pareció como si el deseo que había venido reprimiendo se desbordase con una intensidad y una sabiduría que sorprendieron a Simon, que aún creía en los tópicos sobre la virtud de las españolas. En general, procuraba no hacer preguntas personales a las mujeres. Era una norma que le ponía a salvo de peligrosos lazos de intimidad, pero Carmela le ilustró por su propia iniciativa mientras reponían fuerzas con la estupenda cena fría que había preparado.

—Mi primer novio me dejó plantada porque se fue a hacer el servicio militar a Granada y no volvió. Fue el primer hombre que me llevó a la cama y me prometí que nunca volverían a engañarme.

—Así que es verdad que no tienes novio.

—Ni pienso tenerlo. Ahora, si un hombre me gusta, soy yo la que manda. Y cuando me canso, lo envío a paseo. Y si soy yo la que le gusto a él y quiere tenerme, me lo hago pagar. Y si no, que se lo digan a Tubella.

—¿Qué quieres decir?

—Pues que el día que empezó a toquetearme se lo dejé muy claro: si quieres algo, baja a mi cuarto, pero te costará unos cuantos duros. Y los paga bien a gusto, te lo aseguro.

Simon escuchaba fascinado aquella muestra de cinismo. La descarnada realidad de Carmela tenía la ventaja de que le aliviaba de su culpa. Y confirmaba la antipatía que había sentido instintivamente por Tubella, que ahora sumaba a sus facetas de especulador, espía y explotador de obreros, la de marido rijoso.

—O sea, que tengo que prepararme para el disgusto que me llevaré el día que te aburras de mí —argumentó para seguir en su papel.

—De momento, no pienso aburrirme, porque la verdad es que me gustas mucho y además eres estupendo en la cama. Y otra cosa, estoy segura de que tú harás lo mismo cuando ya no te guste o encuentres otra que te apetezca más.

—Pues visto lo que acabas de explicarme, creo que debo aprovechar el tiempo que me queda.

183

—Tengo una idea. Voy a enseñarte la casa y acabaremos la visita en la cama de los señores.

La visita resultó sumamente ilustrativa para Simon. Descubrió que en el dormitorio principal se ocultaba, de nuevo bajo el convencional escondite de un cuadro, una caja de caudales menor que la otra pero de tamaño respetable y de una marca que le era familiar, según comprobó mientras Carmela fue al *boudoir* a perfumarse «como la señora». Era evidente que allí guardaban todas o una parte importante de las joyas de Merceditas Tubella. Y el colofón del plan de Carmela, con el aliciente de celebrarse en el lecho de sus señores, fue una reedición más elaborada del primer encuentro por el mutuo conocimiento de sus cuerpos.

La marcha de la familia Tubella a Puigcerdá tuvo una repercusión inmediata en las relaciones de Simon con Rebeca. Liberada de la presencia de su protector, pudo pasar una noche a bordo del Esmeralda y disfrutar como una niña a la mañana siguiente, cuando navegaron durante unas horas en mar abierto con todas las velas desplegadas.

—Es maravilloso, Simon. Es la primera vez que subo a un barco, pero me siento como si lo hubiese hecho toda la vida. Tenía miedo de marearme.

—Es una pena que no puedas escaparte unos días, porque podríamos hacer una pequeña travesía para que disfrutes de verdad del mar y de la vida a bordo.

—Me encantaría, pero no puedo arriesgarme. No sé lo que durará lo mío con Amadeu, pero confío en que lo suficiente para ahorrar una cantidad que me permita poner un pequeño negocio el día que se canse de mí. No podría volver a la fábrica.

19

Un botín inesperado

Poco podía imaginar Simon que el imposible viaje se haría realidad, como consecuencia directa de su plan de hacerse con las joyas de la señora Tubella.

Había escogido la noche del Jueves Santo para llevar a cabo la visita nocturna a las dos prometedoras cajas de caudales. Khao le llevó en el Hispano y convinieron que le recogería en el mismo lugar dos horas después. Si se retrasaba, Khao debía pasar por allí cada quince minutos.

La puerta de servicio ofreció nula resistencia al juego de ganzúas. Una vez dentro de la casa y aunque tenía la certeza de que estaba vacía, se movió sigilosamente hasta el dormitorio principal. Largas horas de entrenamiento en el taller de la tienda de antigüedades le habían proporcionado una sensibilidad especial en las yemas de los dedos que, unida a su finísimo oído, le permitían detectar el clic anunciador de que el mecanismo de la cerradura se rendía. Descubrir el contenido de la caja suponía siempre una sorpresa, pero en esta ocasión Simon no pudo reprimir un silbido de admiración ante la ordenada serie de bandejas de terciopelo con todo tipo de aderezos, pulseras, collares, diademas, broches y pendientes con piedras preciosas engarzadas que centelleaban a la luz de su linterna. Las fue retirando cuidadosamente para vaciarlas en la amplia cartera de cuero que llevaba. Hasta que, tras las bandejas, descubrió un pequeño estuche. Contenía una docena de diamantes de considerable tamaño. Comprendió que Tubella, para ocultar la cuantía de su fortuna, había convertido una parte muy importante de la misma en piedras preciosas, mucho más fáciles de esconder que el dinero en metálico. Lo que suponía que el golpe de Simon se convertía en un torpedo en la línea de flotación de sus finanzas, en justa correspondencia con los que habían disparado los submarinos alemanes gracias a su colaboración.

Dada la magnitud del botín, parecía lógico rematarlo disimulando la evidencia de que el ladrón sabía dónde dirigirse. Simon se dedicó a descolgar cuadros, abrir armarios y arrojar la ropa por el suelo. Pero cuando se vio frente a la otra caja de caudales, su instinto y su curiosidad le impulsaron a abrirla. Disponía de tiempo, apenas hacía una hora que había entrado, de manera que podía dedicar unos minutos a vérselas con aquella otra cerradura, que no se mostró más resistente que la primera. El contenido de esta le sorprendió por la inconsciencia de su propietario. En varias carpetas ordenadas y rotuladas quedaba probada la colaboración de Tubella con los alemanes y la retribución obtenida con los contratos de suministro y documentos del pago en efectivo de grandes cantidades de dinero. Un material que haría las delicias del servicio secreto británico.

Simon culminó su trabajo dejando bien visible dentro de esa caja fuerte, abierta de par en par, la tarjeta con la imagen de una humilde pimpinela que era la firma de La Liga. Le divertía continuar la vieja tradición que, desde muchos años atrás, venía desconcertando a las Policías de toda Europa.

Dos horas después de su incursión, Khao le recogió en el lugar convenido y enfiló el Hispano hacia las Ramblas. El estudio de la plaza Real resultaba más seguro para albergar un botín de la magnitud del que acababa de obtener. Además, los documentos sustraídos confirmaban la intervención de Von Rolland en aquella turbia fortuna. Su nombre aparecía en muchos de ellos.

El industrial despreciable y su siniestro cómplice merecían que sus actividades fueran conocidas por las autoridades y castigadas en consecuencia. A Simon le bastaría con hacerlos llegar, de manera anónima, a su amigo el cónsul inglés. Y por qué no enviar una parte de ellos al comisario Perales, que sabría utilizarlos para romper la trama de silencios que protegía al falso barón.

Las piedras preciosas eran mucho más fáciles de situar en el mercado que las joyas. Y podía deshacerse de ellas de manera más ordenada. De ahí que pasase muchas horas encerrado en el cuarto secreto de su apartamento desmontando cada pieza para separar las gemas de los metales preciosos. Afortunadamente no tenía que dedicar demasiado tiempo a Rebeca porque se le habían presentado unos parientes a los que tenía que pasear por la ciudad. Así que llegaba al apartamento después de la cena y se iba a primera hora de la mañana. El Domingo de Resurrección se deshizo de sus familiares para pasar todo el día con Simon.

—Mañana se me habrá acabado la libertad, porque Amadeu y su familia regresan de Puigcerdá —le dijo con tristeza—. Me va a resultar muy difícil hacer mi papel con él, después de estos días que hemos pasado juntos.

Para el martes, Barcelona había recuperado su pulso tras el letargo que imponía la Semana Santa, y Simon sentía una curiosidad morbosa por conocer la reacción de su víctima al descubrir el expolio. Se había vuelto a instalar en el Esmeralda y cada mañana, examinaba los periódicos en busca de la noticia. La ausencia de esta le hizo suponer que Amadeu Tubella prefería no denunciar los hechos para evitar especulaciones sobre su fortuna. Así que Simon tendría que esperar a obtener la información de su involuntaria cómplice, a la que se proponía ver por última vez el siguiente domingo. No quería dejarla sin más, en previsión de que Carmela, sorprendida por su desaparición, preguntase por él en el consulado y descubriese su embuste, con el riesgo consiguiente de que atase cabos. Se despediría de ella alegando que el cónsul había sido trasladado a Sevilla. «Tal como están las cosas, no puedo permitirme quedarme sin trabajo —le diría con aire compungido—. Te echaré mucho de menos, pero vendré a verte cuando pueda.»

No fue preciso que esperase al domingo. Al principio de su estancia a Simon le había sorprendido la afición que existía en la ciudad por el boxeo, deporte que él practicaba con más que mediana pericia. Proliferaban los gimnasios y los clubs y se celebraban numerosos combates de aficionados. Al igual que en Inglaterra, era un deporte proletario, pero así como allí había remontado la escala social y lo practicaban algunos jóvenes en las universidades o en clubs privados, en Barcelona seguía siendo coto de obreros y menestrales. Simon había adquirido la costumbre de acudir, dos o tres tardes a la semana, con su atuendo de obrero recién salido de la fábrica, a hacer guantes en el Barcelona Boxing Club, que presumía de disponer de las mejores instalaciones y de entrenar a campeones como Ángel Tejeiro, el peso ligero de moda.

Una de esas tardes estaba golpeando con saña un saco cuando una voz a su espalda le sacó de su concentración:

—Amigo Sinclair, le encuentro a usted en los lugares más inesperados.

Se volvió para descubrir al comisario Perales con una camiseta sin mangas que dejaba a la vista un tórax poderoso y velludo y unos brazos propios de un descargador de los muelles.

—Yo podría decir lo mismo, querido comisario.

—Tiene usted razón. Aquí me entero de muchas cosas y hago algunas amistades bastante peculiares que después me resultan útiles. Claro que este no es su caso.

—Yo vengo sencillamente porque boxeo desde la universidad y no quiero perder la práctica.

—Pues le propongo que intercambiemos algunos golpes.

El comisario Perales resultó un contrincante más que aceptable para Simon que, aunque dominaba mejor la técnica, disfrutó con su fuerte pegada y un juego de pies sorprendente en un hombre de su peso.

—Estupendo combate. Espero que repitamos cuando usted pueda.

—Por supuesto. He disfrutado y he aprendido. Además, se me ha despejado el mal humor. Llevo varios días con un caso que nos trae de cabeza.

Acodados en la barra del bar del gimnasio ante dos jarras de cerveza, Simon escuchó de los labios del comisario los detalles del robo que él conocía como nadie y, sobre todo, la reacción de la víctima.

—Tenemos instrucciones directas del gobernador de que no se dé ninguna información a la prensa. Parece que Tubella ha movido sus influencias alegando que podría afectar a su solvencia ante bancos y proveedores.

—¿Tan importante ha sido el botín?

—Más que importante, según él. Pero es difícil saberlo; no tenía aseguradas las joyas. Me da en la nariz que este personaje tiene cosas que ocultar, pero ya comprenderá que tenemos que limitarnos al robo. Sobre todo, cuando intervienen las altas esferas.

—¿Tienen alguna pista fiable?

—Estamos completamente *in albis*, para qué le voy a decir una cosa por otra. La elección no es casual, como en otros robos que se producen cuando esas casas ricas se quedan vacías en Semana Santa y en verano. En mi opinión, se trata de un ladrón muy experto que iba a tiro hecho, sabía dónde estaban las dos cajas de caudales y naturalmente lo que contenían. Es notorio que este Tubella presume de las joyas de su mujer. Todo el desorden que dejó detrás no es más que pura tramoya. Y no se me ocurre que ninguno de los cacos que tenemos controlados se atreva con un botín de esta envergadura. Ni un perista con fuelle suficiente para absorberlo. En resumen, apostaría a que este ladrón ha venido de fuera. Hay un detalle curioso que me tiene aún más desconcertado: ha dejado una tarjeta con el dibujo de una flor. Yo diría que podría ser la firma de un delincuente internacional de altos vuelos, pero estas cosas solo pasan en las novelas. De todos modos, he escrito a unos colegas destacados en nuestras embajadas de París y Londres por si el dibujito les dice algo.

—Tiene usted razón, resulta muy teatral —contestó Simon—. Y también es raro que en una casa particular tengan dos cajas de caudales.

—A mí también me llamó la atención. Como la coincidencia de que me haya llegado un paquete anónimo con documentos que confirman mis sospechas de que Tubella, además de tejidos a precio de oro, les vendía a los alemanes información sobre los barcos que salían de Barcelona con suministros para las tropas aliadas. También aparece ese canalla de Von Rolland, que debió ser el intermediario. Por eso tendría dos cajas: una para las joyas, que debía conocer su mujer y otra para los documentos, que solo podía abrir él. La verdad, no entiendo cómo se puede ser tan estúpido para conservar esos papeles después de que los alemanes perdieran la guerra.

—Se diría que el ladrón no se ha conformado con el botín sino que se propone hundir a Tubella y a su socio.

—Supongo que también se habrá ocupado de que los documentos lleguen a las autoridades británicas. Y me alegro, porque se la tengo jurada a ese supuesto barón. Moviendo sus sucios contactos, consiguió que me trasladaran a esta comisaria. Yo estaba al mando de la brigada que intenta acabar con el pistolerismo que él controla. Fíjese que he llegado a pensar si el robo no será una tapadera para justificar la aparición de los documentos, lo cual significaría que ha sido obra de agentes franceses o ingleses. Luego está el detalle de la flor, que debe tener un significado que se nos escapa. Voy a intentar averiguar algo a través de nuestras embajadas en París y en Londres.

Simon estaba admirado de la lucidez del comisario Perales. Y aunque no veía ningún motivo para que pudiese sospechar de él, debía deshacerse de las joyas con mayor rapidez de la prevista. El procedimiento habitual era distribuirlas en lotes y ofrecerlas a varios compradores de su entera confianza. El único comprador con capacidad para quedarse con la totalidad del botín estaba en Mónaco. Era uno de los joyeros más prestigiosos del Principado, contaba con reyes, príncipes orientales y magnates americanos entre sus clientes, pero no hacía ascos a una oferta interesante, sin preocuparse demasiado de su procedencia. La discreción era una exigencia mutua y el trato solo estaba al alcance de un muy reducido número de amigos de lo ajeno de nivel internacional. Para el joyero, Simon era un noble español venido a menos que, cuando veía peligrar su nivel de vida, se las componía para vaciar un joyero de su sustancioso contenido.

Se decidió rápidamente. Era una época ideal para hacerse a la mar y el Esmeralda podía hacer la travesía de Barcelona a Montecarlo en menos de una semana. Seguía en pie la necesidad de despedirse de Carmela de manera convincente y, por otra parte, quería informar de su viaje al comisario Perales. Lo de Carmela resultó relativamente fácil. Aquel domingo, unas cuantas lágrimas ante la puerta de servicio y una despedida de alto voltaje a cubierto en las sombras del jardín, seguida de todo tipo de promesas, zanjaron la cuestión. Con la ventaja de que pudo enterarse de las reacciones de los Tubella al descubrir el robo. Del llanto inconsolable de Merceditas y de la desesperación de Amadeu Tubella ante la caja del salón abierta de par en par. Y de la orden de no comentar el robo con nadie, bajo amenaza de un despido inmediato.

Tubella no se había atrevido a confesarle a su mujer que, además de las joyas, habían desaparecido unos documentos que podían llevarle a la cárcel y, lo que era peor, valerle un tiro en la nuca en un descampado, según viniesen las cosas. Pero más le aterrorizaba la reacción de Von Rolland, al que había aprendido a temer. Aun así, no había tenido más remedio que acudir al despacho que había abierto en las Ramblas. En el colmo del cinismo, el balcón principal exhibía un rótulo con llamativos caracteres: «Gran agencia de detectives Von Rolland».

—Eres imbécil, Tubella.

Von Rolland, que había escuchado impertérrito las titubeantes palabras de su cómplice, remató aquella afirmación en un tono gélidamente despectivo:

—Solo a un redomado imbécil se le ocurre conservar esos papeles. A no ser que tuvieses pensado utilizarlos contra mí, si llegaba la oportunidad.

—No diga eso, señor barón. Nunca se me ocurriría traicionarle.

—Mejor para ti, porque te va la vida en ello. Aunque si, como sospecho, los documentos ya los tienen los servicios secretos ingleses o franceses, tienes aún más motivos para preocuparte.

—¿Y ahora qué podemos hacer?

—No sé tú, pero yo estoy dispuesto a poner tierra por medio en cuanto note algún movimiento raro.

—Pero yo no puedo irme de Barcelona y abandonarlo todo.

—Es asunto tuyo. Tú te lo has buscado con tu absurda exhibición de riqueza. Las joyas de tu mujer eran una provocación para cualquier ladrón. Aunque me parece que esta es una explicación demasiado simple. No sé por qué, pero juraría que este ladrón buscaba una prueba de tu colaboración con los alemanes. Y ha hecho un pleno gracias a tu simpleza.

—¿Quiere decir que saben lo que hice durante la guerra?

—Por lo menos, lo sospechan. Los servicios secretos aliados están buscando por toda Europa a quienes colaboraron con los alemanes y seguro que tienen los ojos puestos en Barcelona. Tú no has notado nada raro últimamente, claro. ¿Has hablado con algún extranjero?

—Claro que no. Bueno, si excluimos a un anticuario inglés

que me presentó el cónsul. Le invité a la cena que dimos hace un par de semanas porque quería enseñarle mis cuadros.

—¿El tipo que estaba con vosotros en el Liceo y después en tu casa?

—Ese mismo. Un joven encantador y muy rico, por lo que parece. No le veo robándome las joyas.

—Y tú, naturalmente, le paseaste por toda la casa.

—Le había invitado para que me diese su opinión.

—Pues siento decirte que tu encantador anticuario, al que tuve ocasión de conocer durante la guerra, es probablemente quien se ha llevado tu maldita colección de documentos comprometedores y, de paso, toda esa fortuna en joyas que tanto te gustaba exhibir.

—No es posible. Una persona tan educada y tan aristocrática.

—De eso se trata, de pasar desapercibido. Supongo que dejó el Ejército pero se incorporó al servicio secreto. Los aristócratas ingleses suelen hacer cosas raras. Creo que no me ha reconocido, lo que me vendrá muy bien porque tengo una cuenta pendiente con él y ahora voy a saldarla, y de paso recuperar tus joyas y los documentos si aún no los ha hecho llegar a sus jefes.

Von Rolland no le explicó a Tubella que se proponía librarse de un testigo que podría llevarle al patíbulo por la muerte de dos militares en su huida de la base de Romani.

20

No hay mal que por bien no venga

El temporal que había azotado la costa durante todo el día se estaba encalmando con la caída de la tarde y dejaba su rastro en un mar de fondo que llegaba muy debilitado al interior del puerto y al pantalán al que estaba amarrado el Esmeralda, que cabeceaba ligeramente. El cielo seguía cubierto y a aquellas horas de la noche el muelle del Real Club Náutico estaba desierto y las escasas farolas que lo jalonaban apenas conseguían penetrar la oscuridad.

La pasarela estaba levantada y el movimiento del barco hacía difícil abordarlo para los dos individuos que, salidos de las sombras, se habían acercado sigilosamente. Tirando de los cabos de amarre intentaron arrimarlo al muelle. Tras varios intentos fallidos, uno consiguió caer de mala manera sobre la cubierta tropezando con un rollo de cuerda y acompañando su traspié con una sonora maldición. Ya repuesto, ayudó a su compinche y los dos se dirigieron al camarote principal.

Simon tenía el sueño ligero, de manera que el movimiento sobre la cubierta le alertó de que alguien acababa de subir al Esmeralda. No fue preciso que despertase a Khao. En cuanto abrió la puerta de su camarote le encontró en medio del salón, empuñando su *kukri*. Sin mediar palabra, se agazaparon a ambos lados de la escalera que bajaba de cubierta, atentos a la luz de la linterna de los visitantes.

El encuentro duró poco. Simon accionó el interruptor y el salón quedó iluminado desconcertando a los delincuentes, que se vieron frente a aquel al que tenían previsto despachar al otro barrio y a un oriental de aspecto fiero que empuñaba un cuchillo tan atemorizador como su gesto. Sin embargo, no era fácil amilanar a unos delincuentes curtidos. Los dos se llevaron la mano a la cintura en busca de sus armas. Vano intento, porque Simon demostró que había sido un buen alumno y con dos llaves de *kalaripayattu* desarmó e inutilizó a su contrincante, mientras Khao se hacía con el otro. Varias artísticas filigranas con la punta del *kukri* sobre el pecho desnudo de uno de los asaltantes le hicieron confesar quién los enviaba. Tal como había sospechado Simon, Von Rolland estaba detrás del frustrado intento de librarse de un testigo de sus crímenes.

—¿Qué hacemos con estos, Simon *sahib*? —Khao se esforzaba en acentuar la fiereza de los gurkas que tanto atemorizaba a sus enemigos.

—De momento, los ataremos bien y los encerraremos en el pañol de proa hasta mañana.

Simon tenía previsto entregar sus prisioneros al comisario Perales, pero se divirtió haciéndoles pasar un trago que no olvidarían nunca. A la mañana siguiente, el Esmeralda se quedó al pairo a un par de millas de la costa, como solía hacer, y Khao, libre del timón, subió a los dos delincuentes a cubierta.

—Creo que lo mejor que podemos hacer para evitarnos molestias y preguntas de la Policía es echarlos al agua, ¿no te parece, Khao?

—Tenemos algún ancla sobrante que les puedo atar a los pies, *sahib*.

—No vale la pena malgastarlas. Atados como están, se irán al fondo enseguida. Además, acuérdate que ayer vimos un tiburón bastante grande merodeando por aquí.

Los dos prisioneros los escuchaban aterrorizados, incapaces de pronunciar palabra para pedir clemencia. Uno no podía esperar más que crueldad de aquel salvaje. Y de su jefe, que parecía igualarle o superarle.

—¿Sabes qué te digo, Khao?, que prefiero llevárselos como regalo al comisario Perales. Vuélvelos a encerrar.

Una vez amarrado el Esmeralda y ultimado el ritual matutino de Simon, Khao cargó a los prisioneros en el maletero del coche, indiferente a sus protestas por lo reducido del espacio. Con Simon al volante, enfilaron hacia la comisaria de Conde del Asalto.

—Qué sorpresa, Sinclair, ¿qué le trae por aquí? —Perales estaba realmente extrañado por la aparición de Simon.

—Le traigo un regalo, comisario.

—No me diga. ¿De qué se trata y qué he hecho para merecerlo?

—Si me acompaña a la calle, lo verá.

El Hispano de Simon, ya de por sí llamativo, no pasaba desapercibido a las puertas de la comisaria, con el gurka en posición de firmes ante la máquina.

—A ver, Khao, muéstrale al comisario nuestro regalo.

—¡Dios! ¿Qué es eso? —Perales no pudo reprimir su sorpresa ante los dos maleantes atados y encogidos en el maletero.

—Un par de canallas que han querido asesinarme esta noche. Creo que le debo una explicación, comisario.

—La estoy esperando ansiosamente. En especial, para entender por qué alguien quiere deshacerse de usted.

Perales, tras ordenar el traslado de los prisioneros a los calabozos, estaba sentado en su despacho, atento a las palabras de Simon, que le explicaba con detalle el asalto.

—Según han confesado, los ha enviado Von Rolland. Y se preguntará usted por qué motivo.

—Podría encontrar varios en mi imaginación calenturienta, pero prefiero que me lo aclare usted.

—Conocí a Von Rolland, que entonces era el capitán aviador König, como prisionero de guerra en el Sinaí. En aquel momento, los pilotos de los dos bandos hacían alarde de caballerosidad tratándose como compañeros de armas cuando eran hechos prisioneros. König traicionó esa confianza y se escapó en su propio aparato tras asesinar al centinela y al mecánico que vigilaba los hangares. Hace algún tiempo creí reconocerle en Biarritz, donde se hacía llamar Von Rolland, pero no le di importancia, hasta que al día siguiente descubrimos que habían saboteado el avión en que viajaba con un amigo, que también había conocido a König durante la guerra.

—Pero ¿cómo no me dijo nada, hombre de Dios?

—Seguía sin estar seguro y no tenía pruebas. Pero le he visto de cerca un par de veces y tengo la certeza de que es König, sobre todo porque él también me ha reconocido.

195

—Tampoco ahora tenemos pruebas de que haya querido asesinarle. Lo que le han dicho esos dos no serviría ante un tribunal. Y dudo que lo confiesen otra vez, por miedo a su jefe. Tal como están las cosas, le aconsejo que tenga cuidado hasta que consiga echar el guante a Von Rolland.

—Ya cuento con ello. Y no se preocupe, porque sé defenderme y estoy muy bien acompañado.

El Esmeralda acababa de amarrar en el pantalán del Club tras su paseo matutino y Simon, mientras apuraba el último café de la mañana, meditaba la manera de informar a Perales de su viaje sin levantar sus sospechas cuando un taxi se detuvo ante la pasarela y vio apearse a Rebeca, que corrió a refugiarse entre sus brazos.

—Me ha dejado. Amadeu me ha despedido —exclamó entre sollozos—. Me ha dicho que no quiere saber nada más de mí y que, por mi culpa, Dios le ha castigado.

Simon la llevó cogida por la cintura hasta el salón. Unas gotas de coñac en un vaso de agua ayudaron a tranquilizarla y pudo explicar con calma lo sucedido. El día anterior, después de la misa de doce a la que acudía cada domingo con Merceditas y Rosina, Tubella las acompañó a casa y con la excusa de dar el pésame a un cliente cuya madre acababa de fallecer, volvió a salir y se presentó en casa de Rebeca para comunicarle que no podía mantener su pecaminosa relación con ella. Dejaba de hacerse cargo del alquiler de su piso y suspendía su asignación mensual.

—¿Qué voy a hacer, Simon? No quiero volver a la fábrica de ningún modo. Ni a mi casa, mis padres no quieren saber nada de mí, dicen que soy una fulana.

A Simon le sorprendió que en ningún momento hubiese mencionado la posibilidad de obtener su ayuda económica. Tuvo una inspiración repentina que resolvería su pequeño problema con el comisario y serviría para tranquilizar a Rebeca.

—Antes que nada, tómatelo con calma. Seguro que todo se arregla de un modo u otro. Verás lo que vamos a hacer. De momento, Khao te llevará a casa. Quiero que hagas un equipaje con lo más elegante que tengas y esperes allí hasta que vuelva a por ti. Aunque lo dudo, siempre cabe la posibilidad de que tu Amadeu cambie de opinión y vaya a verte. A última hora de la tarde te recogerá Khao y te traerá aquí. Y mañana por la mañana saldremos rumbo a Montecarlo.

—¿Harías eso por mí? —El rostro de Rebeca se iluminó por primera vez desde que había subido a bordo.

—Lo hago por ti y también por mí. Tengo asuntos que atender en Mónaco y pensaba hacer el viaje por mar. Creo que te harán bien unos días navegando en el Esmeralda y disfrutar del ambiente de Montecarlo cuando lleguemos.

A pesar de que su relación con Rebeca se había mantenido, por tácito acuerdo, en los términos de una grata aventura con fecha de caducidad, la actual vulnerabilidad de la muchacha y su gratitud hacia él podían llevarla a unos sentimientos más profundos con los que no quería comprometerse. De ahí que quitase importancia a la propuesta. Con esa tranquilidad, se dispuso a cumplir la gestión que tenía pendiente.

—Qué sorpresa de buena mañana, amigo Sinclair, no me traerá usted un regalito como el del otro día —saludó el comisario Perales.

—No, ya lo siento, he venido a despedirme. Mañana salimos rumbo a Montecarlo. Como me consta que está usted al tanto de todo lo que sucede en su jurisdicción, he preferido que lo supiese por mí y no por alguno de sus informadores. No vaya a ser que imagine usted que estoy huyendo de algo.

—De momento, no se me ocurriría tal cosa, aunque ya sabe usted que la obligación de un policía es sospechar de todo el mundo —contestó Perales con una sonrisa—. Le agradezco el detalle y confío en que sea un viaje de ida y vuelta.

—Asuntos profesionales. Antes de un mes estaremos de nuevo en el muelle. Pero hay un algo de carácter personal que me gustaría explicarle confiando en su discreción, ya que no afecta para nada a su trabajo.

—Cuente con ello.

—Resulta que nuestro común amigo Tubella entiende que el robo ha sido un castigo divino por sus pecados y ha decidido romper con uno de ellos, una encantadora joven a la que he tenido oportunidad de conocer y que era su amiguita, como dicen ustedes.

—Sé de quién me habla. Efectivamente, es encantadora. No se puede decir que él haya sido demasiado discreto.

—Pues bien, esta joven se ha presentado en mi barco hecha un mar de lágrimas y completamente desorientada sin saber qué hacer.

.   —No me diga más. Usted, caballerosamente, le ha ofrecido pasaje en el Esmeralda para consolarla —respondió Perales con ironía.

—Lo ha captado usted perfectamente. Debo confesarle que me he sentido interesado por ella desde que me la presentó el propio Tubella en su casa. Hemos coincidido en varias ocasiones y siempre se ha mostrado inasequible a mis avances, aunque eso sí, con mucha simpatía, por lo que tengo la esperanza de que ahora que está libre cambie su actitud.

—Le deseo mucha suerte en el intento y le agradezco la confianza aunque no sé qué puedo hacer por usted.

—Se me ocurre que cabe la improbable posibilidad de que Tubella cambie de opinión y, al comprobar que la chica ha desaparecido, lo denuncie a la Policía.

—No se preocupe, estaré al tanto y si por casualidad sucediese lo que usted dice, me ocuparé del tema. Váyase tranquilo y disfrute del viaje. Espero verle a su regreso. Por cierto, casi se me olvida, tengo noticias de la flor que encontramos en la caja de caudales.

—¿Y son interesantes?

—Al menos, curiosas. El policía de nuestra embajada en Londres me llamó ayer para contarme una historia que se remonta a los tiempos de la Revolución francesa. Un grupo de jóvenes aristócratas ingleses, aparentemente frívolos y despreocupados, llevaban una doble vida rescatando del Terror a sus iguales caídos en desgracia. Cuando ya no hubo nobles que salvar de la guillotina, se dedicaron a expoliar las arcas de Napoleón y después a robar a algunos potentados que habían hecho su fortuna con malas artes. El destino de sus botines era ayudar a los necesitados.

—No me diga más —respondió Simon, pensando que podría resultar sospechoso ignorar algo tan conocido en Inglaterra—. No sé cómo no había caído, se trata de La Pimpinela Escarlata, ¿verdad?

—Sí, señor. Lo encuentro absolutamente novelesco, pero resulta que los miembros de esa banda y sus herederos siguieron robando con el mismo fin.

—O sea, que si es verdad que La Pimpinela Escarlata ha tenido algo que ver con el robo, las joyas de Tubella servirán para remediar un buen número de miserias —comentó Simon, que estaba arrepintiéndose del capricho que le había hecho dejar aquella pista.

—Podría llegar a resultarme simpático ese buen ladrón si cumple con la tradición, pero eso no impide que me haga muchas preguntas que no sé cómo contestar. Para empezar, ¿qué se le ha perdido en Barcelona a un ladrón de este nivel? ¿Actúa solo? ¿Tiene cómplices aquí? ¿O lo de la florecita es una manera de desorientar a la Policía? En resumen, que no sé por dónde moverme.

Simon no podría decir si, de algún modo, Perales le estaba indicando que le tenía en su lista de sospechosos. Tenía la absoluta certeza de que resultaría imposible inculparle, pero estaba impresionado por la perspicacia del comisario y consideró que, por su propia seguridad, debía sugerirle otra línea de pensamiento:

—A la vista de los acontecimientos, ¿se ha planteado usted que los ladrones anduviesen detrás de otro botín mucho más importante para ellos?

—¿Qué insinúa, Sinclair?

—Supongamos que los servicios de contraespionaje franceses o ingleses están al tanto de las actividades de Tubella durante la guerra pero necesitan pruebas para incriminarle. Revientan sus cajas de caudales, dan con la documentación que buscan, que por cierto han compartido con usted, pero también con una fortuna en joyas, y se las llevan, sea para castigarle o para beneficio propio.

—Pues lo encuentro bastante lógico, tal como lo explica. Pensaré en ello, aunque si está relacionado con el contraespionaje, nunca podré hallar al culpable, ni mucho menos recuperar el botín. Claro que, en el caso de Tubella, debo confesar que me alegraré mucho.

El Esmeralda soltó amarras con un Simon más tranquilo. La travesía resultó sorprendentemente plácida, dada la fama de bravío e imprevisible de que goza el golfo de León. Navegaron bastante cerca de la costa para aprovechar la protección de los macizos montañosos ante el mistral y para que Rebeca disfrutase del paisaje de la Provenza. Como Simon suponía, el mar ejerció su poderoso efecto relajante en ella y ya a la primera amanecida, al contemplar la infinita extensión de un mar solo agitado por la brisa, ligera pero suficiente para henchir las velas, pareció haber olvidado sus penas. A la velocidad que desarrollaba el Esmeralda sin forzar la marcha, con Khao y su mujer Shu Ting alternándose al timón con él, en poco más de dos días con sus noches podrían haber cubierto las trescientas millas que mediaban en línea recta entre Barcelona y Montecarlo. Pero Simon prefirió alargar la travesía en honor a su invitada, cuya compañía le resultaba sumamente agradable.

Hicieron noche en Marsella, con la inevitable bullabesa en el Vieux Port. El Esmeralda se hizo a la mar de amanecida. Veinticuatro horas después, seguía las indicaciones del práctico del puerto de Montecarlo hasta su punto de amarre. Puerto Hércules, como se le conocía desde la Antigüedad, tiene un profundo calado que permite invernar en él a los impresionantes yates de los millonarios, tanto europeos como de otros países.

—No soy capaz de identificar ese gallardete, *sahib*. En mi país hay infinidad de reinos y subreinos y cada maharajá tiene su bandera, su ejército y su policía. Pero me acercaré a hablar con alguien de la tripulación y lo averiguaremos.

Khao respondía a la pregunta de Simon, impresionado ante el lujoso *motosailer* de sesenta metros y tres palos junto al que habían atracado. Una tripulación numerosa, uniformada al estilo tradicional de la India, daba fe de que el propietario debía ser uno de aquellos legendarios maharajás cuyas riquezas y excentricidades aparecían con frecuencia en la prensa.

Un vehículo del Hotel de París, donde Simon había reservado una *suite* de dos dormitorios, uno de los cuales resultaría superfluo, los trasladó a su alojamiento.

—¿Tienes ánimos para salir esta noche o estás muy cansada? —le preguntó a Rebeca, que no se había soltado de su brazo desde que al poner pie en tierra firme experimentó la sensación de inestabilidad que suele producirse tras una travesía prolongada.

—Por supuesto que saldremos. Quiero verlo todo y disfrutar de todo.

—Pues te propongo cenar en un buen restaurante y rematar la noche probando suerte en el Casino. Es lo obligado en esta ciudad. Ahora puedes darte un buen baño relajante y yo pediré en recepción que hagan subir a la peluquera del hotel para que acabe de ponerte guapa.

Una llamada del conserje le anunció que Khao le esperaba en el vestíbulo.

—Ya tengo la información que deseaba conocer sobre nuestro vecino de amarre, Simon *sahib* —le saludó con un gesto de satisfacción—. Es el maharajá de Khatiawar, un reino situado al noroeste de la India, en una península del golfo de Bengala. Y su barco se llama Victoria en homenaje a nuestra última reina, por quien el padre del actual maharajá sentía una especial devoción.

—¿Es uno de esos príncipes indios educados en Inglaterra?

—Efectivamente, y me han asegurado que está empeñado en modernizar su reino. Tienen escuelas y hospitales públicos y mucha seguridad. Me dicen que su pueblo le aprecia porque no es partidario de los excesos de otros maharajás ni de tener varias esposas. Solo se ha casado una vez, con una *lady* inglesa, pero se acaban de divorciar porque ella no podía soportar la vida en Kathiawar.

—Supongo que habrás tenido que corresponder hablándoles de mí.

—Lo justo, *sahib*. Gran guerrero, hombre de negocios, viaje de placer.

—Muy bien. Corto pero explícito. Además, me gusta lo de gran guerrero.

El tiempo que concedió a Rebeca para arreglarse lo dedicó a dar un paseo hasta la joyería que regentaba su perista. En cuanto se anunció a un dependiente, el propietario se precipitó fuera de su despacho para acudir a su encuentro.

—Señor De la Vega, ¿qué le trae a Montecarlo esta vez?

—Puro placer. He querido mostrarle los encantos de la Costa Azul a una buena amiga que acaba de sufrir una pérdida familiar y, claro está, no podía dejar de pasar a saludarle para tener una charla distendida con usted.

—Estoy a su disposición en el momento que le convenga.

—¿Le parece bien mañana sobre las once?

—Perfecto. Le esperaré como de costumbre.

Esa fórmula significaba que el encuentro se celebraría en el estudio que el joyero poseía en una calle aledaña, donde realizaba sus negocios menos confesables. Resuelta esta primera parte de su plan, era hora de volver al hotel y recoger a Rebeca.

—¡Estás guapísima, adorable! —exclamó cuando ella hizo su aparición en el salón de la *suite* ceñida por un traje de noche de lamé que dejaba al descubierto unos hombros bien torneados y un escote turbador—. Solo te falta un detalle.

Entre el abrumador conjunto de joyas que atesoraba Tubella, Simon había conservado sin desmontar un espectacular collar de esmeraldas. No había una razón especial, salvo que aquella gema le recordaba a su madre, por su nombre y por su color, que era el de sus ojos. Ahora serviría para completar el deslumbrante aspecto de Rebeca.

—Esto era de mi madre y lo guardo como un recuerdo muy querido. Esta noche quiero que lo luzcas tú.

—Es maravilloso, Simon. Nunca he visto una cosa tan hermosa, ni me la he puesto, claro. Y me hace más ilusión sabiendo que era de tu madre.

Simon sintió una punzada de remordimiento por su mentira. Pero no podía correr el riesgo de despertar la menor sospecha sobre el origen de la joya, ni quería seguir su primer impulso de regalársela. Alguien podría llegar a identificarla.

Se había decidido por el restaurante del hotel, asesorado por el joyero, que le aseguró que la cocina había mejorado mucho. La apreciativa mirada del *maître* le confirmó que llevaba del brazo a la mujer más hermosa del comedor.

—Eres el centro de todas las miradas, Rebeca. Estoy orgulloso como un pavo real de llevarte del brazo —bromeó mientras el *maître* los precedía hasta su mesa.

—No me lo digas, estoy azoradísima.

—No tienes por qué. Los hombres te desean y las mujeres te envidian. ¿Qué más puedes pedir?

—Tienes razón, no puedo pedir más. Tengo un amigo gene

roso que además es un amante como no había conocido otro. Y que ha conseguido que olvide mi problema durante estos días.

—No sé cómo, pero te aseguro que haré lo posible para que lo olvides definitivamente. Y, para empezar, vamos a ocuparnos de la cena.

El menú elegido no los defraudó. Rebeca disfrutó de platos que ni siquiera sabía que existiesen y demostró un excelente apetito. Estaban aguardando que les propusiesen el postre cuando se acercó el *maître* con una botella de *champagne*.

—El maharajá de Kathiawar, que es el caballero que ocupa aquella mesa, les ruega que le hagan el honor de aceptar esta botella como cortesía de su vecino en el puerto —murmuró.

Simon ya había notado que el príncipe cenaba solo, algo poco habitual en un lugar como aquel, y no apartaba la vista de su mesa. Le habían llamado la atención su tez morena y el cabello negro azabache, debía rondar la cuarentena y poseía unas facciones agradables y una figura esbelta y elegante.

—Dígale al maharajá que se lo agradecemos y que lo aceptamos con la condición de que venga a nuestra mesa a compartirlo con nosotros.

Rebeca había seguido la conversación con su más que discreto conocimiento del francés.

—Se lo debo a Amadeu, él me pagó las clases. Quería aprender lo que no pude en la escuela —le explicó a Simon—. Un maharajá es como un rey, ¿verdad?

—Pues sí. Un rey absoluto de un país del que nunca habrás oído hablar. Suelen ser muy ricos y muy extravagantes, aunque, por lo que ha averiguado Khao, este debe de ser bastante normal. Tan normal que me parece que le has roto el corazón. Al menos, lo bastante para enviarnos esta botella de Krugg, que es la más cara de la bodega del hotel.

—No digas tonterías, Simon. Ya sé lo que quieren los ricos de las chicas como yo.

Mientras hablaban, el objeto de su conversación se había acercado y Simon se incorporó para recibirle.

—Vuelvo a darle las gracias por su gentileza.

—Es un placer, pero permítame que me presente: Bahadur Sing, maharajá de Kathiawar. Y les ruego que dejen de lado el título, soy simplemente Bahadur para ustedes.

—Simon Sinclair, a sus órdenes, y mi acompañante, la señorita Rebeca.

—Un placer conocerles. Debo admitir que he supuesto que era su esposa —comentó el príncipe, que evidentemente se alegraba de su error.

—Es una amiga muy querida que viaja conmigo para distraerse de la pérdida de un familiar.

—Lamento esa pérdida, pero me alegro de que me haya brindado el placer de conocerles.

Bahadur resultó un ameno conversador que fascinó a Rebeca con sus historias sobre cacerías de tigres, palacios deslumbrantes y maharajás que compraban los Hispano Suiza de tres en tres y los mandaban enterrar ceremoniosamente cuando se aburrían de ellos, o se hacían construir un baño portátil, con bañera, inodoro y todo lujo de detalles para usarlo en sus partidas de caza. La sobremesa se alargó gratamente hasta que Rebeca le recordó a Simon que le había prometido terminar la noche probando suerte en el Casino.

204

Para sorpresa de Simon, que como inglés tenía el prejuicio de algunos lugares comunes sobre los príncipes indios, Bahadur no parecía excesivamente interesado por el juego. Jugaron algunas manos en una mesa de bacarrá abierto y Simon sospechó que el maharajá lo hacía por satisfacer la curiosidad de Rebeca que, de pie detrás de sus asientos, seguía las incidencias del juego con pasión. Tras consultar la opinión de Simon, Bahadur puso en manos de Rebeca un puñado de fichas y le pidió que las jugase por él en la ruleta. Ella entendió rápidamente el mecanismo del juego y ellos dos tuvieron oportunidad de disfrutar de una sucesión de estados de ánimo, desde la alegría exultante cuando la bola caía en su número hasta la desesperación cuando le era esquiva. Fue necesario su esfuerzo conjunto para consolarla cuando perdió su última ficha.

—En fin, ya me he dado cuenta de que esto del juego puede ser muy divertido, pero también muy peligroso. Creo que es mi primera y última vez.

—Una decisión muy sensata —apostilló Bahadur.

El espectacular Rolls Royce blanco que esperaba a la puerta del hotel durante la cena se había desplazado unos pocos metros y aguardaba a su propietario frente al Casino.

—Creo que es hora de despedirnos, amigo Bahadur. Ha sido una velada muy agradable.

—Lo mismo digo. Justamente quería proponerles repetirla mañana almorzando a bordo del Victoria. Les aseguro que mi cocinero no tiene nada que envidiar al del hotel.

—Estoy seguro de ello y sería un placer, pero lamentablemente mañana tengo compromisos de trabajo y me será imposible.

—Entiendo que si es así, la señorita Rebeca se va a quedar sola. No sé si sería una imprudencia ofrecerme para acompañarla en su ausencia. Podríamos almorzar en Niza y visitar algún pueblecito de pescadores.

—Por lo que a mí respecta, me parece un ofrecimiento muy gentil. Aunque, por supuesto, es Rebeca quien tiene la palabra.

—Estaré encantada, si de verdad no es molestia para usted. —Rebeca había titubeado antes de responder, pero la mirada aprobatoria de Simon acabó de decidirla.

—Ninguna molestia, todo lo contrario, será un verdadero placer. Si le parece, la recogeré a las diez de la mañana en el hotel.

205

El maharajá se despidió efusivamente y subió a su automóvil cuya portezuela mantenía abierta el ayudante del conductor, uniformado, como este, con el traje tradicional de su país rematado con un turbante.

—Tal como te había dicho, le has roto el corazón al príncipe —comentó de buen humor Simon cuando entraron en el hotel—. Y me parece que no te resulta indiferente.

—Es agradable, lo reconozco. Y nada feo. Pero me gustas más tú. Te lo demostraré en cuanto estemos a solas —le respondió Rebeca apretándose incitante contra él a espaldas del ascensorista que, presumiblemente no entendía el español.

A la mañana siguiente, Simon se encaminó a su cita de negocios tras asistir divertido a la ceremonia de elegir el conjunto más adecuado y tranquilizar a Rebeca sobre lo que opinaría el maharajá: «Seguro que te encontraría maravillosa aunque llevases un saco con mangas».

El estudio del joyero estaba en una calle secundaria y poco transitada, por lo que a Simon le llamó la atención un magnífico De Dion Bouton estacionado un par de puertas más allá. El propio joyero acudió a abrirle y le recibió con su obsequiosidad habitual.

—Buenos días, señor De la Vega. No contaba con que fuese usted tan puntual —le saludó en un tono de disculpa que extrañó a Simon.

—Puedo volver más tarde si resulto inoportuno.

—No, por favor, faltaría más. Sucede que tengo una visita que se ha alargado más de lo previsto, y como esto es tan pequeño, no tendré más remedio que presentarles. Pero le aseguro que es una persona de mi absoluta confianza.

—Lo comprendo. No es ningún problema —convino Simon, no sin algo de aprensión.

El joyero le franqueó la puerta de la única habitación del apartamento.

—El señor Blaise Dupasquier, un buen amigo y cliente. Y el señor Armando de la Vega, de España, también amigo y cliente.

Simon se quedó helado al descubrir que el señor Dupasquier no era otro que aquel vizconde Raoul d'Andrésy al que conoció brevemente en Biarritz, cuando hizo escala en su vuelo a Sevilla para devolver el Furini al palacio de Las Dueñas.

—Encantado de conocerle, señor De la Vega —le saludó este cortés—. Debo decirle que, por su aspecto, habría supuesto que era usted inglés —añadió con una sonrisa que le dio a entender que no solo le había reconocido sino que no tenía ningún interés en que el joyero se diese cuenta.

—Tiene usted razón, frecuentemente me toman por inglés.

El señor Dupasquier se despidió cortésmente y Simon no quiso hacer ninguna pregunta sobre él al joyero porque suponía que guardaría la discreción que esperaba para él mismo y se limitó a abrir los estuches que llevaba en una cartera de mano. Pasados los primeros momentos de sorpresa ante la cantidad y la calidad de las piedras, la transacción se cerró con la facilidad que tanto apreciaba Simon en aquel perista de lujo. Su oferta encajaba con el valor que había estimado, de manera que solo tuvo que aguardar a que su comprador firmase varios cheques en los que, de común acuerdo, habían dividido el importe total.

Cuando Simon salió a la calle, el De Dion se había adelantado unos metros y se encontraba ante la puerta del edificio. Un chófer de aspecto gorilesco que no conseguía disimular un uniforme negro con botones dorados esperaba junto a la portezuela abierta por la que pudo ver al supuesto vizconde, que le sonreía amistosamente invitándole a subir.

—Un lugar peculiar para volvernos a ver, ¿no le parece, amigo Sinclair?

—Un peculiar encuentro, diría yo. ¿Debo llamarle vizconde d'Andrésy o *monsieur* Dupasquier? —respondió Simon sonriente.

—Ni una cosa ni otra. Uso tantos nombres y personalidades según convenga a mis negocios…, pero mi verdadero nombre es Arsenio Lupin.

Simon supo que se hallaba ante el delincuente más buscado de Europa, y seguramente el más controvertido. Por lo que había leído en los periódicos, Lupin era venerado por unos y temido por otros.

—¿Quién no ha oído hablar de Arsenio Lupin, ladrón de infinitos recursos, implacable con quienes intentan oponérsele y que, además, nunca ha sido capturado por la Policía?

—La popularidad no siempre es conveniente en este negocio, pero no le niego que el retrato que acaba de hacer de mí responde muy aproximadamente a la realidad.

—Imagino que no va usted presentándose tan abiertamente al primer desconocido, por lo que me pregunto la razón de su franqueza conmigo. Y, dada su fama un tanto maquiavélica, si este ha sido un encuentro casual.

—Empezaré por el final. Ya sabía que estaba usted en Montecarlo y tenía la certeza de que en un momento u otro aparecería por casa de nuestro común amigo.

—No deja usted de sorprenderme, Lupin. ¿Cómo sabía ambas cosas? —preguntó Simon fascinado por la mezcla de sinceridad y cinismo de su interlocutor.

—Verá, querido Sinclair. La razón fundamental del éxito que me acaba de atribuir es que tengo ojos y oídos en todas partes. Gracias a ellos me enteré de que en Barcelona había habido un robo de joyas muy importante. También supe que su barco había zarpado de la ciudad pocos días después y que ayer atracó en Puerto Hércules. Si a todos estos hechos, aparentemente inconexos, les añade el ingrediente de la admirable tradición de

La Pimpinela Escarlata, de la que usted es el último representante, comprenderá que era fácil suponer que acudiría a la única persona con capacidad de hacerse cargo del botín.

Simon no salía de su asombro. Recordó su sorpresa en Biarritz cuando demostró conocerle como anticuario y concluyó que, de algún modo que se le escapaba, Lupin sabía de la existencia de La Liga desde mucho antes de conocerse.

—Reconozco que estoy admirado de los medios de información de que dispone y de su capacidad de deducción. Pero sobre todo me sorprende que sepa usted de La Liga de la Pimpinela Escarlata.

—Si lo piensa bien, no debería sorprenderle. Cuando se produce el robo de una obra de arte de esos que son noticia en la prensa, las gentes del oficio sabemos que en un momento u otro saldrá al mercado clandestino. Sin embargo, en los últimos cincuenta años, que es el periodo que he estudiado, han sido robadas algunas piezas valiosísimas de las que nunca más se ha sabido. La conclusión es sencilla: han ido a parar a manos de coleccionistas que han pagado cantidades astronómicas por el placer de tenerlas ocultas para su goce personal. A partir de esta suposición no tuve más que localizar una de esas piezas y preguntarle al propietario por qué medios la había obtenido.

—No me dirá usted que alguien que podría haber encargado el robo de una de esas piezas le dijo a usted, sin más, quién se la había proporcionado —replicó Simon incrédulo.

—No, precisamente sin más, no. Fue necesario convencerle. Pero eso forma parte de mis métodos de trabajo y es mejor que no le explique los detalles. Después me resultó bastante sencillo seguir la pista de los últimos representantes de La Liga, que me llevó al último de ellos, es decir a usted.

—Esa supuesta facilidad para descubrirnos me lleva a preguntarme por qué se ha tomado tantas molestias y, sobre todo, si su interés debe preocuparme.

—Si le he de decir la verdad, al principio llegué a pensar que unos robos tan bien planeados podrían suponerme una competencia y estaba dispuesto a actuar si se producía algún conflicto. Pero a medida que fui descubriendo para qué servían, empecé a mirarlos con simpatía. Aunque no suele ser mi caso, debo reconocer que la idea de robar a los ricos para ayudar a los pobres tiene su encanto desde que, según la leyenda, empezó a practicarlo su paisano Robin Hood. En resumen, que siento una gran admiración por sus actividades y estoy a su disposición si alguna vez necesita mi ayuda, tal como, según creo recordar, le ofrecí en nuestro primer encuentro en Biarritz.

—Se lo agradezco enormemente y lo tendré en cuenta si surge la oportunidad. Aunque me pregunto cómo podré localizar a alguien tan esquivo como usted, amigo Lupin.

—Bastará con que publique un pequeño anuncio en *Le Monde* ofreciendo clases de español e inglés a domicilio, y antes de veinticuatro horas tendrá noticias mías.

Horas más tarde, Simon, instalado cómodamente en el bar del hotel a la espera de ver llegar a Rebeca después de su excursión, meditaba sobre el hecho de que haber entablado una cordial relación con el delincuente más buscado de Europa le pareciese una cosa natural e interesante. «Es natural —se dijo con buen humor—; en definitiva, yo también soy un delincuente, un aprendiz al lado de Lupin, pero delincuente al fin y al cabo. Y aunque me sonroja admitirlo, siento admiración por su audacia.» La aparición de una radiante Rebeca del brazo de Bahadur, que exhibía también una amplia sonrisa, le sacó de sus pensamientos.

Era evidente que los dos habían disfrutado de su mutua compañía. Le tranquilizó no sentir el menor asomo de celos, porque de no haber mediado el recuerdo de Lavinia, que actuaba como antídoto de cualquier enamoramiento, podría haber llegado a cruzar el límite entre el divertimento sexual y el compromiso.

—Ha sido una excursión muy agradable, Simon. Es una pena que no hayas podido venir —le saludó Rebeca tras darle un casto beso en la mejilla—. Bahadur es un guía estupendo y me ha llevado a unos pueblecitos de pescadores preciosos.

—Estaba seguro de que lo pasaríais muy bien —respondió Simon, que había captado el mensaje que transmitía el casto beso—. Debo darle las gracias a tu acompañante por haberse ocupado tan bien de ti en mi ausencia —añadió dirigiéndose al maharajá.

—Soy yo quien tiene que darle las gracias. Rebeca es una compañía adorable.

—Bueno, os dejo hablando bien de mí y voy a recomponerme un poco —se despidió la aludida con coquetería.

Bahadur aceptó la invitación de Simon y se sentó a su mesa. Esperó en silencio a que el camarero le sirviese una copa de *champagne*.

—Una criatura sorprendente. En estas pocas horas que hemos pasado juntos se ha establecido una relación de confianza que me conmueve. Me ha explicado el mal momento por el que ha pasado y su gratitud hacia usted por haberla ayudado.

—Es lo menos que podía hacer por una amiga —respondió con prudencia Simon, que no acababa de estar seguro de hasta dónde había llegado la sinceridad de Rebeca respecto a su relación con Tubella y con él mismo.

—Precisamente por esa amistad es por lo que quiero hacerle una pregunta delicada.

—Espero poder responderle, querido Bahadur.

—Voy a ser muy directo y posiblemente le sorprenda. Según he creído entender, Rebeca contaba con un protector que la ha abandonado.

—Cierto. Un tipo bastante despreciable.

—Es lo que me ha parecido. ¿Cree usted que Rebeca aceptaría que yo me hiciese cargo de ella?

Aunque Simon había intuido que el maharajá se sentía atraído por Rebeca, no esperaba una reacción tan inmediata y una proposición tan contundente. Le pareció una excelente opción para la muchacha, que, para bien o para mal, había escogido aquel camino. Pero, por otra parte, existía una diferencia abismal entre ser la protegida de un rico industrial catalán y serlo de un príncipe indio.

—Efectivamente, la pregunta es bastante delicada. Pienso que si Rebeca aceptase su protección, saldría ganando en todos los sentidos con respecto a su anterior situación. Pero si, como es de suponer, ella pide mi opinión yo tendré que advertirle de los posibles inconvenientes de su propuesta.

—¿A qué se refiere usted?

—Para empezar, supongo que tendría que vivir en su país y adaptarse a sus costumbres, lo que es un problema para una muchacha europea. Y una de ellas es, por lo que sé, la costum-

210

bre de que el hombre tenga varias esposas, e imagino que otras tantas amantes, lo que supone que cabe la posibilidad de que pierda usted interés por ella.

—Comprendo perfectamente su punto de vista y le agradezco la sinceridad. Pero le diré que yo practico la monogamia más rigurosa. De hecho, me he divorciado hace muy poco de mi primera esposa, inglesa por cierto. También es verdad que pueden suceder muchas cosas en mi país, puedo caer en alguno de los enfrentamientos tribales que se producen a veces o me puede saltar encima un tigre en una cacería. Como soy consciente, estoy dispuesto a garantizar el futuro de Rebeca mediante un contrato que le asegure una indemnización millonaria en el caso de que yo desapareciese o, como usted ha expuesto tan crudamente, me cansase de ella. —Bahadur hizo una pausa—. Quizás no me he expresado bien al decir que quería hacerme cargo de su futuro. Lo que quiero proponerle es que se case conmigo.

—Debo reconocer, querido maharajá, que acaba usted de sorprenderme. No podía imaginar que su interés por ella llegase tan lejos ni tan rápidamente, para qué le voy a engañar.

—Yo también estoy sorprendido de mis sentimientos, pero mi experiencia me dice que no me engaño y que Rebeca puede ser una excelente esposa.

—¿Incluso para un príncipe indio?

—¿Por qué no? No sé si sabe usted que el maharajá de Kapurtala se enamoró hace algunos años de una bailarina española y se casó con ella. Parece que ha sido un matrimonio feliz. Mis súbditos consideran que su maharajá no debe estar solo, de manera que recibirían a Rebeca con alegría.

—Pues contestando a su primera pregunta desde este nuevo planteamiento, le diré que no hay mujer a la que ofenda una propuesta de matrimonio y menos de un príncipe. Y si además, como creo, no le es usted indiferente, la respuesta no puede ser más que un sí.

Al día siguiente, Bahadur los invitó a cenar a bordo del Victoria. La velada se convirtió en un *tête-à-tête* porque Simon, conociendo las intenciones del príncipe, pretextó una jaqueca que le valió la gratitud de este.

La cena fue para Rebeca como un cuento de *Las mil y una noches*. El magnífico salón del barco había sido decorado con sedas para darle el aspecto de un lujoso pabellón de caza. La cubertería de oro macizo resplandecía sobre los manteles de hilo junto a la vajilla, que debía ser seguramente lo más regio salido de Sèvres, mientras cuatro servidores uniformados montaban guardia tras los dos únicos comensales, pendientes de sus más pequeños gestos. Desde algún lugar fuera de la vista llegaba el armonioso sonido de un conjunto de sitar y el menú componía también una sinfonía de sabores que Rebeca descubría por primera vez. Cuando terminó la cena, a una señal del príncipe se retiraron los servidores y Rebeca vio con sorpresa que Bahadur abandonaba su asiento y se arrodillaba ante ella, en un gesto que quizás podría resultar *demodé*, pero que a ella le pareció maravillosamente romántico.

—Rebeca —exclamó Bahadur con voz emocionada—, eres la mujer más bella que he conocido. Y también la más gentil y bondadosa. Por ello te suplico que me colmes de felicidad y aceptes ser mi esposa y la maharaní de mi reino.

Ella no podía creer que aquello le estuviese sucediendo a una españolita que acababa de cruzar por primera vez las fronteras de su país sin saber qué iba a ser de su vida. Le pareció estar viviendo un cuento de hadas con todos sus ingredientes y temió despertarse de aquel sueño.

—¿Qué me respondes? —preguntó inquieto el príncipe.

—Sí, claro que sí. ¿Cómo podría negarme?

El relato minucioso de la velada se lo estaba haciendo Rebeca a Simon sentada al borde de su cama, sin preocuparse por haberle despertado abruptamente.

—Espero que le habrás dicho que sí.

—Claro que le he dicho que sí. Es una persona maravillosa y está muy enamorado de mí. Estaría loca si le hubiera rechazado.

—Pues a estas horas de la noche, y después de lo que acabas de explicarme, lo mejor que se me ocurre es que empieces a guardarle fidelidad, te vayas a tu habitación, cierres la puerta de comunicación por si acaso… e intentes dormir, que es lo que voy a hacer yo. Mañana me cuentas los detalles.

Pocos días después de aquella velada nocturna, Simon se despedía, antes de embarcar en el Esmeralda, de un enamorado maharajá y de su radiante nueva esposa, una española que aún no acababa de creer aquel imprevisible vuelco de su destino. Los acontecimientos se habían desarrollado con la presteza que solo hace posible un generoso flujo de billetes de banco. El alcalde de Montecarlo había oficiado la sencilla ceremonia civil que convertía a Rebeca en esposa del maharajá. Otra ceremonia, más deslumbrante, simbólica y al mismo tiempo popular, la elevaría al rango de maharaní cuando llegasen a su reino de Kathiawar.

Por expreso deseo del maharajá, deseoso de tranquilizarle respecto al futuro de la novia, Simon se había visto convertido, con cierto regocijo por su parte, en algo así como el tutor de Rebeca. Había firmado como testigo ante notario el contrato que garantizaba a la futura maharaní la suma astronómica de un millón de libras en el caso de que —por cualquier motivo, con la lógica excepción de la infidelidad de la esposa— el matrimonio se rompiese o que el maharajá desapareciese de este mundo —bien por causas naturales bien por motivos más abruptos—. Y había dado su aprobación a los planes de Bahadur, que se proponía ofrecer a Rebeca un espectacular viaje de novios por Europa, con una primera etapa en París, donde la futura maharaní visitaría las mejores *maisons de couture* para colmar un equipaje acorde con su rango. Un viaje de logística complicada que suponía coordinar el enganche del vagón particular del maharajá a los diversos trenes del recorrido, acoplando además el furgón que transportaba el automóvil personal del príncipe y servía de alojamiento a su séquito.

Ahora, a punto de soltar amarras, Simon recibía las últimas muestras de gratitud de los recién casados. Bahadur, tras estrujarlo en un abrazo impropio de su real condición, se volvió hacia un sirviente que sostenía sobre un cojín de raso un estuche de cuero repujado.

—Esta daga me salvó la vida una vez y para mí tiene un valor inapreciable. Por eso quiero que la guarde como prueba de mi gratitud y de mi amistad. —Bahadur había abierto el estuche, que contenía un cuchillo de caza de respetables dimensiones cuya empuñadura de marfil entreverada de hilos de oro venía rematada por un rubí impresionante.

Rebeca sonreía entre lágrimas mientras se despedía con dos castos besos en las mejillas de Simon.

—Nunca olvidaré lo que has hecho por mí. Gracias a ti soy la mujer más feliz del mundo. —Y miró a su flamante marido con tal devoción que Simon se reprochó el cinismo con que había contemplado aquel idilio fulminante—. Y además, tengo este recuerdo tan valioso para ti que me has dado como regalo de bodas.

Simon había cedido finalmente a la tentación de regalar a Rebeca el fastuoso collar de esmeraldas. Qué mejor remate para aquel cuento oriental en el que había oficiado como *deus ex machina*.

Desde la popa del Esmeralda, Simon correspondió a los gestos de despedida de los dos enamorados, invadido por la nostalgia. La felicidad de ellos le traía una vez más el recuerdo de Lavinia.

21

Una invitación oportuna

—*E*s usted extraordinariamente generoso, señor Sinclair. No puedo negarle que su encargo resulta muy gratificante para nuestro bufete, aunque tendrá usted que darnos un poco de tiempo para cumplimentarlo adecuadamente.

—Tómese el tiempo necesario. No tengo prisa y los fondos están bien invertidos, de modo que es muy posible que el tiempo los haga crecer —respondió Simon con una sonrisa.

Días después del regreso de Simon a Barcelona desde Londres, su nuevo interlocutor era Eugenio Casals, el colega que le habían recomendado sus abogados ingleses, y que le produjo una excelente impresión. Sentado en su cómodo despacho del paseo de Gracia, acababa de manifestarle su intención de corresponder a la hospitalidad de Barcelona con unas importantes donaciones de carácter benéfico manteniendo el más estricto anonimato. El encargo a Casals era que identificara instituciones necesitadas de ayuda económica. Y también, hasta donde fuese posible, a los parientes de los pasajeros y tripulantes de los barcos aliados torpedeados por los submarinos alemanes en las costas catalanas. Por último, hacer llegar a los obreros despedidos por Amadeu Tubella una suma que les permitiese subsistir hasta conseguir un nuevo empleo, tarea difícil dada la situación económica del país.

Ni siquiera con esta triple gestión, Simon terminaría de repartir la importante suma que le habían reportado las joyas de Tubella, así que debería entrevistarse con sus abogados ingleses. Por mucha pereza que le diera, iba a tener que viajar a Londres.

Apenas había terminado la maniobra del atraque matinal en el pantalán del Club cuando un marinero se acercó para entregar un telegrama.

—Acaba de llegar, señor Sinclair —explicó complacido ante la generosa propina.

Adrian Newcombe le invitaba —«no se aceptan excusas», apostillaba— a la fiesta que iba a dar en París para celebrar el quinto aniversario de su boda. Parecía imposible que hubiesen transcurrido cinco años desde el día en que su amigo renunció definitivamente a su agitada vida de soltero. Al pie del altar le esperó entonces *lady* Marion Latimer, capaz de convertirle en un honorable miembro de la Cámara de los Comunes ayudándole a salir elegido en el distrito del que era el principal terrateniente tras la muerte de su padre. Le apetecía reencontrarse con Adrian, al que veía muy esporádicamente. Y la escala en París haría más llevadero su viaje a Londres.

—Estaba dispuesto a ir a Barcelona y traerte cogido del cuello si te hubieses negado —le dijo al teléfono un jovial Adrian cuando, tras una paciente espera, la operadora consiguió la conexión—. Y Marion tampoco te lo habría perdonado.

Simon había preferido el teléfono al telegrama para contestar a la invitación porque quería conocer con detalle lo que estaba tramando su amigo y poder organizar de acuerdo con ello su viaje.

—Nosotros iremos a París en mi nuevo De Havilland, es un aparato fantástico, pero después tenemos previsto hacer un crucero por el Nilo y a Marion le parece que cruzar el Mediterráneo por el aire resulta peligroso. De modo que pensaba dejar el avión en París y viajar en barco desde Marsella a Alejandría.

—No me digas más. Te vendría estupendamente que yo volase a Londres en tu avión y te lo devolviese en Marsella a mi regreso. Puedes contar conmigo.

La posibilidad de probar el nuevo aparato, que debía ser efectivamente una máquina excepcional porque Adrian Newcombe no se ponía límites a la hora de cultivar sus aficiones, fue suficiente para sacudirse la pereza. La primera etapa hasta París la haría en automóvil. Le apetecía comprobar cómo se comportaba en carretera el Hispano Suiza, que apenas había salido de Barcelona desde que lo compró. Pensaba llevarse de copiloto a Khao y decidió dar una sorpresa a su fiel servidor haciendo que los acompañase Shu Ting. Se sentía culpable de que aquellas dos personas tan próximas a él nunca hubiesen realizado el obligado viaje de novios a causa de su fidelidad irreductible y de su empeño en no alejarse nunca de su Simon *sahib*. Unos cuantos días en París como invitados suyos los compensarían.

Newcombe había hecho las cosas a lo grande, como era consustancial a su personalidad. Todas las *suites* del hotel Meurice estaban reservadas y Simon fue acompañado a una de las que daban a la Rue de Rivoli, que disfrutaba de una espléndida vista sobre las Tullerías. El Meurice llevaba con gran dignidad sus casi cien años de vida después de su restauración integral pocos años atrás. Simon recordó con nostalgia la admiración que había sentido siendo un muchacho, al ver cómo su padre pujaba por algunas piezas de gran valor en el hotel Drouot, la sala de subastas más importante del mundo. En aquel viaje se alojaron con su madre en el Meurice.

217

El timbre del teléfono le devolvió al presente.

—Bienvenido a la capital del arte y del placer —le saludó Adrian eufórico—. Ya sé que acabas de llegar, había dado orden en recepción de que me avisasen. Te doy una hora para que te refresques y te espero en el bar para explicarte el programa previsto.

Simon, que sabía lo inútil de objetar algo a su amigo cuando se empeñaba en organizar la diversión de los demás, cumplió sus instrucciones. Adrian Newcombe, acodado en la barra, departía animadamente con uno de sus invitados, un tipo rubicundo, vestido con una chaqueta de *tweed* más propia de una partida de caza que de un lujoso hotel parisino. Al verle aparecer se interrumpió para estrecharle en uno de sus abrazos de oso.

—Qué buen aspecto tienes, muchacho. Se nota que el clima mediterráneo te sienta de maravilla. No sé si conoces a Philip Lavengro, que ha hecho el sacrificio de renunciar a una montería en las Highlands para venir con su preciosa esposa a mi fiesta. Conociendo su afición por la caza, es una prueba de amistad que me ha emocionado muchísimo.

La sola mención de aquel nombre dejó a Simon estupefacto. Para evocar a Lavinia le bastaban unos compases de *La traviata*, la ópera de la que disfrutó a su lado en el Covent Garden, o contemplar la Afrodita que se llevó de su casa con tanta tranquilidad. Ahora iba a verla por primera vez desde aquella única noche que compartieron y podría comprobar si su memoria le engañaba o seguía siendo la mujer excepcional que le cautivó y dejó tanta huella.

—No, no nos conocemos, aunque he oído hablar de él a algún amigo cazador —respondió refiriéndose al marido de Lavinia.

—Espero que bien. Entre cazadores hay muy mala intención y mucha envidia —bromeó el baronet Lavengro—. Yo también he oído hablar de usted y de sus conocimientos en materia de arte. Mi esposa visita a menudo su tienda en busca de alguna pieza interesante. Según ella, es la mejor de Londres.

Habría sido el momento de explicar que ya conocía a Lavinia, pero se contuvo sin saber exactamente por qué. Confiaba en que ella hiciese lo mismo. De no ser así, su discreción podría surtir el efecto contrario al deseado, y su instinto le decía que el baronet podía llegar a ser desagradable en una situación equívoca.

—Muy generoso por su parte. Confío en tener oportunidad de agradecérselo personalmente.

—Seguro que sí. La estamos esperando para decidir el plan de esta noche.

—Le comentaba a Philip que tenemos varias opciones —terció el anfitrión—. Una, convencional, que es Maxim's, y otra algo más atrevida, que es el Folies Bergère, donde actúa una cantante y bailarina negra de lo más descarado que ya se ha consagrado en París.

—Y yo le he dicho que hemos de escuchar la opinión de las damas. Aquí viene mi mujer. Creo que preferirá Maxim's, pero igual me sorprende y se inclina por la revista del Folies.

Lavinia Lavengro se dirigía hacia ellos cosechando a su paso miradas admirativas de los hombres y seguramente envidiosas de las mujeres. Un sobrio traje de chaqueta entallado, con la falda a media pierna y un cuello *renard* ponía de relieve su

218

figura. Había prescindido del sombrero para exhibir el corte *à la garçonne* que hacía furor entre las jóvenes, y sus ojos azules resplandecían tal como Simon los recordaba.

—Me alegro mucho de conocerle. Creo que tiene usted la mejor selección de antigüedades de todo Londres. Voy a menudo a su tienda porque siempre encuentro algo interesante, pero parece que nunca hemos coincidido.

Con una ligereza desmentida por su mirada, Lavinia le daba a entender que su secreto estaba a salvo. Y por la afectada cordialidad con que se había saludado el matrimonio, Simon intuyó que sus relaciones eran bastante frías.

—Siento de verdad no haber estado allí para atenderla, me paso buena parte del año fuera de Inglaterra. En mi oficio es imprescindible viajar para encontrar piezas de interés, y así he descubierto el placer de vivir junto al Mediterráneo y paso mucho tiempo en Barcelona, donde tengo mi barco.

—Le envidio de veras. Lo más cerca que he estado del Mediterráneo es precisamente París. Me encantaría conocer la Costa Azul, pero Philip apenas se mueve de Inglaterra a causa de su única pasión, que es la caza.

Su apenas perceptible tono de queja hizo que su marido reaccionase con cierta sequedad:

—Ya sabes, querida, que puedes viajar siempre que quieras. Yo reconozco que no me siento demasiado a gusto en el extranjero. Prefiero no moverme de nuestra isla.

La llegada del resto de invitados impidió que Lavinia respondiese, aunque Simon, que los observaba atentamente, intuyó que no iba a hacerlo, a juzgar por la ostensible indiferencia con que escuchaba a su marido. Habría deseado poder hacer un aparte con ella, pero Lavinia se unió a las demás mujeres, que parloteaban entre risas comentando las experiencias del día, básicamente circunscritas a los lujosos escaparates de la Rue de Rivoli y de la incluso más sugestiva Rue de la Paix. Un caro circuito que podían recorrer sin apenas alejarse del hotel.

La conversación se generalizó debatiendo los pros y los contras de las propuestas de Newcombe. Al final, por absoluta mayoría, triunfó el Folies Bergère, donde aquella bailarina estadounidense a la que llamaban desde la Venus de Bronce a la Perla Negra bailaba los últimos ritmos de jazz y charleston ataviada con una sucinta falda hecha a base de bananas. Sorprendentemente, quienes inclinaron la balanza fueron las damas, a las que la falta de pudor de la artista les producía una morbosa curiosidad.

Simon estuvo tratando de aproximarse a Lavinia, pero esta parecía rehuirle y cuando el grupo se disolvió y los invitados se dirigieron a sus habitaciones, ella se colgó del brazo de su marido como buscando desanimarle de su intento. Quiso creer que ella se esforzaba en evitarle porque no quería dar el menor motivo de suspicacia a su marido.

Con estos pensamientos se encaminaba a su habitación tras haber escuchado con paciencia los elogios que Adrian hacía de las delicias de la vida de casado. Al salir del ascensor, le dio un vuelco el corazón: por el pasillo apareció Lavinia.

—Solo tengo unos instantes —susurró—. Me he escapado a la peluquería del hotel para poder hablar contigo.

—No podía soportar que me mirases como a un extraño.

—Te aseguro que no lo eres. Pero mi situación con Philip me obliga a ser muy prudente.

—Algo he intuido y lo entiendo. ¿Podremos estar a solas en algún momento para que me lo cuentes? Además, tengo muchas ganas de verte.

—Tengo tantas ganas como tú, pero dependerá de lo que haga Philip. Adrian le ha ofrecido dar un paseo en su nuevo avión mañana por la mañana, pero me parece que volar le da bastante respeto.

—Pues voy a ver si puedo animarle. Esta noche, durante la cena, sacaré el tema e intentaré convencerle.

—Sería maravilloso. Podríamos tener unas horas para estar juntos con tranquilidad.

Su tono convenció a Simon de que tampoco en ella se había enfriado el recuerdo de aquel único y apasionado encuentro en Londres.

Como era de esperar, la *Revue Nègre* y en particular Josephine Baker, su estrella indiscutible, entusiasmaron al bullicioso grupo capitaneado por Adrian y Marion Newcombe. Durante la cena en Chez Lipp que coronó la velada, parecía que no iba a haber otro tema de conversación que los desnudos de las bailarinas, para desesperación de Simon, que no veía la manera de sacar a colación el paseo aéreo, como le había prometido a Lavinia. Afortunadamente Adrian le dio la entrada:

—Creo que no te había explicado que Simon se llevará nuestro avión a Londres de vuelta, querida. Y nos lo devolverá en Marsella, para cuando regresemos de Egipto —explicó a su esposa—. Me ha quitado una preocupación de encima, la verdad.

—Qué buena noticia. Simon eres un encanto. No sabes cómo te lo agradecemos.

—No hay nada que agradecer, Marion. Al contrario, soy yo quien sale ganando porque tengo muchas ganas de probar este aparato.

—Disfrutarás muchísimo pilotando el De Havilland, ya verás. Por cierto, tendrías que ayudarme a convencer al amigo Lavengro de que venga conmigo mañana a sobrevolar París —comentó Adrian.

—Le aseguro, Philip, que merece la pena. Volar es una sensación que no se puede explicar con palabras. Y no entraña ningún peligro en manos de un piloto tan experto como Adrian. —La vehemencia de Simon y las miradas expectantes de los comensales acabaron por decidir a lord Lavengro.

—Sea, me ha convencido, Sinclair. Pero si me ocurre algo, recaerá sobre su conciencia —comentó resignado, entre las risas del resto.

221

Simon se despertó a la mañana siguiente con la incertidumbre de no haber podido hablar con Lavinia durante la cena para concretar su encuentro. Piloto y neófito habían quedado citados a las nueve de la mañana y Simon había propuesto que Khao los llevase en su coche hasta el aeropuerto de Lognes, a unos treinta kilómetros de París, donde los esperaba el De Havilland. El timbre del teléfono disipó su impaciencia. Al otro lado de la línea, Lavinia susurró insinuante:

—Buenos días, Simon. ¿Aún tienes ganas de verme?

—¿Lo dudas? Llevo cerca de dos horas despierto esperando que me llames.

—Pues ahora mismo voy a tu habitación. Deja la puerta entornada.

El encuentro no precisó de palabras. Lavinia se arrojó en sus brazos con la misma pasión del día en que se conocieron. Hicieron el amor con la misma sensación de descubrimiento mutuo. Tan solo se diferenció en una cosa. Si la primera vez apenas hablaron de sí mismos, como si no quisieran crear ningún tipo de vínculo, ahora los desbordaron las palabras que no se habían dicho entonces.

—No sabes cuántas veces he ido a tu tienda con la esperanza de encontrarte allí —confesó Lavinia—. Cuando aquella noche te fuiste de casa, pensé que había sido un encuentro muy grato pero sin más trascendencia. Pero pasaba el tiempo y no te me ibas de la cabeza. Te deseaba, quería estar contigo, tenerte a mi lado. Por eso me aficioné a las antigüedades… para tener la excusa de verte y saber si tú sentías lo mismo.

—Para mí has sido un recuerdo constante, pero como algo imposible de alcanzar. Eras una mujer casada y creo que ni tú ni yo habríamos querido una relación clandestina. Quizás hemos hecho mal volviendo a estar juntos, por muy maravilloso que haya resultado. Es como reabrir una herida cicatrizada.

—Quizás no, Simon. Las cosas han cambiado en mi matrimonio.

—No quería mencionarlo, pero algo he notado.

—Guardamos las apariencias, aunque la gente se da cuenta. El matrimonio lo arreglaron nuestros padres y al principio resultó todo lo feliz que pueda serlo en estos casos. Philip era un marido atento y cariñoso, pero le ha ido cambiando el carácter. No hemos tenido hijos, cosa que me atribuye a mí, aunque se niega a consultar con un especialista. Pero además, nunca se había preocupado de la marcha de sus propiedades, que confiaba a un administrador, y ahora se encuentra con que los propietarios rurales tienen problemas de rentabilidad. Algunos han sabido adaptarse a los nuevos tiempos y están saliendo adelante, pero él se siente incapaz de encontrar una salida, se ha vuelto irritable y se consuela bebiendo. Y por si fuera poco, creo que tiene una amiguita.

—Es decir, que tu matrimonio hace aguas.

—Mi matrimonio es un desastre, hablando con propiedad. Debería pedirle el divorcio, pero me temo que no esté dispuesto a concedérmelo. Aparte de las convenciones sociales, que le preocupan mucho, cuenta con mi dinero para mantener su tren de vida en el caso de que la situación económica vaya a peor, como es previsible.

—Déjalo sin más y vente conmigo a Barcelona.

Simon se sorprendió a sí mismo. Nunca le había dicho a una mujer algo que pudiese parecer una proposición de vida en común. Se le había escapado la expresión de unos sentimientos que apenas había intuido hasta su reencuentro con Lavinia.

—Nada en el mundo me haría más feliz, pero no debo, no puedo hacerlo.

—¿Por qué vas a mantener una situación que te hace desgraciada?

—Si abandonase a mi marido sin más justificación, estoy segura de que me llevaría ante los tribunales y esto podría suponer no poder regresar nunca a Inglaterra. Y pienso en el disgusto que les daría a mis padres. Soy su única hija, mi hermano cayó durante la guerra, y si me fuese de Inglaterra y no volviesen a verme, sería la muerte para ellos.

—Pero yo no quiero volver a perderte ahora que he comprendido lo que significas para mí.

—No me perderás, te lo prometo. Pero necesito tiempo para hacer las cosas a mi manera.

223

A los mandos del De Havilland, Simon rememoraba la sucesión de acontecimientos y emociones de las últimas horas. Prácticamente huyó de París al día siguiente de la cena de gala. Había sido un suplicio estar cerca de Lavinia y tener que limitarse a una conversación intrascendente en presencia de su marido, que no la dejó sola en toda la noche. La aparición de Marion recriminando a Lavengro que no hubiese bailado con ella les permitió a ellos salir a la pista. Fue la oportunidad de despedirse, procurando que ni sus gestos ni su expresión los traicionasen. A Simon le costó aceptar que no debían volver a verse hasta que Lavinia hubiese resuelto su situación, pero tuvo que resignarse.

No tenía muchos motivos para prolongar su estancia en Londres. Sus abogados ya le habían preparado algunos dosieres de hospitales y centros de enseñanza que realizaban una labor digna de apoyo. Su socio Alistair le recibió con alegría. Las cifras que, a pesar de su resistencia, se empeñó en presentarle, le demostraron que seguían siendo uno de los anticuarios más prósperos de la ciudad. Acudió a la tienda durante unos días para complacer a Alistair, que disfrutaba presentándole a algún nuevo cliente, y cuando consideró que ya había cubierto este compromiso, volvió a ponerse a los mandos del avión rumbo a Marsella, donde había convenido que le esperaría Khao para seguir viaje hasta Barcelona.

22

Reaparece König

*P*ocos días después de su primer contacto con el abogado Casals, una llamada telefónica de su secretaria le citaba en su despacho para comentar los detalles del encargo que le había hecho.

—Le felicito porque ha comprendido usted perfectamente mis intereses —comentó Simon gratamente sorprendido por la propuesta del abogado.

—No me ha resultado difícil después de nuestra primera conversación. Hemos investigado varios asilos de niños y de ancianos, y a todos ellos les vendrá muy bien una ayuda tan generosa como la que usted se propone efectuar, para ampliar el número de acogidos y disponer de un dispensario donde atender a los enfermos. Naturalmente habrá que mantener una supervisión del destino de los fondos, pero eso es cosa nuestra. También tenemos la lista de los obreros de los que se ha deshecho Tubella. Y otra con bastantes parientes de los náufragos a manos de los alemanes y estamos buscando la manera de hacerles llegar su ayuda de forma discreta y coherente.

—Cuento con ello. Inmediatamente depositaré una primera suma de dinero en la cuenta que me indique.

Simon se disponía a dar por terminada la reunión cuando un gesto de Casals le interrumpió.

—Le ruego que me disculpe si le parezco inoportuno, pero querría conocer su opinión profesional sobre un tema que afecta a un amigo muy querido.

—Dudo que usted pueda resultar inoportuno, amigo Casals. Pregúnteme lo que desee y veremos si puedo serle de utilidad.

—Mi amigo está atravesando un momento económico delicado. Por herencia familiar y por gusto propio, ha reunido una notable colección de arte con la que cuenta para aliviar su situación, aunque no desea que se sepa que está deshaciéndose de ella.

—Pues si se trata de un amigo de usted, puedo ver si hay alguna pieza que pueda interesarnos.

—En realidad, el favor que quería pedirle no es ese. Lo que mi amigo necesita es la opinión de un experto que le oriente acerca del eventual valor de algunas piezas y sobre el modo de ponerlas a la venta sin llamar la atención.

—Le repito que, tratándose de un amigo de usted, estoy a su disposición.

Una semana después, Eugenio Casals recogía a Simon al pie de la pasarela del Esmeralda para acompañarle a almorzar en la residencia de don Leopoldo Bernardes, marqués de Casavirada, uno de los pocos palacetes del barrio Gótico todavía habitados por los descendientes de sus primeros propietarios.

Desvelado el nombre de su amigo, que había guardado por discreción, el abogado aprovechó el breve paseo a pie desde el puerto para ponerle en antecedentes. Los orígenes conocidos de la familia Bernardes se remontaban a la Edad Media y el marquesado lo había concedido la reina Isabel II para premiar a un antepasado, oficial de la Guardia Real de Alabarderos, por sus servicios a la Corona.

—Nunca se ha sabido cuáles fueron esos servicios —comentó Casals con picardía—, aunque dados los rumores sobre las apetencias sexuales de la reina, no me sorprende que la familia guarde una discreta reserva.

La fortuna familiar se sustentaba en las rentas de sus extensas propiedades en el Maresme, pero el actual marqués, que estudió Ingeniería en Inglaterra, regresó a Barcelona con ideas mucho menos conservadoras sobre el patrimonio familiar y fundó una fábrica de tejidos en Canet de Mar. Aunque, como todos sus colegas, se benefició de la demanda provocada por la guerra, no siguió su ejemplo a la hora de hacer frente a la caída de los pedidos tras el fin de las hostilidades. Se resistió a las presiones de otros fabricantes, que le apremiaban a reducir drásticamente la plantilla como habían hecho ellos para mantener un nivel de beneficios aceptable. Su voluntad de conservar a todos sus trabajadores ponía en evidencia a sus colegas. Y alimentaba la indignación de los que estaban en la calle en condiciones precarias contra sus codiciosos patronos.

—Me consta que las presiones rebasaron el límite de lo admisible. Leopoldo llegó a recibir amenazas de muerte de maleantes a las órdenes de algún patrono —continuó Casals—. Aunque él nunca me lo ha confiado, sí lo ha hecho la marquesa, una mujer extraordinaria que ha apoyado a su marido con gran entereza. No ha tenido más remedio que cerrar la fábrica pero, al revés que habrían hecho sus colegas, ha indemnizado generosamente a los trabajadores. De ahí que ahora se encuentre en una situación económica delicada.

El marqués de Casavirada había roto su soltería recalcitrante casándose en la cincuentena con una mujer mucho más joven que él. Fruto de aquella unión, que había resultado feliz contra el pronóstico de las mal intencionadas lenguas de la aristocracia catalana, era su única hija, que ahora contaba dieciocho años. Ambas mujeres eran lo más importante para él y de ahí su angustia por negarles las comodidades y los caprichos que le hacía feliz ofrecerles.

Un lacayo les franqueó la puerta de roble con remaches de bronce que daba al patio empedrado de lo que fueron las cocheras y del que partía la escalera hasta la residencia. El marqués de Casavirada los recibió en el salón de respeto, que lucía impresionante con los retratos de sus antepasados y las panoplias de armas que incluían una armadura en cada esquina, con signos evidentes de haber sido usadas en combate. El marqués llevaba sus casi setenta años con gallardía. Aunque no tan alto como Simon, su estatura superaba la media y su fibrosa delgadez le daba un aspecto juvenil, acentuado por un bronceado que delataba una vida al aire libre. Tras abrazar a Casals, estrechó enérgicamente la mano de Simon, que sintió una instintiva simpatía por el personaje.

—No sabe cuánto le agradezco que se haya tomado la molestia de venir a visitarnos.

—Ninguna molestia, se lo aseguro. Me parece muy interesante adentrarme en este barrio que encierra tanta historia.

Aún no conozco Barcelona tan bien como me gustaría. Además, el señor Casals ha puesto por las nubes a su cocinera y su bodega.

—Me tranquiliza oírlo. Y espero que los elogios del amigo Casals no resulten exagerados. De momento, podríamos esperar la hora del almuerzo probando un blanco excelente de cosecha propia. —El marqués tomó del brazo a Simon—. Vamos a instalarnos en la biblioteca, este salón es cualquier cosa menos acogedor.

La biblioteca era infinitamente más cálida. Las estanterías rebosantes de libros, una mesa de trabajo en la que se amontonaban legajos y la chimenea, encendida pese a la bondad de la temperatura exterior, atestiguaban que aquella estancia era la preferida del marqués.

—Mi mujer está supervisando la cocina, pero vendrá enseguida —anunció una vez acomodados en los sofás de cuero y con una copa de vino en la mano—. Y confío en que Eulalia, mi hija, no nos haga esperar. Está tomando clases de equitación en el Club de Polo con un profesor italiano, exoficial del Ejército, y a veces pierde la noción del tiempo.

La aparición de la señora de la casa interrumpió al marqués. Era una mujer de aspecto delicado que debía hallarse próxima a la cincuentena pero que, al igual que su marido, mantenía una figura juvenil y un aire saludable.

—Aquí tenemos a mi esposa. Yolanda, ya conoces a Eugenio, pero quiero presentarte al señor Simon Sinclair, que ha accedido generosamente a darnos su opinión sobre nuestras obras de arte.

—Bienvenido a nuestra casa, señor Sinclair. Y me uno al agradecimiento de mi marido. Su opinión es muy importante para él y, por supuesto, para mí.

—Me abruman ustedes. Será un placer ayudarles si está en mi mano.

—Por cierto, Leopoldo —dijo la marquesa—, ha llamado Eulalia para avisarnos de que salía del Club y había invitado a su profesor de equitación a almorzar.

—Esta criatura es una alocada. No me parece que sea el mejor día para traer a ese profesor del que tanto habla. Sabe que tenemos invitados.

—Por favor, no se preocupe usted lo más mínimo —le interrumpió Casals—. Seguro que el señor Sinclair estará de acuerdo conmigo en que un exoficial del Ejército italiano debe tener muchas experiencias que contar.

—Por supuesto que sí, aunque los italianos no hicieron precisamente un papel destacado durante la contienda.

Simon prefirió obviar que seguramente su experiencia bélica superaría a la del italiano y se concentró en escuchar las explicaciones del marqués sobre su colección de monedas antiguas. La llegada de Eulalia y de su profesor le interrumpió.

—Después del almuerzo podré mostrársela con tranquilidad —comentó al tiempo que se ponía en pie para dirigirse al comedor.

Eulalia le pareció una jovencita bastante agraciada cuyo mayor atractivo eran su viveza y su simpatía. Con un beso y una caricia cortocircuitó el gesto de reproche de su padre, que, desarmado, atendió a las presentaciones.

—Este es mi profesor de equitación de quien tanto os he hablado —anunció Eulalia contemplándole con evidente embeleso.

—Montanari, Alessandro, excoronel del Ejército italiano, a sus órdenes —proclamó al tiempo que se cuadraba militarmente.

Montanari poseía todo lo necesario para deslumbrar a una chiquilla ingenua. La guerrera de estilo militar, los *breeches* de canutillo y las botas altas contribuían a realzar su figura.

—Ruego disculpen mi atuendo, pero Eulalia no me ha dado tiempo a cambiarme de ropa —se excusó con coquetería.

Un pelo negro cuidadosamente peinado y unos ojos verdes remataban el conjunto de lo que Simon calificó para sí como el paradigma del perfecto gigoló.

El almuerzo transcurrió gratamente y el excoronel resultó un conversador ameno que supo explicar sin parecer inmodesto su participación en la batalla de Vittorio Veneto, que significó la derrota definitiva del Imperio austro-húngaro. La sobremesa fue breve porque Montanari se excusó pretextando que le reclamaban sus obligaciones como profesor. Eulalia, que no había dejado de contemplarle con ojos lánguidos durante la comida, le acompañó hasta el pie de la escalera para una despedida que a Simon le pareció sospechosamente prolongada. El marqués no parecía observar nada extraño porque estaba detallando con entusiasmo las características de la colección de monedas antiguas que albergaba su palacete. Según explicó, la costumbre de conservar monedas como recuerdo de sus andanzas por el mundo venía de los primeros Bernardes, entre los que se contaban mercaderes, monjes, soldados de fortuna y seguramente corsarios que habían tomado parte en batallas, viajes y descubrimientos durante cerca de un milenio a lo largo de la geografía europea y del Nuevo Mundo cuando este se abrió a la curiosidad y la codicia de los españoles.

De nuevo en la biblioteca, el marqués de Casavirada mostró a un admirado Simon una moneda de plata del rey Fidón de Argos, que para algunos especialistas es la primera acuñación que se conoce, y los doblones de oro acuñados en el siglo XVII por la Casa de la Moneda de México de los que poseía un cofre de regular tamaño.

—Me ha dejado usted estupefacto, amigo mío. Esto, más que una colección, es un tesoro —exclamó Simon cuando el marqués encerró los estuches de terciopelo en un armario que ocupaba parte de una de las paredes de la biblioteca—. Me siento incapaz de evaluarlo, pero le anticipo que puede valer una fortuna.

—«Dichosos bienes que de tus males te sacan», decía mi padre.

—Puedo decirle cómo debería ponerla a la venta. En primer lugar, habría que dividirla en lotes coherentes, sea por épocas, países, temas o lo que diga un experto. Luego, de manera escalonada, yo confiaría la venta a una casa de subastas solvente, Sotheby's en Londres o Drouot en París. De este modo, se garantiza usted la discreción y, sobre todo, el precio. Y ni que decir tiene que con mucho gusto le ayudaré a llevar adelante la operación.

—No sabe la tranquilidad que me da su generoso ofrecimiento de ayuda.

Eugenio Casals se empeñó en acompañar a Simon hasta el Club Náutico tras despedirse de los marqueses y de su hija, al pie de la escalera de su palacete.

—Hoy ha hecho usted una verdadera obra de caridad —comentó el abogado.

—Deseo sinceramente que pueda conservar íntegra la colección, pero si se ve en la necesidad de desprenderse de ella en todo o en parte, le ayudaré a hacerlo en las mejores condiciones. Me ha parecido una excelente persona, al igual que su mujer.

—Sí, es cierto. Hacen una gran pareja, a pesar de la diferencia de edad y de los comentarios malévolos de la sociedad barcelonesa cuando se casaron. Y, por cierto, ¿qué me dice usted del gallardo militar?

—Pues que no le discuto la gallardía, pero tengo mis dudas sobre sus méritos militares. O mucho me equivoco o no tomó parte en la batalla de Vittorio, y hasta puede que ni siquiera sea militar.

—Me deja de piedra, Simon. Seguro que tiene usted sus motivos para pensar eso.

—A lo mejor estoy calumniando a un pobre infeliz, pero su descripción de la batalla parece sacada de un manual o de un libro de historia. Nunca he oído a un militar que haya entrado de verdad en combate explicarlo como lo ha hecho él. Se diría que era como una novela en la que él era el héroe. Si lo has vivido de verdad, no te apetece demasiado rememorarlo para satisfacer la curiosidad de los demás.

—Ahora que lo dice, a mí también me ha parecido todo un poco teatral, pero he caído en el tópico del carácter extrovertido de los italianos. Hablando en plata, según usted, este individuo podría ser un farsante que va detrás del dinero de la hija de los marqueses.

—Reconozco que me mueve la intuición y que no tengo ninguna prueba. Aunque —añadió con una sonrisa— si me equivoco y se entera Montanari de lo que he dicho de él, es posible que me desafíe en duelo, como haría su compatriota D'Annunzio en estas circunstancias.

—Sinceramente desearía que se equivocase usted, es evidente que Eulalia está fascinada por él.

—Me sorprende que sus padres no lo hayan notado.

—Leopoldo sí que está totalmente *in albis*. Para él, su hija sigue siendo una niña y ni se le ocurre que pueda encandilarse por el primer galán que le diga cuatro lindezas. Yolanda, en cambio, me ha confesado sus inquietudes, pero no quiere

231

hablar con su hija porque cree que empeoraría la situación. Y menos todavía con su marido, que podría tener una reacción contraproducente. Se me ocurre que habríamos de averiguar si es de verdad un farsante y en ese caso hacer que se entere la niña.

—Me temo que esa tarea va a recaer sobre su abogado de confianza, es decir sobre usted —le interrumpió Simon sobresaltado por el plural que había utilizado Casals.

—Claro claro. Ni por un momento se me ocurriría meterle a usted en este asunto. Faltaría más. Voy a usar mis contactos en el Gobierno Civil para ver si hay información sobre el tal Montanari.

—Suponiendo que sea su verdadero nombre. Y no estaría de más darse una vuelta por el consulado italiano. Aunque podría no ser italiano.

—Me asombra de nuevo. ¿Qué le hace pensar eso?

—Su acento italiano me ha parecido algo forzado, como si no fuese su lengua materna. Montanari podría haber nacido en el Alto Adigio, que fue parte del Imperio austro-húngaro hasta 1918, cuando se lo anexionó Italia como botín de guerra. La mayor parte de la población habla alemán y se sienten austríacos, que es lo que le debe suceder a nuestro hombre.

—¿Y por qué habría de ocultarlo, según usted?

—Sencillamente porque tras la derrota de los alemanes, la conocida germanofilia de la burguesía española es algo que la gente quiere olvidar, y todo lo relacionado con los perdedores está mal visto, cosa que le dificultaría mucho encontrar alumnos.

Habían llegado ya al edificio del Club y Casals se despidió repitiendo sus muestras de gratitud y con el acuerdo de tener informado a Simon de la decisión del marqués de Casavirada respecto a la venta de su colección.

A pesar de su voluntad manifiesta de mantenerse al margen de lo que tenía visos de desembocar en un pequeño drama doméstico, Simon sentía deseos de averiguar más detalles sobre aquel individuo que le producía más aprensión de la que le dio a entender a Casals. Nadie como el comisario Perales para satisfacer su curiosidad. Le había prometido volver a subirse al ring a su regreso y llevaba ya varios días en Barcelona y todavía no había puesto los pies en el gimnasio. Un intercambio de golpes, seguido de unas cervezas en cualquier bar de los alrededores del Boxing Club sería una excelente ocasión.

—Siento decirle que no tenemos fichado a ningún Montanari, lo que puede significar varias cosas. A saber, que usa un nombre falso; que no ha hecho nada perseguible en España, o simplemente que es un respetable ciudadano italiano que intenta ganarse la vida fuera de su país, donde las cosas no están nada fáciles.

El comisario Perales estaba cómodamente sentado en el salón del Esmeralda. Había aceptado la invitación para visitar el barco y ahora, con una copa de brandi en la mano, daba cuenta de sus averiguaciones:

—Eso no significa que esté usted equivocado en sus sospechas. Según los agentes que tengo vigilando discretamente al falso barón Von Rolland, este se ha visto varias veces con un individuo que responde a la descripción de Montanari. Por desgracia, ando muy mal de efectivos porque si no, me gustaría vigilarlo también de cerca.

—Si tiene tratos con König, no es solo un vividor a la caza de una rica heredera. Estoy desconcertado. Nadie me ha dado vela en este entierro, como dicen ustedes, pero no quisiera que los marqueses se llevasen un disgusto por una chiquillada de su hija que podría tener graves consecuencias. Y no se me ocurre cómo podría evitarlo si mis sospechas fuesen ciertas.

—Bueno, voy a ver si mi colega en nuestra embajada en Roma, al que no conozco, está dispuesto a echarme una mano. Según cuál sea la información, quizás tengamos motivos para intervenir.

—Sería estupendo. Según he leído en la prensa inglesa, hay un acuerdo de colaboración entre las Policías de Europa —comentó Simon, que por razones obvias estaba muy al día de esos temas.

—Es algo que está empezando. Lo ha movido la Policía vienesa y ya se ha creado un organismo internacional para coordinarlo, pero estas cosas tardan en ser operativas.

El comisario Perales, gratamente sorprendido de la eficiencia de su colega, comunicó a Simon, apenas dos semanas después, que no había ningún Alessandro Montanari fichado en los archivos de la Policía italiana.

—Vuelvo a mi teoría, querido Sinclair. Evidentemente utiliza un nombre falso, lo que es un mal indicio y me hace temer que no es solo un cazafortunas, pero no se me ocurre qué intenciones puede albergar respecto a la hija de los marqueses. Y nada de esto me sirve para ponerlo a buen recaudo. Solo podemos estar atentos a los acontecimientos.

—Y confiar en que a la niña se le pase el embelesamiento.

—Aunque bien pensado, podría usted enviarle una noche a su criado con ese cuchillo tremendo que se gasta para que le diese un buen susto —bromeó el comisario dejando claro que no se le escapaba ningún detalle.

—Es cuestión de pensárselo —contestó Simon, que ya empezaba a familiarizarse con el peculiar sentido del humor de Perales.

El marqués de Casavirada no tardó en citarle en su casa para comunicarle que había decidido poner a la venta su colección y solicitar formalmente su ayuda. El abogado Casals localizó a un experto en numismática que debía formar los lotes a subastar a medida que el marqués lo fuese necesitando. Una vez hecha esta clasificación, Simon contactaría con Sotheby's y con Drouot. Los trabajos del especialista duraron varios días y Simon se acostumbró a pasar la tarde en agradables conversaciones con Leopoldo Bernardes, solo interrumpidas por la aparición de Yolanda con unas tazas de café o de chocolate, costumbre española que le resultaba muy apetecible. En alguna ocasión, Montanari, que solía llevar a Eulalia en su automóvil después de la clase vespertina, se hizo acompañar por la joven al salón donde estaban reunidos con la excusa de saludar al marqués. Y Simon comprobó con aprensión que observaba con mucho interés las puertas abiertas del armario donde Leopoldo guardaba las monedas.

Uno de esos días, el Esmeralda estaba maniobrando para atracar tras su habitual singladura matutina cuando Khao alertó a Simon de que alguien aguardaba su llegada sobre el pantalán. Al subir a cubierta, aún envuelto en su albornoz, descubrió con sorpresa a Eugenio Casals, que se precipitó a bordo con gestos de impaciencia en cuanto Khao dejó caer la pasarela.

—Una desgracia, amigo Sinclair, una verdadera desgracia —exclamó el abogado, que casi cae al agua en su prisa por llegar hasta Simon.

—Me asusta usted, Casals. ¿Qué ha sucedido?

—Algo increíble. Han robado la colección de monedas del marqués. —El abogado se apoyó en la rueda del timón para tomar aliento—. Me ha llamado Yolanda, que está más serena que Leopoldo, y he corrido a advertirle a usted antes de dirigirme hasta su casa.

—Se lo agradezco, aunque no sé qué puedo hacer en este caso.

—Claro, claro. Es cuestión de la Policía, que ya está avisada. Pero usted es de las pocas personas con las que el marqués podrá desahogarse. Aparte de que me consta que tanto él como ella le han cobrado un gran afecto.

—Quizás tenga usted razón. Voy a vestirme y me acercaré a casa de los marqueses.

—Se lo agradecerán. Yo me adelantaré porque estoy muy intranquilo. Sobre todo, por el estado de ánimo de Leopoldo, que puede afectar a su salud.

Simon pensaba reservarse sus sospechas, confiando en que la Policía llegaría a las mismas conclusiones que él.

Un coche negro sin distintivo, aparcado en el patio interior junto al del abogado Casals, y el rostro demudado del sirviente que le abrió la puerta eran las únicas muestras de anormalidad en el exterior de la residencia. En el interior la situación era muy distinta. Eugenio Casals le recibió en la puerta para ponerle al corriente. Los agentes ya estaban interrogando al servicio y el comisario al mando hablaba con el marqués en la biblioteca. La marquesa se había retirado a sus habitaciones a la espera de que quisiesen entrevistarla.

—Está relativamente tranquila y me ha pedido que le avise de su llegada porque le gustaría hablar con nosotros dos a solas.

Yolanda los recibió en la antesala de su alcoba. Aunque se esforzaba por adoptar un aire de serenidad, las profundas ojeras y los ojos enrojecidos delataban la conmoción que había sufrido.

—Quería hablar con ustedes antes que con la Policía. Estoy convencida de que las monedas las ha robado Montanari. Mi hija está encerrada en su habitación llorando, pero se niega a admitirlo. Sé por Eugenio que a usted tampoco le inspiraba confianza ese italiano. Y estoy segura de que mi hija se ha dejado engañar, pero me aterra pensar en el disgusto de mi marido si cae en la cuenta de que ha sido él y que nuestra hija es la culpable de que haya tenido franca la puerta de nuestra casa.

—Si Montanari tramaba hacerse con la colección, lo habría hecho de cualquier manera, no necesitaba coquetear con tu hija, aunque es evidente que su enamoramiento le ha facilitado las cosas —la tranquilizó Casals.

—Creo que ganaríamos tiempo si le explican sus sospechas a la Policía —señaló Simon, que pugnaba entre la prudencia de mantenerse al margen y la compasión que le inspiraban aquellos padres desesperados y desorientados.

—Creo que Simon tiene razón, Yolanda. De todos modos, llegarán a la misma conclusión y, si no se lo dices, solo conseguirás retrasar la investigación. Además, por doloroso que resulte, más pronto o más tarde, a Leopoldo se le caerá la venda de los ojos.

Una discreta llamada a la puerta interrumpió la conversación.

—Disculpe, señora marquesa, pero el comisario desearía hablar con la señora —anunció una doncella uniformada.

—Dile que si no le importa, le recibiré aquí mismo.

Minutos después, la doncella daba paso al comisario Perales.

—Como ya es costumbre, le encuentro a usted en los lugares más inesperados, amigo Sinclair —proclamó después de inclinarse con cierta rigidez ante la marquesa y saludar con un gesto al abogado.

—Pues me alegro muchísimo de que la investigación esté a su cargo. —Simon se volvió a la marquesa y a Casals—. El comisario Perales es un buen amigo y un excelente profesional. Creo que dentro de la desgracia, han tenido ustedes suerte. Estoy seguro de que resolverá el caso con prontitud.

—Agradezco el elogio del señor Sinclair, pero solo puedo asegurarles que llegaremos al fondo de este asunto cueste lo que cueste. Todo parece evidenciar que sus sospechas estaban fundadas —le dijo a Simon y luego se dirigió a la anfitriona—: Hace ya unos días el señor Sinclair me pidió que averiguase todo lo posible sobre este tal Montanari y no encontramos ningún tipo de antecedentes.

—No sé si va contra la discreción profesional, pero nos gustaría saber si ha llegado usted a alguna conclusión —solicitó Simon.

—No hay problema de discreción tratándose de la familia. Mi conclusión personal, y espero que disculpe usted mi crudeza, señora, es que su hija se ha dejado engatusar por este sinvergüenza y, sin darse cuenta, le ha facilitado su plan.

—Lo sé, señor comisario, y por eso me preocupa tanto que mi marido caiga en la cuenta y culpe a Eulalia.

—Nuestro objetivo es pillar al ladrón y recuperar las monedas, de manera que lo que haya hecho su hija resulta irrelevante.

—No sabe cuánto agradezco su comprensión, señor comisario. Creo que quería usted hacerme algunas preguntas.

—Ya no necesito preguntarle nada, señora marquesa. Ha confirmado mi hipótesis de manera clarísima. De modo que, si me disculpan, voy a seguir con mi trabajo. —Perales se volvió hacia Simon—: Me gustaría que me diese más detalles de las monedas robadas, Sinclair. Según me ha explicado el marqués, ha estado usted trabajando con ellas estos últimos días.

—Estoy a su disposición, ya lo sabe, comisario.

—Si no tiene inconveniente, pasaré mañana por el Esmeralda. Supongo que no le sorprenderá que me encuentre más a gusto allí que en comisaría.

—Pues entonces le espero para almorzar.

23

Un colega muy útil

*E*l comisario apareció a mediodía a pie de pasarela en el pantalán del Esmeralda y ahora estaba contemplando plácidamente cómo las volutas de humo de su habano se elevaban hacia el cielo. El día era primaveral y Simon había hecho servir el almuerzo en cubierta bajo un toldo que los protegía de un sol más cálido de lo normal.

—No, muchas gracias —rechazó con un gesto de pena el brandi que le ofrecía Khao—. Casi he olvidado que se suponía que esto iba a ser un almuerzo de trabajo.

—Y lo es. Pero no resulta saludable hablar de negocios o de trabajo mientras se come. Son dos actividades totalmente incompatibles que la gente simultanea con perjuicio para las dos —le rebatió Simon.

—Acaba de tranquilizar mi conciencia profesional. —Sonrió Perales.

—Me alegro. Ahora ya puede usted ejercer de policía y preguntar lo que quiera.

—Para empezar, le voy a explicar algo que complica aún más la situación. No se lo he dicho antes porque quería disfrutar del almuerzo y no amargárselo a usted.

—No me asuste, por favor.

—No creo que se asuste usted con facilidad, pero la noticia es preocupante: König ha desaparecido. Ayer por la mañana el agente que tengo apostado ante su negocio tapadera vio cómo cargaban algunas cajas supuestamente de documentos en un coche del falso barón Von Rolland. No le dio mayor importancia porque supuso que las trasladaba a su domicilio. Pero esta mañana, al observar que no se presentaba nadie y no se apreciaba ningún movimiento, se ha identificado a la portera y, acompañado por ella, ha subido al piso donde tiene la agencia de detectives y ha comprobado que no queda ni un solo documento en los cajones ni en los archivadores.

—No quisiera pensar que König también tiene relación con el robo de las monedas.

—Pues no me extrañaría nada, porque resulta que Montanari también se ha esfumado. En el Club de Polo nos han facilitado su dirección, una pequeña pensión del Ensanche, donde esta pasada noche no ha dormido y de la que se ha llevado toda su ropa. De paso, ha dejado la cuenta sin pagar.

—Atando cabos podríamos llegar a la conclusión de que estos dos están compinchados. Sería posible que König estuviese planeando robar las monedas y contase con la capacidad de Montanari de introducirse en la familia.

—Pero ¿por qué han huido los dos? No tiene lógica que König escape, no hay motivos para sospechar de él. Por eso creo que al enterarse de que a Tubella le habían robado documentos comprometedores ya había decidido poner tierra por medio con la idea de adoptar otra personalidad e intentar escapar de los servicios de inteligencia. Además, me consta que muchos de los que han utilizado sus servicios en el pasado empiezan a considerarlo una presencia incómoda y podrían estar tramando deshacerse de él usando sus mismos procedimientos.

—Y por eso ordenó a su socio que adelantase el robo de las monedas. De ahí que hayan desaparecido al mismo tiempo. A estas horas, König y su banda ya han salido de España.

—Es lo más posible, pero ¿hacia dónde?

—Si quiere mi opinión, la clave está en las monedas y en la manera de deshacerse de ellas. Por mi experiencia profesional —Simon sonrió para sus adentros ante su propio cinismo—, cuando se produce un robo de una pieza única o muy especial, a menudo es por encargo de un coleccionista y el ladrón es un profesional que lo prepara con detalle. Y tenga por seguro que el ladrón tiene previsto el modo de vender su botín.

—No me parece que el italiano este dé la talla para algo así —comentó Perales.

—A mí tampoco, pero ahí podría ser donde interviniese

König. Puedo suponer que nuestro falso barón Von Rolland tendrá más capacidad de colocar las monedas en el mercado, algo mucho más difícil de lo que parece. No es lo mismo encontrar un comprador que no haga preguntas para deshacerse de un reloj de oro robado que vender monedas antiguas, muchas de ellas piezas de museo.

—Pero tiene los doblones de oro —recordó el comisario.

—Efectivamente. Si se ven apurados, los venderán a cualquier perista de su confianza. Pero si König está implicado, no se contentará con migajas, sino que esperará lo que sea necesario para colocarlas en bloque. Y si mis suposiciones son ciertas, a estas horas estarán ya en París, donde saben que es más fácil obtener un buen precio.

—Tenemos las estaciones vigiladas, pero sin resultado. El dispositivo se montó cuando tuvimos noticia del robo y el pájaro puede haber volado antes.

—Si yo estuviese en el lugar de Montanari, habría tomado el primer tren a Portbou, o si no a Figueras, y antes de que llegase cualquier alerta policial habría pasado la frontera en un taxi para coger el expreso de París en Cerbère.

—Algo me dice que está usted en lo cierto, Sinclair. Tiene usted intuición de policía, amigo mío. O de ladrón, si no le ofende que se lo diga —apostilló con una sonrisa.

—No me ofende en absoluto. No olvide que me llegan todo tipo de ofertas de piezas de gran valor y no siempre proceden del propietario. He aprendido a detectar cuándo alguna procede de un robo. Y si sospecho, doy la alerta a la Policía por prudencia. En cualquier caso, puedo asegurarle que no tengo la sangre fría necesaria para practicar ese oficio —le respondió Simon.

—Con gran dolor de mi corazón, no tengo más remedio que despedirme de usted y de su barco. Voy corriendo a cursar una petición a la comisaria de Portbou para que averigüen si algún taxista local ha cruzado la frontera con alguien que responda a la descripción de Montanari.

A la mañana siguiente, apenas había atracado el Esmeralda, después de su corto paseo habitual, un policía de uniforme entregó un sobre dirigido a Simon Sinclair. En su interior, una nota mecanografiada del comisario Perales le informaba de que sus suposiciones habían quedado confirmadas desde Portbou y, disculpándose por no poder abandonar su despacho, le rogaba se pasase por Conde del Asalto lo antes posible.

Aunque debía reconocer que Perales le resultaba muy simpático, la proximidad de la Policía y la visita a una comisaría no dejaban de provocarle un rechazo instintivo. Pero recordó que su padre había colaborado con Scotland Yard en más de un caso de robo de obras de arte. Así que decidió seguir con su rutina habitual, dar buena cuenta del desayuno, leer la prensa y, tras escoger el traje adecuado para la ocasión, dirigirse dando un paseo a ver a Perales, que le recibió con su habitual espontaneidad.

—Lo dicho, Simon. Tiene un puesto en la plantilla cuando lo desee. Ha acertado punto por punto.

—Será cuestión de considerarlo —le respondió Simon divertido—. Ahora en serio, a estas horas König y Montanari están ya en París.

—Es de suponer que sí. Y sabemos que viajan en coche porque no hay ninguno en el garaje.

—Y ahora, ¿cuál es el siguiente paso, comisario?

—Lo inmediato será oficiar a la Policía francesa para que se haga cargo. Lo cual, para serle sincero, es un mal asunto. Si no hay nadie que presione, el caso entrará en un proceso rutinario y el día que den con Montanari, si es que lo consiguen, este sinvergüenza ya se habrá deshecho de mala manera de las monedas. ¡Vaya mierda! —tronó al tiempo que daba un puñetazo en la mesa que hizo saltar la máquina de escribir y los archivadores—. ¿Y ahora qué les explico yo a los marqueses?

Simon no pudo menos que sonreír ante la expresiva indignación del policía, que se dejó caer con aire desolado en su asiento. Comprendía su impotencia y una voz interior le dijo en aquel momento que para algo debía servir su experiencia como último miembro de La Liga de la Pimpinela Escarlata.

—No se desespere comisario, lo último que hay que perder es la esperanza.

—Ya me dirá qué esperanza. Yo sé muy bien cómo se tratan

aquí las peticiones que nos vienen de las Policías de otros países. Como no vengan recomendadas por un pez gordo, se ponen en la fila hasta que les llega el turno. Y pueden pasar años.

—No me extraña. Pero quizás yo pueda encontrar ayuda en alguno de mis colegas franceses. Los hay muy influyentes porque tienen clientes y amigos en las altas esferas.

—¡Dios le bendiga, Simon! ¿Haría usted eso por mí?

—Por usted y por los marqueses. No se merecen lo que les ha sucedido. Deme un poco de tiempo para hacer unas llamadas y enviar algún telegrama, y espero traer noticias.

Simon abandonó la comisaria pensando que parecía llegado el momento de comprobar qué había de cierto en el ofrecimiento de Arsenio Lupin y su pretendida capacidad de respuesta. Según las indicaciones que le había dado, debía publicar un anuncio en *Le Monde*, y descubrió desconcertado que aquel detalle insignificante se convertía en un obstáculo que no sabía cómo salvar. Hasta que se le ocurrió que podrían informarle en las oficinas de *La Vanguardia*, el periódico local que hojeaba cada mañana y que siempre le asombraba por la cantidad de pequeños anuncios que aparecían en sus páginas, en especial esquelas funerarias que incluso publicaba en portada, algo que no había visto en ningún otro periódico europeo.

Tal como suponía, una amable oficinista, visiblemente encantada de atender a aquel apuesto lector, le facilitó el nombre de la agencia de publicidad que gestionaba los pequeños anuncios y que estaba situada en la misma calle de Pelayo, a pocos metros de la sede del periódico.

La recomendación resultó acertada y el anuncio aparecería dos días después en *Le Monde*, de modo que solo cabía armarse de paciencia y confiar en que Lupin cumpliera su palabra. Como no podía confesar al comisario Perales quién era su contacto, le contó que su colega parisino tenía como cliente nada menos que al ministro del Interior.

Dos días después Simon y un desolado comisario estaban sentados tomando una cerveza al sol de mediodía en la terraza del Glaciar, en plenas Ramblas.

—Aquí estoy a dos pasos de la comisaria y si sucede algo

me avisan inmediatamente —se justificó Perales al citarle en aquel lugar.

Contemplaban el abigarrado desfile de todo tipo de personajes en un silencio solo interrumpido por alguna observación del comisario: este de ahí es un carterista, aquel un reventapisos recién salido de la trena y el de más allá un reconocido proxeneta. El anuncio debía haber aparecido esa misma mañana en *Le Monde*. Simon intentaba dominar su impaciencia con una dosis de escepticismo realista. «Al fin y al cabo, Lupin no deja de ser un delincuente. Un delincuente de verdad, no como yo, que a su lado no paso de diletante. A santo de qué habría de hacer algo por mí», se decía con desánimo.

La aparición de Khao pilló de sorpresa a los dos. El gurka había subido las Ramblas desde el puerto a paso ligero, como si aún estuviese en su regimiento, ante las miradas asombradas de los transeúntes. Cuadrado militarmente ante Simon, le extendió un sobre.

—Telegrama urgente para ti, *sahib*.

Lo abrió para leer el escueto mensaje: «Llámeme 10 noche. Número 933012. Tremouille».

—¿Es de su amigo francés? ¿Qué dice? —preguntó Perales.

—Poca cosa. Solo que le llame esta noche, pero es buena señal, significa que tiene noticias que darme.

—Prométame que me telefoneará en cuanto hable con él, aunque sea tarde. Si no estoy en comisaría, me encontrará en casa.

—Cuente con ello.

Las horas que faltaban para la cita telefónica le parecieron interminables. Se entretuvo buscando un restaurante por los alrededores de la comisaría y al final se decidió por Los Caracoles, que tenía la ventaja de quedar a un tiro de piedra de su apartamento. Tras el almuerzo, se dirigió a la plaza Real con la intención de pasar el resto de la tarde pintando. Cuando decidió viajar a Montecarlo con Rebeca, dejó esbozado el desnudo que le estaba haciendo y ponerse a trabajar en el cuadro le pareció una excelente manera de esperar hasta la hora de telefonear a Lupin. El cuadro le esperaba ajeno a los acontecimientos que se habían sucedido desde la última vez que deslizó el pincel sobre la tela. Dar forma definitiva a aquel esbozo tuvo la virtud de abstraerle de tal manera que le sobresaltó el sonido del teléfono. Había pedido su conferencia para las nueve de la noche con la esperanza de que el retraso habitual fuese como máximo de una hora.

—Su conferencia con Francia —anunció la voz de la operadora—. Ya pueden hablar.

—El barón de la Tremouille, por favor —solicitó al oír el clic que indicaba que se había establecido la conexión.

—Soy Lupin. No tema, Sinclair, no hace falta que disimule. Aquí estoy a salvo de curiosos. ¿En qué puedo ayudarle?

Simon le expuso brevemente los hechos y la posibilidad de que König y Montanari hubiesen buscado refugio en París.

—Encontrar comprador aquí es una gestión complicada para un novato, por listo que sea. Si están en París, mi gente podrá localizarlos. Deme un poco de tiempo y tendrá noticias mías.

—Pero ¿qué haremos cuándo los localice? Me imagino que entregarlos a la Policía. La española ya ha oficiado a la Sûreté para que intervenga.

—Tengo serias dudas sobre esa supuesta intervención de la Policía francesa. Ya supondrá que yo me muevo por cauces distintos. Aplico mis propias leyes según mi exclusivo criterio. Aunque en esta ocasión, será usted quien decida qué hacemos con ellos. Cortesía entre colegas, faltaría más.

—Agradezco que me considere un colega. Estoy seguro de que conseguirá atraparlos y recuperar las monedas, pero esperaré a que llegue ese momento para tomar la decisión —respondió Simon preocupado por el siniestro significado del ofrecimiento de Lupin.

—Pues no se hable más. Le telegrafiaré cuando tengamos algún indicio. Ya le anticipo que cuento con que venga usted a París para rematar la operación. Por supuesto, será mi huésped en Étretat.

Resultaba impensable dar cuenta a Perales de los planes de Lupin, de manera que le explicó que su colega parisino iba a reforzar la gestión policial poniendo a investigar a un policía retirado, experto en robos de joyas.

Apenas una semana después Simon recibió un segundo telegrama: «Imprescindible su presencia. Comunique hora llega-

245

da. A.». Ante la inminencia de la acción, Simon volvió a sentir la excitación que acompañaba a los golpes de La Pimpinela.

Antes de partir, tenía que justificar de manera plausible su viaje ante el comisario.

—El sabueso que contrató mi colega ha averiguado que un perista ha comprado recientemente unas monedas españolas de oro. Pero antes de acudir a la Sûreté quiere estar seguro de que se trata de los doblones del marqués y, si es posible, identificar al vendedor. No tengo más remedio que ir a París.

—Estaré en ascuas, amigo mío. Me desespera no poder acompañarle. Sobre todo, no corra usted ningún riesgo innecesario.

—Pierda cuidado, comisario. Creo que sé cuidarme.

—No lo dudo, pero la prudencia nunca está de más.

24

Justicia Lupin

*A*l día siguiente por la tarde, Simon tomó el expreso nocturno a París. Había decidido llevarse a Khao en previsión de cómo podrían desarrollarse los acontecimientos bajo la peculiar batuta del ladrón más famoso de Europa. El gurka, que había accedido a regañadientes a ocupar el departamento contiguo al suyo en el coche cama, se negó tajantemente a compartir mesa con su *sahib* en el restaurante. Ahora Simon se entretenía observando las miradas entre curiosas y alarmadas que dirigían los demás comensales a aquel indio vestido pulcramente de blanco que comía en silencio al fondo del vagón. Y el obsequioso *maître* disfrutaba explicando a quien quisiera escucharle que se trataba del sirviente de aquel joven caballero, seguramente un lord inglés a juzgar por sus modales, que cenaba en otra mesa.

247

Simon daba por supuesto que Lupin habría dispuesto que alguien los esperase a su llegada. Por ello no le sorprendió comprobar que el De Dion Bouton negro que ya conocía de Montecarlo estuviese estacionado a las puertas de la estación de Austerlitz, ni que el mismo chófer acudiese a recibirle con una cordial sonrisa.

—Espero que haya tenido usted un buen viaje, *monsieur* Sinclair. Mi patrón le manda sus saludos y les espera en Étretat, pero antes tienen habitaciones reservadas en el George V porque ha supuesto que desearían asearse después del viaje en tren.

—Me parece una idea excelente porque no hay manera de hacerlo en el coche cama —respondió Simon agradecido por el detalle de Lupin.

El poderoso De Dion recorrió los cerca de trescientos kilómetros que median entre París y el pequeño puerto de pescadores de la costa normanda en poco más de cuatro horas, a pesar de que en algunos tramos la carretera dejaba bastante que desear. Declinaba la tarde y los últimos rayos de sol se reflejaban en los impresionantes acantilados que caían a pico sobre el mar. El coche se había detenido en un punto elevado desde el que se divisaba una formación calcárea en forma de puente bajo el que pasaría cómodamente un buque de regular tamaño.

—Esto que ve usted es el Ojo de la Aguja, aquí se acaba el viaje —anunció el conductor.

Simon iba a manifestar su sorpresa al verse abandonado en medio de la nada cuando aparecieron, como surgidos de la tierra, dos fornidos individuos con aspecto de marinos que se hicieron cargo de sus equipajes sin pronunciar palabra.

—El patrón los está esperando. No tienen más que seguir a mis compañeros —añadió el chófer—. Aunque desde aquí no se aprecia, hay un camino que desciende por el acantilado.

Los dos silenciosos marinos habían desaparecido de su vista, pero tomando la dirección señalada los descubrieron a pocos metros por delante de ellos. Caminaban con cuidado por un estrecho sendero excavado en la roca imposible de descubrir desde el borde del acantilado. Evidentemente, era obra de Lupin. A la vuelta de un pequeño recodo uno de sus guías les señaló con un gesto una estrecha oquedad por la que ya había desaparecido su compañero. Lo que parecía la entrada de una cueva era el principio de un amplio túnel iluminado y alfombrado con esteras de esparto que, según supuso Simon, debía correr por debajo del Ojo de la Aguja.

Tras avanzar cien o ciento cincuenta metros, se encontraron ante una sólida puerta de madera noble ricamente trabajada que Simon identificó como procedente de alguna antigua mansión florentina. Antes de que su guía tuviese oportunidad de levantar la pesada aldaba de bronce, la puerta giró pesadamente sobre sus goznes y un lacayo que, a juzgar por el color de su piel, debía proceder de la Martinica, les franqueó el paso a un zaguán iluminado y decorado con piezas que denotaban el refinado gusto del propietario.

—Mi señor le está esperando, *monsieur*. Tenga la bondad de seguirme —anunció el lacayo con un acento gangoso que confirmaba su origen de la Francia colonial—. Enseguida acompañaré a su sirviente a sus habitaciones.

Simon atravesó un corredor de cuyas paredes colgaban bellísimos tapices de Gobelins y Aubusson y cuadros pertenecientes a la escuela veneciana. Se prometió examinarlos con mayor atención y averiguar su origen de boca de Lupin, aunque no le quedaba ninguna duda de los medios por los que habían llegado a aquel extraño lugar. «Cortesía entre colegas», se dijo con ironía no exenta de envidia ante la audacia de su anfitrión.

El más famoso ladrón de Europa le recibió en su estudio. Allí la mano del hombre había mejorado la obra de la naturaleza convirtiendo en una estancia acogedora una cueva de proporciones considerables situada en el interior del Ojo de la Aguja, que, por un capricho de la geología, resultaba estar totalmente hueco. Tenía las paredes forradas con maderas nobles y el suelo cubierto por alfombras de excelente factura oriental. Del techo pendía una araña que solo podía ser de cristal de Bohemia. En el centro de la sala, una enorme mesa de ébano, cubierta de carpetas ordenadas, parecía ser el lugar de trabajo de Arsenio Lupin. Un conjunto de cómodos sofás invitaba a la conversación y un amplio sillón orejero junto a una mesita con varios libros mostraba el interés del propietario por la lectura, junto a los volúmenes de las disciplinas más variadas que se apretujaban en los anaqueles.

—Bienvenido a mi modesto refugio. Espero que haya tenido buen viaje y que mi gente le haya tratado como se merece —le saludó Lupin al tiempo que estrechaba su mano vigorosamente.

—Todo ha funcionado como un reloj, lo que supongo es marca de la casa —respondió Simon con una sonrisa—. Aunque discrepo en lo de «modesto refugio». Esto más bien me perece una lujosa fortaleza.

—Tiene usted razón, me he dejado llevar por el tópico. Debo reconocer que la naturaleza me ha brindado la posibilidad de disfrutar de un escondite privilegiado que solo conocen algunos colaboradores de fidelidad intachable.

—Y a partir de este momento, también yo —replicó Simon—. Es una muestra de confianza que me desconcierta un poco, sinceramente.

—Tengo la absoluta certeza de que no la defraudará usted nunca, Simon. Entiendo que no tendría por qué hacerlo: es un hombre muy rico y, por tanto, la cuantiosa recompensa que se ofrece por mi captura no significaría nada para usted. Por otra parte, aunque le cueste admitirlo, somos colegas. Ya sé que usted se considera un aficionado y que yo soy un profesional, pero nos une la falta de respeto por la propiedad ajena. Usted se siente justificado por el bien que hace con el producto de sus robos y yo, que soy mucho más cínico, por los placeres que me proporciona.

—He contemplado de refilón algunos cuadros cuyo robo fue noticia mundial y excelentes copias de algunos clásicos...

—Nada de copias, amigo mío. Las copias cuelgan de las paredes de los museos. Yo solo colecciono originales —le aclaró su anfitrión con orgullo.

Lupin abarcó la estancia con un gesto y prosiguió:

—Esta lujosa fortaleza, como usted la ha llamado, la han hecho posible algunas de mis fechorías más sonadas, y le aseguro que me siento orgulloso de ellas porque mis víctimas se merecían que les aliviasen de una buena parte de sus riquezas. Acondicionar en secreto este lugar y dotarlo de todas las comodidades modernas ha costado una auténtica fortuna, pero el resultado lo merece.

—Creo haber leído en la prensa que no es cierto que robe solo para su disfrute personal. Según parece, a más de uno le ha sacado de apuros y de paso le ha hecho a la Policía el favor de entregarle algún delincuente peligroso.

—Bueno bueno. La prensa exagera bastante. Hay un tal Maurice Leblanc que parece empeñado en hacerme famoso a costa de escribir sobre mis andanzas inventándose lo que le apetece.

Lupin se dirigió a la mesa de trabajo y tomó un ejemplar de *Je sais tout,* una revistilla popular de gran éxito.

—Aquí me tiene usted, en portada, de frac, con un antifaz y con un puñado de joyas en la mano. Evidentemente, el dibujante y el periodista han hecho un alarde de imaginación, pero aunque el personaje tenga poco que ver conmigo, no puedo quejarme, me están convirtiendo en una leyenda —remató con una carcajada.

—Por lo que voy viendo, creo que por mucho que exageren, no van del todo equivocados. Y me imagino lo que podrían llegar a escribir si pudiesen ver su escondite.

—Tiene usted razón, Simon. Pero basta ya de hablar de Arsenio Lupin. Usted está aquí por otro motivo, así que vamos a brindar por nuestro encuentro y durante la cena le pondré al corriente.

A una palmada de Lupin apareció el lacayo con una botella de *champagne* en un cubo de plata repujada.

La cena estuvo a la altura del lugar y de la decoración, y para sorpresa de Simon les sirvieron casi exclusivamente productos del mar.

—El mar es nuestra fuente de abastecimiento natural —le explicó Lupin—. Mi gente puede pescar desde la base del Ojo de la Aguja con toda comodidad y disponemos de un pequeño vivero donde mantenemos las piezas que no vamos a consumir de inmediato.

—Este lugar es extraordinario y me pregunto cómo llegó a descubrirlo.

—Por casualidad, como suceden estas cosas, y gracias a mi preocupación por mantenerme en forma. Uno de los ejercicios que practico es la escalada de paredes verticales con las manos limpias, algo que potencia la musculatura pero también los reflejos, cosa muy útil en mi, o mejor nuestra, profesión. Ya habrá observado cómo son los acantilados en esta costa, ideales para mis sesiones de entrenamiento.

Lupin hizo una pausa para servirse una copa del excelente Romanée Conti que estaban disfrutando durante la cena.

—La joya de mi modesta bodega —comentó antes de seguir su explicación—. En uno de esos descensos por el acantilado, tropecé con una pequeña oquedad donde descansar un instante. Era la entrada de una sucesión de pasadizos que no pude explorar porque no tenía ni una mísera linterna. De manera que decidí volver con el material necesario y así descubrí que el famoso Ojo de la Aguja es una mole hueca con multitud de túneles y cavernas en su interior. El lugar ideal para esconderme del mundo. Y, sobre todo, para acoger la cantidad de obras de arte muy singulares que he ido reuniendo para mi exclusivo disfrute.

251

—A mi modo de ver, tiene el inconveniente de que si llegasen a descubrirle no tendría escapatoria.

—Se equivoca, amigo mío, todo está previsto. Este lugar tiene una sola entrada, pero múltiples salidas. Si la Policía pretendiese asaltarlo, una simple explosión bloquearía el pasadizo que usted ha recorrido para llegar aquí. Y los que estamos dentro podríamos salir ya sea por tierra lejos de los acantilados, a través de los túneles que hemos acondicionado como vía de escape, o por mar en una potente motora que está siempre dispuesta en el embarcadero que hemos excavado en una cueva imposible de descubrir desde el mar.

A Simon le pareció que Lupin imaginaba la posibilidad de que su escondite fuese descubierto, porque dejó que su mirada se perdiese tras el humo del habano que acababa de encender con exquisito cuidado. Con un movimiento de la cabeza, como si apartase un mal pensamiento, continuó su monólogo:

—En fin, le ruego que me disculpe. Al parecer, no puedo dejar de hablar de mí. La verdad es que tengo muy pocas ocasiones de hacerlo. Pero vayamos a nuestro amigo Montanari, que es lo que ahora importa.

Si Simon podía haber dudado en algún momento de la eficacia de Lupin y de su organización, pronto se convenció de su error. Tal como había prometido, no solo había localizado al italiano sino que habían documentado su biografía.

—El perista al que le ofreció los dos doblones de oro ya estaba aleccionado por mis contactos y le dijo que tenía que hablar con un posible cliente antes de cerrar la compra y que volviese al día siguiente. Lo que nos permitió seguirle para averiguar dónde se esconde. Diría mejor dónde se aloja, porque nos condujo hasta el Georges V.

—Falta saber dónde están las monedas.

—Creo que estamos en el buen camino para descubrirlo. Y ese camino nos lleva a su otro amigo, el tal König, alias barón Von Rolland. Parece que él y Montanari son algo más que cómplices. Es muy probable que tengan cierto parentesco. Los dos proceden del Alto Adigio, como usted había supuesto, y si Montanari participó en la guerra no fue con el Ejército italiano, como afirma, si no en el de los Imperios Centrales.

—No sabe cómo me sorprende usted, Lupin. ¿Cómo ha conseguido esta información?

—Algunos de mis colaboradores tienen capacidades maquiavélicas. Mañana nos vamos a París y allí le presentaré a mi amiga la duquesa de Cagliostro, que es a quien corresponde el mérito. Cuento con ella para llegar al final de este asunto, recuperar las monedas y darles su merecido a estos tunantes.

—Ya le anticipo que reclamo el placer de vérmelas con König.

—Todo suyo, pero ¿a qué se debe su interés si puede saberse?

Simon le explicó la traición y doble asesinato perpetrado por König en el Sinaí, así como su huida y su posterior cambio de identidad. También sus dos intentos de quitarle de en medio, como testigo que podría inculparle.

—La primera de ellas, por cierto, cuando saboteó mi avión en Biarritz, justo después de conocer al vizconde Raoul d'Andrésy —concluyó Simon con una sonrisa recordándole a su anfitrión sus múltiples identidades.

—Comprendo perfectamente que quiera ajustarle las cuentas. Y creo poco en la justicia de los hombres, Simon. Solo creo en la que yo aplico. En fin, ya se verá si llega el caso, como espero.

La residencia de Lupin en París era un lujoso apartamento de la Avenue Hoche, donde se trasmutaba en Raoul d'Andrésy para interpretar el papel de millonario frívolo y *bon vivant* que tanto le divertía. Llegaron a primera hora de la tarde tras almorzar en un restaurante de carretera y el anfitrión expuso a Simon los planes para el resto del día.

—Mi amiga la duquesa nos espera para cenar a las siete de la tarde, de modo que habrá que estar listos a las seis y media porque es una fanática de la puntualidad. Por si no hubiese traído usted esmoquin, he hecho que dejasen uno en su armario. Creo que habré acertado su talla.

—Se lo agradezco, pero no será necesario. Siempre viajo con mi esmoquin. Nunca se sabe lo que puede suceder.

A la hora prevista, el De Dion Bouton enfiló el Boulevard

Victor Hugo y se detuvo ante un edificio de apartamentos en el corazón de los Campos Elíseos.

—Ya hemos llegado, Simon. Aquí vive, cuando está en París, la condesa de Cagliostro, una mujer singular que le va a fascinar.

Ante ellos se abrió la historiada verja de hierro forjado y apareció un lacayo vestido de negro que les indicó que le siguiesen hasta el ascensor situado en un extremo de lo que había sido el patio de carruajes. Allí otro criado los llevó a una espectacular terraza ajardinada en el último piso, por la que se accedía al apartamento de la condesa. Esta los esperaba en la puerta y Simon comprendió lo acertado que estaba Lupin al advertirle que aquella mujer le fascinaría. El magnetismo de sus grandes ojos negros y su rostro de rasgos angulosos, enmarcado por una cabellera negro azabache, le proporcionaban una belleza inquietantemente exótica. Un ajustado vestido largo de seda también negro, que parecía ser el color emblemático de la casa, ponía de manifiesto un cuerpo de formas delicadamente rotundas.

Resultaba imposible mantenerse ajeno al envolvente halo de sensualidad que emanaba de la condesa de Cagliostro. Algo que Simon solo había encontrado una vez. En Lavinia, cuyo recuerdo emergía con fuerza y que, en esta ocasión, le hacía inmune al atractivo de su anfitriona.

—¿Este es tu nuevo amigo, Arsenio? —preguntó con una voz profunda que acentuaba su atractivo, antes de rozar con un leve beso los labios de Lupin y sonreír a Simon.

—Sí, querida. Te presento a Simon Sinclair, un caballero inglés con vocación aventurera.

—Agradezco su hospitalidad, condesa. Y por lo poco que me ha explicado Arsenio, también su ayuda. Estoy impaciente por escucharla.

—De momento, nos espera la cena. Si me lo permiten, voy a comprobar que todo está dispuesto a mi gusto. Entretanto, te ruego que hagas los honores al señor Sinclair, Arsenio. Ya sabes que estás en tu casa.

En cuanto la condesa abandonó el salón, Lupin descorchó la botella de *champagne* helado que parecía esperarlos sobre una mesa conviviendo con un gran bol de plata rebosante de caviar.

—Creo que una copa de *champagne* es un prólogo necesario para la velada. Comprobará que la condesa es una excelente anfitriona que cuida de los detalles con exquisitez.

—Y cuida también de sus amigos, según parece —comentó Simon.

—Cierto, aunque como he notado cierta ironía en sus palabras, debo precisarle que la condesa y yo somos justamente lo que usted ha dicho: amigos —respondió Lupin con una sonrisa.

—Reconocerá que resulta difícil no cruzar el límite de la pura amistad con una mujer como la condesa.

—A veces la amistad es lo que permanece después de una relación apasionada y tormentosa. Lo que no es poco, tratándose de Josefina —contestó Lupin admitiendo implícitamente el comentario de su amigo.

—No cabe duda de que es una mujer interesante, incluso misteriosa, diría yo.

—Y peligrosa, podría usted añadir sin equivocarse. Insuperable como amante, leal como amiga, pero letal como enemiga, cosa que han comprobado quienes se han atrevido a oponerse a sus designios. Y por si fuera poco, extraordinariamente culta y perspicaz. De Josefina Bálsamo, condesa de Cagliostro, se ha dicho de todo, desde que es una farsante hasta que domina la brujería y posee el don de la eterna juventud. Por lo que a mí respecta, solo puedo decir que tiene el mismo aspecto juvenil que el día que la conocí, hace ya veinte años, cosa que ella atribuye a su profundo conocimiento de las propiedades de las plantas y de la medicina china.

Lupin adoptó un tono nostálgico para confiarle a Simon el momento en que la casualidad quiso que salvase a la condesa de los esbirros que querían asesinarla, para descubrir después que aquella joven aparentemente desvalida con la que había vivido un intenso romance guardaba el secreto de un mítico tesoro y que estaba dispuesta a todo para hacerse con él.

—Tesoro que nunca encontró, supongo —comentó Simon entre curioso y escéptico.

—No, nunca. Aunque no ha dejado de perseguirlo, y estoy seguro de que, si en realidad existe, lo descubrirá. Brindemos por ella y por la amistad, si le parece. —Lupin levantó su copa retomando su tono desenfadado de siempre.

255

La aparición de la condesa interrumpió la conversación.

—Todo está dispuesto, podemos pasar al comedor. Espero que Simon pueda contener su impaciencia y disfrutar de las habilidades de mi cocinero. Creo que esta noche se ha esmerado especialmente —anunció.

La cena respondió a esa promesa y la bodega tenía poco que envidiar a la de Lupin. Después, cómodamente instalados en un salón, con un habano y una copa de excelente *cognac* en la mano, se dispusieron a escuchar, por fin, el relato de la condesa de Cagliostro.

—En cuanto Simon me informó de que Montanari se alojaba en el George V, supuse que en algún momento aparecería por el bar del hotel. Por lo que me había explicado, estaba segura de que era el tipo de fatuo convencido de que su encanto personal hace que las mujeres caigan rendidas a sus pies. Y en el bar del Georges V siempre es posible encontrar tanto a una dama solitaria, y por lo general muy rica, como a una belleza dispuesta a poner un alto precio a sus encantos.

Durante dos tardes sucesivas, la condesa atrajo las miradas de los clientes mientras disfrutaba de un Manhattan charlando con el barman, encantado de que aquella mujer bellísima se interesase por sus asuntos.

—Al tercer día apareció mi presa. Le vi en el espejo de mi polvera, me estaba retocando el maquillaje. Se quedó unos instantes en la puerta evaluando a la clientela y en cuanto reparó en mí, se dirigió a la barra y tomó asiento a una distancia prudencial, que le permitía parecer ajeno a mi presencia pero dirigirme la palabra en el momento oportuno.

—Un clásico, vamos.

—Efectivamente. Pero yo había decidido facilitarle las cosas. Tengo un precioso *pendentif* que es un napoleón de oro rodeado de pequeños brillantes, recuerdo de un buen amigo.

—Quiero dejar claro que ese buen amigo soy yo —la interrumpió divertido Lupin—. Y fue un merecido homenaje a tu belleza y a tu inteligencia. Gracias a ti conseguí llegar hasta la caja fuerte de la banca Rostchild, librarla de una buena cantidad de lingotes de oro y llevarme como recuerdo media docena de napoleones de la primera acuñación, la más valiosa de todas, que data de 1802, cuando Napoleón fue nombrado primer cónsul.

—No lo había dicho por no herir su modestia —replicó Josefina dirigiéndose a Simon con una amplia sonrisa—. Ya habrá observado que la modestia es una de las cualidades de Arsenio.

Tras la sonrisa aquiescente de Simon, Josefina retomó el hilo de su relato:

—Cuando estuve segura de que mi vecino de bar no me quitaba la vista de encima, con un gesto aparentemente involuntario hice que la cadena del pendentif se abriese y la moneda cayó sobre la alfombra. Montanari se lanzó a recogerla y me la devolvió con una de sus más seductoras sonrisas. Ni que decir tiene que yo me mostré agradecida y encantada de su compañía.

Josefina Bálsamo demostró ser una consumada actriz. Montanari se convenció enseguida de que no tardaría en caer rendida a sus pies y se esmeró en presentarse a sí mismo con las mejores gracias. En cuanto descubrió que ella apreciaba el valor histórico del *pendentif* por encima del material no pudo evitar referirse a la colección de monedas antiguas que poseía, según él, su familia.

257

—Este era el punto al que quería yo llegar. Con una buena dosis de exclamaciones de admiración y de miradas lánguidas conseguí que me explicase que la colección estaba a buen recaudo en el palacete que ha alquilado su hermano en Neuilly, donde él se instalará en los próximos días. Como imaginaréis, su hermano se hace llamar Von Rolland y es austriaco, o lo era hasta que Italia se anexionó el Alto Adigio.

—Eres admirable, Josefina —exclamó Lupin.

—Mucho más que admirable, diría yo —convino Simon—. Además de darnos la pista de las monedas, ha hecho un descubrimiento que aclara muchas cosas. Sabía de la relación entre el supuesto italiano y el falso barón, pero supuse que se circunscribía al robo. Y resulta que son hermanos y están juntos en una serie de fechorías que se han perpetrado en Barcelona estos años. Pero prosiga, se lo ruego, condesa.

—Llámame Josefina, por favor. Lo más importante es el siguiente paso. Como no quería que sospechase de una rendición demasiado rápida, acepté verle otra tarde en el Georges V. Esa vez ya quedó claro que yo soy una mujer casada, ansiosa de romper la rutina de un marido aburrido con una aventura romántica de alto voltaje. Pero claro, es comprensible que yo no quiera consumarla en su hotel, por temor a ser vista por algún conocido o un cliente de mi marido, abogado de prestigio.

—Y te ha propuesto utilizar el palacete de Neuilly como nido de amor —concluyó Lupin con una sonrisa.

—Con una condición irrenunciable: me muero de curiosidad por su colección de monedas. Creo que está convencido de que después de admirarlas, caeré rendida en sus brazos.

—Genial. Una maniobra realmente genial. No hay nadie como tú —exclamó Lupin exultante.

—Estoy de acuerdo, pero me parece que Josefina va a correr un gran riesgo y no puedo permitirlo de ninguna de las maneras. —Simon estaba escandalizado ante la tranquilidad con que Lupin aceptaba la implicación personal de la condesa.

—Me emociona de veras su preocupación, Simon —Josefina le sonrió afectuosamente—, pero le aseguro que puedo defenderme sola. Me he visto más de una vez en situaciones más peligrosas y he salido bien librada.

—Tranquilícese, Simon —apostilló Lupin—. Todavía falta estudiar cómo nos hacemos con las monedas y con este par de rufianes. Pero en cualquier caso no vamos a dejarla sola.

—Deberíamos averiguar con qué gente cuenta König —comentó Simon, que seguía intranquilo.

—Efectivamente. Como Josefina le ha pedido a Montanari su dirección en Neuilly, voy a apostar a algunos de mis hombres en los alrededores para que averigüen todo lo que nos interesa saber.

—Y yo le voy a llamar por teléfono para que vea que mi interés no ha decaído y que estoy esperando con ansia el momento de vernos a solas. Incluso creo que resultaría convincente que diga que me preocupa que me vea el personal de servicio. Es posible que pueda averiguar algo.

Apenas cuarenta y ocho horas después de este cónclave, Lupin ya disponía de la información necesaria y propuso volver a disfrutar de la hospitalidad y de la mesa de la condesa de Cagliostro para discutir el siguiente paso. «Seguro que se nos ocurren mejores ideas después de la cena», había comentado de buen humor ante la perspectiva de la acción.

—Por lo que sabemos —Lupin tomó la palabra cómodamente sentado en el salón de Josefina Bálsamo tras la excelente cena—, König cuenta solo con dos esbirros, que viven en la casa.

—Y que deben de ser los que se ha traído de España.

—Seguramente, aunque al parecer no tienen aspecto de españoles, sino más bien de centroeuropeos.

—Son los que hacen de mayordomo y chófer, según mi pretendiente. También hay una cocinera y una doncella. Todos se alojan en las habitaciones del servicio, en el semisótano. Y, según él, desaparecen de la circulación después de la cena, que se sirve entre las seis y las siete de la tarde. Montanari me ha ofrecido, para garantizar la discreción de nuestro encuentro, que nos veamos sobre las ocho de la noche.

—Conociendo a König —intervino Simon—, me parece poco creíble que no tenga a alguien de guardia durante la noche. Por lo menos en Barcelona no se desplazaba sin dos cancerberos y, por lo que me explicó mi amigo el comisario Perales, siempre había un coche de guardia ante su casa.

—No creo que haya tenido tiempo de granjearse aquí algún enemigo que le quiera muerto, pero es posible que los tenga de antiguo. En cualquier caso, lo tendremos en cuenta —admitió Lupin.

—En resumen, que si no hay alguna sorpresa, tendremos que vérnoslas con cuatro contrincantes, de los cuales tres por lo menos son muy peligrosos. Si Montanari también lo es, es algo que está por ver —concluyó Simon.

—Es decir, que, como no me gusta correr riesgos innecesarios, seremos mayoría. Creo que con siete valientes tendremos bastantes.

—¿A saber? —preguntó Simon.

—Usted y yo, su impresionante Khao, dos de mis mejores hombres y el chófer de Josefina, un ucraniano que mide cerca de dos metros y que es además su guardaespaldas.

—Cuento seis, ¿quién será el séptimo?

—Es evidente, amigo mío. El séptimo será la duquesa de Cagliostro.

—No habrás creído que me iba a perder el festejo —preguntó ella con fingido tono de reproche.

—Bien, aclarado este punto, veamos cuál va a ser nuestro plan —zanjó Lupin, que, por razones obvias, se había atribuido el mando de las operaciones—. El día de la cita, Josefina llegará en su coche al palacete, donde la recibirá su enamorado. Por lo que sabemos, a esa hora tanto las doncellas como los dos compinches de König estarán ya en la zona de servicio atendiendo a la petición de Josefina, que ha exigido discreción total.

—No será exactamente total —puntualizó ella—. Hemos pasado por alto algo obvio. El único que puede mostrarme las monedas es König. Ha accedido muy a su pesar porque, según parece, siente predilección por su hermano menor y está dispuesto a darle este capricho, pero Montanari me asegura que se retirará después de enseñarme la colección.

—Así podremos cogerlos a los dos al mismo tiempo. No tengo ninguna duda de que podrás entretenerlos mientras inmovilizamos a los dos compinches y a las criadas. Después irrumpiremos por sorpresa en el salón y confío en que no les dará tiempo de ofrecer resistencia. ¿Qué te parece el plan? —terminó dirigiéndose a Simon.

—No quisiera resultar agorero, pero hay algo que no me encaja. Creo que estamos infravalorando a König. Es un personaje sin escrúpulos que en Barcelona ha hecho asesinar, por encargo de la patronal, tanto a obreros que luchaban por sus derechos como a patronos que no estaban de acuerdo con los métodos de sus colegas. Me cuesta creer que nos vaya a resultar tan fácil cogerle por sorpresa.

—¿Qué estás pensando? —preguntó Lupin.

—En primer lugar, me sorprende que solo cuente con dos de los miembros de su banda. En Barcelona, su guardia pretoriana la componían cuatro individuos de la peor calaña, aunque la banda contaba con más miembros, digamos que de segundo nivel. Cuando König desapareció de Barcelona, se esfumaron también sus cuatro acólitos y es de suponer que hayan venido a París con él.

—¿Cómo no los han detectado mis hombres?

—Podría ser que no vivan en la casa, para contar con una especie de segundo escalón de seguridad. No sabemos nada de

König antes de su aparición en Barcelona, pero dadas sus actividades, es de suponer que se haya ganado más de un enemigo. Estoy seguro de que en los alrededores de la casa han establecido un punto de vigilancia desde donde detectar cualquier movimiento extraño.

—Habrá que hacer una investigación más a fondo antes de decidir el plan definitivo.

Tan solo dos días después, el informe de los hombres de Lupin confirmaba las sospechas de Simon. Uno de ellos, disfrazado de empleado de la compañía telefónica pretextando una avería en la línea general, había conseguido que la doncella le dejase entrar, para lo que tuvo que atravesar el jardín, lo que le permitió descubrir una pequeña construcción que debió servir en tiempos para guardar herramientas. Aquel almacén resultaba ideal para vigilar el edificio principal, y la presencia de un individuo tranquilamente sentado ante la puerta lo atestiguaba.

—Creo que, gracias al olfato de Simon, tenemos ya toda la información necesaria para diseñar el plan de acción. —Lupin había tomado el apartamento de la condesa como puesto de mando—. He pensado que yo iré en el coche de Josefina debidamente uniformado como ayudante del chófer. Esto permitirá que seamos dos los que entremos en el jardín para dejar a la condesa en la puerta principal. Evidentemente, los vigilantes habrán sido advertidos de nuestra llegada y no les extrañará que el chófer y yo nos acerquemos a la caseta con cualquier excusa. Creo que no nos resultará difícil hacernos con ellos e inmovilizarlos. Después abriremos la verja al resto del equipo.

—Entretanto, se supone que Montanari me habrá acompañado hasta donde tenga previsto mostrarme la colección de monedas —intervino la condesa.

—Ya me perdonaréis, pero sigo pensando que quizás estamos haciendo un planteamiento demasiado simplista —objetó Simon—. No sé si acaba de convencerme la suposición de que König vaya a enseñar la colección de monedas a la primera desconocida que aparece por su casa, por más que sea una conquista de su hermano.

—Admito que tus reservas tienen sentido —convino Lupin—, pero hemos de correr el riesgo. Es el único modo de entrar.

—Dado que quien de verdad correrá el riesgo soy yo —le interrumpió con una sonrisa irónica la condesa de Cagliostro—, te agradeceré que me dejes explicaros cómo veo la situación. Tal como decía antes, la lógica indica que Montanari me llevará al lugar donde tenga previsto mostrarme la colección. Quiero suponer que será lo bastante convencional para ofrecerme una copa de *champagne* como preludio de una noche que él espera sea gloriosa. Después, dado que, según me explicó, su hermano no confía las monedas a nadie, imagino que será él mismo quien me las enseñe y que se tomará su tiempo para explicarme su importancia. Lo que quiere decir que, entre unas cosas y otras, dispondréis de más de treinta minutos para deshaceros de los esbirros que hay en la casa e inmovilizar a las criadas.

—E irrumpir por sorpresa donde estéis vosotros —concluyó Lupin—. ¿Qué te parece Simon?

—Perfecto sobre el papel. En el caso de que König sospeche algo, será la posibilidad de que Josefina sea una ladrona o forme parte de una banda que tenga intención de robarle. Y es aquí donde me preocupa su seguridad.

—Me enterneces, Simon —le contestó ella con su mejor sonrisa—. Ya te he dicho que sé defenderme, pero si sucede lo que te preocupa, puedo entretenerle hasta que aparezca el equipo de rescate.

Así se zanjó el tema y la operación quedó fijada para el siguiente lunes, día en que su supuesto marido viajaba a Londres para una reunión.

A las siete y media de la tarde del lunes, el automóvil de la duquesa, con Lupin al lado del chófer en calidad de ayudante, salió de los Campos Elíseos en dirección a Neuilly. Lo seguía otro coche en el que viajaban Simon, Khao y los dos hombres de Lupin y que se quedó discretamente aparcado unos metros alejado de la verja del palacete.

La rapidez con que alguien acudió a abrirla en cuanto enfocaron los faros del primer automóvil evidenció que los estaban esperando. El vehículo recorrió un centenar de metros para detenerse ante la escalinata y Lupin se apresuró a apearse y abrir la portezuela a la condesa. En la puerta principal la esperaba Alessandro Montanari.

—Bienvenida, querida Joséphine. Estás bellísima. Más, si cabe, de lo que recordaba —exclamó el anfitrión con un aire de arrobamiento afectado que hizo sonreír a la recién llegada.

—Eres muy gentil. La verdad es que lo necesito, estoy un poco nerviosa.

—No tienes por qué. Aquí estamos prácticamente solos. Ahora mismo tomaremos una copa de *champagne* que seguro te tranquilizará.

Montanari la acompañó al salón principal.

—Te serviré yo mismo porque, como me pediste, el servicio se ha retirado ya. Cuando estés más tranquila, avisaré a mi hermano, que está trabajando en su despacho para que te muestre su colección.

—¿Y no os preocupa tener algo tan valioso en casa?

—Cuando alquilamos este palacete, lo que nos decidió es que tiene una de las cajas de caudales más seguras que hay en el mercado. No hay ladrón capaz de abrirla.

—Estoy ansiosa por ver esa colección —exclamo Josefina divertida al pensar que no presentaría problema para Arsenio Lupin.

—Pues si ya estás más tranquila, voy a avisar a Günter.

—No hará falta. Aquí me tienes.

Günter König había aparecido por una puerta disimulada en un panel de madera. Tras dirigir una penetrante mirada a la mujer que había convencido a su hermano de que le mostrase la colección de monedas, solicitó:

—Preséntame a tu bellísima amiga, Stephan.

—Te presento a Joséphine, sin más. Le he prometido absoluta discreción y que no le confiaría a nadie su apellido de casada.

—Por supuesto que no lo confiarás a nadie porque no hay tal apellido de casada. Tu amiga está soltera y se llama Josefina Bálsamo, condesa de Cagliostro.

König adoptó el aire de triunfo del que cree haber descubierto un peligroso engaño. Y una corriente helada pareció atravesar el salón. Stephan contemplaba a su hermano con es-

263

tupor y seguramente con temor a su reacción. Josefina, como ella misma había afirmado, era capaz de salir con bien de situaciones más peligrosas pero le interesaba dar tiempo a que Simon y Lupin apareciesen en escena.

—Sigues siendo peligrosamente ingenuo, Stephan. Pierdes la cabeza por cualquier mujer hermosa que te mira con ojos lánguidos y eso te va a llevar a la ruina. Tienes suerte de que eres mi hermano porque si no, la ruina te la proporcionaría yo mismo. Pero, en fin, lo hecho no tiene remedio. En cuanto me hablaste de esta mujer y de su interés por las monedas, me puse en guardia. Te hice seguir hasta tu segunda cita y después la seguimos a ella. Ahora, me gustaría saber cuáles son las intenciones de la condesa.

König se había acercado a Josefina y con un gesto violento la levantó del sofá y la sujetó fuertemente del brazo. Con un tono amenazador que habría asustado a otra que no fuese la condesa de Cagliostro, Günter König escupió:

—Ahora, pequeña zorra farsante, me dirás lo que estás buscando. ¿Creías que te ibas a llevar las monedas tú solita o tienes algún cómplice para rematar el trabajo?

Josefina no tuvo tiempo de responder porque, en aquel preciso instante, la puerta del salón se abrió bruscamente y dejó paso a Simon y a Lupin pistola en mano, seguidos por Khao, que empuñaba su temible *kukri*.

—Aquí están los cómplices, maldito cobarde asesino. Y venimos a por ti, no a por las monedas. Esta vez no te escaparás —aulló Simon poseído por el estallido de la rabia que había ido acumulando a lo largo de los años.

—Seguro que me escaparé, a no ser que quieras que le corte el cuello a vuestra amiguita —respondió König, que en un rapidísimo movimiento se había situado detrás de Josefina, protegiéndose con su cuerpo al tiempo que apoyaba en su cuello un cuchillo que había aparecido en sus manos como por arte de magia.

Simon y Lupin bajaron las armas. Es lo que König estaba esperando. Empujó a Josefina hacia ellos y de un salto desapareció por la puerta simulada que había usado para entrar en el salón.

Simon rompió la cerradura de un balazo y se encontró ante un ancho pasillo al que daban varias puertas cerradas.

La lógica le decía que König no se habría escondido sino que debía ir en busca de sus acólitos, ignorante de que todos ellos estaban a buen recaudo. La última puerta le llamó la atención por su doble batiente y porque a través de los cristales de la parte superior se percibía que al otro lado apenas había luz. Simon abrió la puerta con cuidado para descubrir una sala de armas, a juzgar por las panoplias que colgaban de sus paredes. Estaba acostumbrándose a la escasa luz cuando, con un grito salvaje, König se precipitó sobre él blandiendo un sable de caballería.

Simon había sido campeón universitario de esgrima. Pero el arma de los campeonatos era el florete. Había practicado con el sable porque exigía un esfuerzo físico superior y menos agilidad que contundencia. Un buen ejercicio para templar los músculos. Era, por decirlo así, más un arma de combate que de competición. Apenas tuvo tiempo de recordar los rudimentos básicos de su uso. Su instinto le hizo dar un salto de lado para esquivar un embate de su contrincante y hacerse con otro de los sables disponibles.

Le costó unos segundos adaptarse a la técnica de König, pero enseguida comprendió que el objetivo de este era acabar con él y que su debilidad era el miedo combinado con la ira. Por peso y por estatura, eran dos enemigos bastante equilibrados. König atacaba con denuedo buscando herirle, aunque fuese superficialmente, con intención de debilitarle y hacerle bajar la guardia, lo que le permitiría un golpe mortal o suficiente para abatirle y rematarle después. Simon, por el contrario, se limitaba a mantener la guardia con tranquilidad y parar los continuos mandobles. Tal como había previsto, el esfuerzo estaba haciendo mella en König, y Simon pudo pasar de la defensa al ataque. Aunque resultaba poco ortodoxo, algunos de los ataques propios del florete le servían para desconcertarle y llegar con la punta del sable hasta el cuerpo de su enemigo. Pequeñas heridas que no hacían más que redoblar su rabia y que desatendiera la guardia en busca de estocadas cada vez más improbables. Ante un avance de König, Simon le recibió con un rápido molinete que le arrancó el arma de las manos y le dejó indefenso ante la punta del sable de Simon, que se apoyaba firmemente en su garganta.

—Supongo que no serás tan cobarde como para matar a un hombre desarmado. —König, jadeante, aún conservaba cierta dosis de arrogancia al dirigirse al hombre que le había derrotado.

—Esto se ha acabado, König. Tus fechorías van a tener el castigo que merecen. Me gustaría, pero no voy a matarte.

—Grave error, amigo mío. —La voz de Lupin cogió de sorpresa a Simon, que casi había olvidado que no estaba solo en aquella aventura.

Iba a contestar cuando sonó un disparo y König se desplomó lentamente con lo que parecía una flor roja en la frente y un gesto de sorpresa en el rostro.

—¡Dios! Lupin, ¿qué has hecho?

—Ya te dije una vez que solo creo en mi propia justicia. Este canalla merecía la muerte y tú no ibas a ser capaz de matarle. Y dudo mucho que la justicia de los hombres le llegase a dar su merecido. Demasiados intereses y complicidades. Creo que he vengado a mi manera a los muchos desgraciados que se hundieron en los barcos que él ayudó a torpedear.

—Te comprendo, aunque a pesar de que tengo seguramente más motivos que tú, reconozco que no habría sido capaz de dispararle a sangre fría —contestó Simon conmocionado.

Seguramente, en el Sinaí había abatido a más de un enemigo, pero no es lo mismo disparar a algo que no es más que un ente abstracto, pero lo bastante real como para acabar con tu vida, que hacerlo contra el hombre que tienes delante, por más despreciable que sea.

—Cuestión de carácter, amigo mío. Y también de costumbre. En fin, aún nos queda recuperar las monedas. Vamos a reunirnos con Josefina.

La condesa los esperaba cómodamente reclinada en un sofá, mientras Khao vigilaba a Montanari, atado con los cordones de un cortinaje y amordazado con un echarpe.

—He oído un disparo, ¿qué ha sucedido?

—Justicia Lupin. En el mundo hay un canalla menos.

—Era un personaje inquietante. Casi me había asustado. Menos mal que habéis aparecido oportunamente. Supongo que el plan ha funcionado.

—Como un reloj. Todos los hombres de König están inutilizados y a punto para la entrega a la Policía. Lo siento por las dos doncellas, que todavía están encerradas en su cuarto muertas de miedo.

El plan se había desarrollado a la perfección. En cuanto Lupin comprobó que Montanari cerraba la puerta tras recibir a su invitada, se dirigió junto al chófer a la caseta de guardia, donde estaba apostado el individuo que les había abierto la verja. Nada que sospechar de aquellos dos criados que se le acercaban con la evidente intención de pasar un rato de charla fumando un cigarrillo. Dio un respingo cuando uno de ellos le puso en la cara la pistola que había aparecido de repente en su mano, mientras el otro hacía presa en su cuello y le tapaba la boca. Lupin, que era quien empuñaba la pistola, entró en la caseta, donde el otro guarda, tranquilamente tumbado en un camastro, escuchaba la música de un cochambroso aparato de radio. El hombre ni siquiera intentó hacerse con el revólver que tenía sobre el cajón que hacía las veces de mesilla de noche. La pistola y el gesto del intruso eran más que suficientes para desaconsejar cualquier resistencia.

267

El procedimiento de Lupin para inmovilizar a sus oponentes resultaba infalible. Los dos guardas quedaron esposados uno al otro abrazando el tronco de un árbol y con un esparadrapo en la boca. Ni un movimiento ni un grito que pudiese llegar al palacete. Simon, Khao y los dos hombres de Lupin habían saltado al jardín en cuanto comprobaron que el terreno estaba despejado. Superado el primer obstáculo, debían entrar en la casa y, una vez dentro, dividir las fuerzas. Uno de los hombres de Lupin permanecería de guardia en el exterior y los otros dos se ocuparían, con el infalible argumento de sus fusiles ametralladores, de convencer a los otros compinches de que les convenía estarse quietos. Simon y Lupin, acompañados de Khao, irían en busca de los König.

Simon recordó cuál era el objetivo de la operación:
—Aún nos queda la segunda parte de nuestro trabajo: recuperar las monedas. Supongo que no ha tenido oportunidad de averiguar el escondite —le preguntó a la condesa.

—No he tenido tiempo, König se olió el engaño incluso antes de verme.

—Creo que no tendremos más remedio que pedir a nuestro prisionero que nos ayude —sugirió Simon.

—Me imagino que no estará demasiado de acuerdo —comentó Josefina.

—Verá como Khao le hace cambiar de opinión.

—Seguro, Simon *sahib*. ¿Qué quieres que haga?

—Me parece una solución muy inteligente y muy práctica —comentó con seriedad Lupin, que había captado el juego.

—¿Duele mucho? —intervino Josefina con una sonrisa cómplice.

—No mucho. Pero sangrar bastante.

Stephan König, que permanecía atado y amordazado en el suelo, empezó a agitarse convulsivamente y a emitir sonidos ininteligibles.

—¿Quieres decirnos algo? —preguntó Lupin al tiempo que le aflojaba el echarpe.

268

—¡Están locos, están locos de remate! —aulló—. ¿Qué quieren de mí?

—Muy sencillo, que nos digas dónde están las monedas del marqués de Casavirada —le aclaró Simon.

—No sé dónde las guardaba mi hermano.

—Peor para ti. No hay monedas, no hay testículos. —Y volviéndose a Khao, preguntó con indiferencia—: ¿Está bien afilado el cuchillo?

Por toda respuesta, Khao arrancó un cabello del aterrorizado prisionero, lo sostuvo en el aire y, tras cortarlo limpiamente con su *kukri*, respondió con la satisfacción del buen profesional:

—Perfectamente, *sahib*.

—Voy a volver a amordazarle para que no nos moleste con sus chillidos, aunque creo que se desmayará enseguida.

—¡Quíteme este salvaje de encima, por favor! —gimió el menor de los König—. Les diré dónde están las monedas.

—Te escuchamos.

—Pero júreme que me librará de este indio.

—Es un gurka, estúpido, que es mucho peor. Te libraré de él cuando compruebe que me dices la verdad.

—En el despacho de mi hermano hay un cuadro grande con el retrato de un militar. Detrás está la caja. Pero juro que no sé la combinación. Mi hermano no se fiaba de nadie.

—No te preocupes. No será ningún problema para nosotros.

La impresionante estampa de un oficial de húsares dejó tras de sí una enorme caja de caudales que a cualquier lego en la materia le parecería inexpugnable.

—Cuánta ingenuidad, ¿no te parece, Simon? ¿Para qué hace falta un monstruo como este? —comentó Lupin mientras manipulaba la combinación.

—Por suerte para nosotros, los ricos creen que a más tamaño, más seguridad.

—¡Ya está! —exclamó Lupin con aire de triunfo al oír el último clic con que la fortaleza se rendía a la pericia de su asaltante—. Y aquí tienes tu buena obra de hoy. —Le entregó a Simon los estuches.

—Creo que tú has hecho por lo menos la mitad de la buena obra.

—Quizás, pero mi parte ha sido ayudar a un amigo. No hablemos más, es hora de levantar el campo y avisar a la Policía de que pasen a recoger un regalo. En este caso, Arsenio Lupin les dejará una nota explicativa para que sepan quién es el difunto.

—Pero te atribuirán su muerte. ¿No te preocupa?

—No. Desde mi punto de vista, König estaba de sobra en este mundo y le he ajusticiado merecidamente. Y en cuanto se sepa su historial, la opinión pública estará conmigo. Ya sabes que tengo muchos admiradores.

—Y también creo que te has situado por encima del bien y el mal.

—Me alegro de que lo entiendas.

—¿Y qué harás con el hermano?

—De momento, me lo llevo. Como no hay cargos contra él en Francia ni podemos probar sus fechorías anteriores, la Policía lo dejaría en libertad. Y no estoy dispuesto a que se vaya de rositas.

—No pensarás pegarle un tiro también.

—No se merece ni eso. Es un desgraciado que vivía a la sombra de su hermano. Pensaré algo más original.

Mientras hablaban habían alcanzado la puerta de la casa y Lupin se dirigió a la zona de servicio para recuperar a sus hombres y liberar a las sirvientas, que se tranquilizaron de inmediato ante un par de billetes de cien francos y un cortés «Lamento las molestias que les hemos ocasionado, señoras. Espero que nos disculpen», que las dejó perplejas.

—Supongo que lo primero es acompañar a Josefina —propuso Simon.

—Voy a hacer que mis hombres se lleven a nuestro prisionero en mi coche y, si te parece, Josefina, iremos en el tuyo. Confío en que nos invites a una copa de *champagne* para celebrar el final feliz de nuestra aventura.

Poco después, Simon y Arsenio, cómodamente instalados en el salón de la condesa, escuchaban su relato de los acontecimientos.

—Mientras perseguíais a König, he conseguido averiguar algo más sobre esta pareja. Aunque Montanari no estaba dispuesto a soltar palabra, se ha dejado hipnotizar con facilidad y ha contestado a todo. Ya sabes que es otra de mis habilidades. Resulta que él y Günter son hermanos de distinta madre. La de Montanari procedía del Alto Adigio, de ella tomó su falso apellido. Y lo más curioso es que también tenían la intención de hacerse con una fortuna en joyas propiedad de un empresario de Barcelona, pero alguien se les adelantó.

—Pues tienes ante ti al autor de la hazaña, que no solo se llevó las joyas sino también una serie de documentos que atestiguan que el tal industrial y el propio Günter König habían espiado para los alemanes. —Lupin señaló a Simon con orgullo.

—No me sorprende demasiado, Arsenio —comentó Josefina—. Dado tu carácter, me pareció extraño que te confiases abiertamente a un desconocido. Y ahora comprendo que se trata de un colega al que pareces respetar, cosa muy extraña en ti.

—En efecto, Simon es el último representante de una tradición de hábiles ladrones ingleses que, aunque merecen mi respeto y mi admiración profesional, tienen una característica que no me convence: no roban en beneficio propio sino para ayudar al prójimo.

—Creo que estás haciendo una pequeña exhibición de cinismo que no se corresponde con la realidad —le reprochó Simon—. Me consta que has ayudado a muchos necesitados. A veces, con dinero, y otras librándolos de situaciones peligrosas.

—Bueno bueno. Haz el favor de no aumentar mi ego y dime lo que quieres hacer con las monedas. Aparte de devolvérselas a Leopoldo Bernardes, claro.

—De momento, voy a telefonear a mi amigo el comisario Perales para darle la noticia, aunque no pueda explicarle los detalles de la recuperación.

—Por lo que me cuentas, ese comisario se lo merece, debe de ser un buen hombre.

—Honrado e inteligente, te lo aseguro.

—Dos cualidades que en mi país no he encontrado a menudo entre sus colegas.

La voz malhumorada del comisario Perales, despertado de madrugada por la intempestiva llamada de Simon, cambió de golpe cuando le reconoció.

—Dígame que tiene buenas noticias —casi bramó al auricular.

—Excelentes, comisario. Tengo las monedas aquí conmigo, y Von Rolland y Alessandro Montanari, que han resultado ser los hermanos Günter y Stephan König, están fuera de circulación.

—Dios le bendiga, Sinclair. Me visto y voy corriendo a casa del marqués para darles la gran noticia.

—Será mejor que espere a mañana, comisario. Igual a estas horas les da un susto de muerte.

—Tiene toda la razón. Lo mejor será que me presente a primera hora. Claro que me preguntarán cómo las han recuperado y no podré decirles gran cosa si usted no me lo explica.

—Le prometo darle una conferencia con todo lujo de detalles en cuanto llegue a Barcelona, que será dentro de unos días. De momento, dígales que ha sido una brillante operación de la Sûreté, presionada por los contactos de alto nivel de un buen amigo mío.

—Me alegra oírte decir que piensas quedarte unos días en París. Por supuesto, te alojarás en mi casa —dijo Lupin cuando finalizó la llamada telefónica.

—Te lo agradezco, pero no quisiera ocasionarte molestia alguna.

—No es ninguna molestia. Me gustaría que Khao me hiciese una demostración de esa lucha que practica. Mi padre era profesor de boxeo y *jiu-jitsu* y me enseñó a fondo ambas disciplinas, pero nunca había visto ese tipo de lucha.

—Es una técnica propia de los gurkas y procede del mismo tronco budista del *jiu-jitsu*. Khao estará encantado de entrenarte, aunque yo también puedo hacerlo porque lleva años enseñándome y creo que he sido un buen alumno.

—Pues me encantará tenerte como maestro y contrincante. A cambio, te daré unos rudimentos de *jiu-jitsu*. Siempre podrá serte útil.

Durante los días siguientes, Simon pudo comprobar que el ladrón más famoso del momento poseía unas cualidades que le habrían hecho triunfar en cualquier campo. Políglota notable, podía recitar a Milton en inglés, a Góngora en español y a Homero en griego clásico. Una cultura enciclopédica le permitía abordar los temas más diversos con conocimiento de causa. Descubrió con sorpresa que había estudiado Medicina y la especialidad de Psiquiatría. Y, por supuesto, dominaba el *jiu-jitsu*, que empezaba a imponerse en Europa.

Pudieron enfrentarse sobre el tatami dispuesto en el gimnasio de su apartamento para descubrir que los dos resultaban adversarios formidables en una pelea cuerpo a cuerpo. Por lo demás, Lupin mostró su faceta más mundana acompañando a Simon a los restaurantes y locales de moda, en los que el vizconde Raoul d'Andrésy era recibido con la deferencia que merece un excelente y generoso cliente. Simon pensó divertido que a las damas que le miraban con ojos lánguidos se les helaría la sangre si conociesen su auténtica dedicación.

Poco antes de la partida de Simon, la condesa de Cagliostro anunció que debía salir de viaje y que deseaba ofrecer un almuerzo de despedida a Simon en su residencia. Lupin tenía concertada una visita a su sastre que no podía posponer, por lo que convinieron que se encontrarían en casa de Josefina.

Por la mañana, la residencia de Josefina se le antojó a Simon totalmente distinta. La terraza, llena de parterres bien cuidados, ofrecía una vista espectacular sobre los Campos Elíseos.

El salón, iluminado por los rayos de sol que penetraban por los ventanales, en nada recordaba el ambiente nocturno que conocía Simon, mágico y misterioso, tenuemente alumbrado con profusión de velas de todos los tamaños y perfumado por pebeteros en los que ardían esencias que no había sido capaz de identificar. También los hieráticos lacayos vestidos de negro habían sido sustituidos por dos doncellas de rasgos orientales, venidas sin duda de la Indochina francesa, que llevaban con gracia el traje típico de su país. Mientras esperaba a la condesa, se entretuvo en examinar las obras de arte que decoraban el salón, de un buen gusto ecléctico, en línea con la descripción que Lupin había hecho de la personalidad de su amiga. Estaba contemplando con curiosidad dos preciosas acuarelas que representaban el Ojo de la Aguja, el increíble escondite de Lupin, cuando le sorprendió la voz de Josefina, que había aparecido silenciosamente a sus espaldas.

—Preciosa pintura y curioso paisaje, ¿no cree?

—Sin duda. Parece que Lupin siente debilidad por Monet. He visto otras versiones de este tema en su refugio de Étretat.

—Monet vivió algún tiempo en Normandía y es evidente que le fascinó aquella costa y, en particular, el Ojo de la Aguja, porque lo pintó repetidamente. Arsenio comparte la fascinación de Monet, uno de los impresionistas que más le gustan, por ese capricho de la naturaleza. En su apartamento de París tiene varios cuadros más sobre el mismo tema.

Durante aquella breve conversación Simon tuvo oportunidad de contemplar con detenimiento a Josefina Bálsamo y reconoció que, si en la tamizada iluminación nocturna le había parecido inquietantemente hermosa, su belleza desafiaba con éxito la claridad del sol. Su esbelta figura quedaba resaltada por un kimono negro, su color predilecto, animado por bordados multicolor que representaban toda suerte de aves exóticas. Salvo una ligera sombra en torno a sus ojos, ni una gota de maquillaje alteraba la blanca tersura de su rostro, que era el de una mujer de no mucho más de treinta años. Si, como le había confesado Lupin, la conoció veinte años atrás, quizás —se dijo— no todo lo que le había explicado sobre aquella mujer era leyenda o fantasía, y verdaderamente poseía algún tipo de facultades que iban más allá de lo normal.

—No debe creer todo lo que Arsenio cuenta de mí, Simon —comentó ella como si hubiese adivinado sus pensamientos—. Creo que exagera en lo bueno y en lo malo.

—Dudo que haya algo malo que contar de una mujer como usted —respondió Simon con galantería.

—Le aseguro que mis enemigos, que no son pocos, opinan lo contrario.

Enseguida llegó Lupin y pasaron a la mesa, donde el menú se correspondió con lo que ya sabían de la pericia del chef. La sobremesa se desarrolló plácidamente y un arpa oculta en algún lugar del salón acompañó la conversación creando un ambiente de especial confianza.

—No hace falta que te diga que en el futuro puedes contar para lo que haga falta tanto con Arsenio Lupin como con el vizconde Raoul d'Andrésy, según convenga a la ocasión —señaló Lupin.

—Y con la condesa de Cagliostro, por supuesto —apostilló Josefina.

274

—Os aseguro que lo tendré en cuenta. Habéis resultado unos amigos inapreciables —respondió Simon halagado por la confianza—. Sin vosotros, no habría podido recuperar las monedas y acabar con esa pareja de delincuentes. Por cierto, casi me había olvidado de Stephan König, ¿qué ha sido de él?

—Se ha llevado su merecido, puedes estar tranquilo.

—No le habrás hecho ejecutar —se sobresaltó Simon.

—No, hombre, no. Soy mucho más sutil. A estas alturas está cruzando el Atlántico a bordo de un carguero que se dirige al puerto de La Guaira, en Venezuela.

—¿Y qué va a hacer en Venezuela ese desgraciado?

—La verdad es que no lo sé. Ese será su problema cuando desembarque. Mi gente le subió a bordo inconsciente, y cuando despierte, le considerarán un polizón porque le hemos dejado sin documentación y sin dinero. El capitán ha recibido una buena gratificación por amargarle el viaje y dejarle escapar cuando llegue a puerto. Creo que allí la vida le va a resultar menos divertida que en Barcelona.

—Realmente es un castigo mucho más duro de lo que parece, si te paras a pensarlo. Me imagino lo que puede ser verte catapultado, de repente y sin saber cómo ha sucedido, a un país como Venezuela, sin documentación y sin dinero. Y sin atreverte a dirigirte a tu consulado por temor a que descubran que estás fichado por la Policía francesa.

—Lo cierto es que no lo estaba, pero me he molestado en informar a la Sûreté y le hemos dejado una copia de su ficha en el bolsillo —puntualizó Lupin con una sonrisa—. Pero dejemos a este pájaro navegando y permíteme que te haga una pregunta que me interesa mucho.

—Tú dirás.

—Me gustaría que me dieses una idea del precio de la colección de monedas.

—No es una materia que domine, pero creo que puede estar entre un millón y un millón y medio de francos. Lo difícil es encontrar comprador.

—Pues desde que me las mostraste, con las explicaciones correspondientes, no he dejado de darle vueltas a la idea de incorporarlas a mi colección. Creo que es algo que me falta. Como ya te confié en Étretat, llegará el día en que Arsenio Lupin quiera desaparecer para siempre. O que desaparezca sin quererlo, que todo es posible. Ese día, lo que he ido atesorando mientras me divertía burlando a las Policías de toda Europa, y de vez en cuando de América para variar, habrá de ser para mi país. Desgraciadamente, no tengo a nadie a quien dejárselo. Pienso donarlo todo al Estado con la condición de que mis compatriotas puedan disfrutar de toda esa belleza, aunque supongo que el Gobierno no tendrá el detalle de crear un museo Lupin —terminó con una sonrisa.

Lupin observó con interés la ceniza de su habano, que se resistía a caer, buena prueba de la excelencia de la hoja.

—Y en este orden de cosas —prosiguió—, me he dado cuenta de que las monedas de tu amigo el marqués catalán serían un complemento extraordinario para mis colecciones. O sea, que estoy dispuesto a pagar por ellas el millón y medio de francos en que las valoras, creo que muy acertadamente. ¿Qué te parece?

Arsenio Lupin volvía a sorprenderle con lo que, además de un capricho de coleccionista, era sin duda un rasgo de generosidad.

—Supongo que es la mejor noticia que podría darle al marqués, pero debo consultárselo antes de darte una respuesta.

275

Josefina, que había dejado que se explayaran sus dos amigos, intervino para animarlos a cerrar la operación:

—Simon, tiene un teléfono a su disposición en mi gabinete, por si quisiera comprobar la disponibilidad de su amigo en Barcelona.

No le hizo falta más apremio. El marqués de Casavirada ya había sido puesto al corriente del hallazgo por mediación del comisario Perales. Este le había transmitido a Simon su agradecimiento, y también que Leopoldo había reconocido que la felicidad por la recuperación de sus monedas era relativa, pues era muy consciente de las dificultades que entrañaba vender la colección. Simon le confirmó ahora su valor y le anunció que tenía un comprador interesado. Su reacción ante aquella inesperada oferta fue primero de sorpresa y luego de gratitud manifestada con efusividad, algo que siempre llenaba de confusión a Simon.

—Pues ya que está de acuerdo, señor marqués, le dejo para ultimar la operación —le interrumpió para no seguir escuchando sus muestras de agradecimiento—. Confío en no tener que retrasar el viaje y volver a Barcelona en la fecha prevista.

El vizconde Raoul d'Andrésy era recibido en su banco incluso con mayor deferencia que en los restaurantes de lujo. Su llegada a la sede central de la Banque de París acompañado de Simon puso en movimiento la escala jerárquica hasta llevarlos al despacho del director.

—Creo que lo más práctico será situar los fondos en nuestro corresponsal de Barcelona con una orden de pago a la persona que usted indique —les aconsejó el director, a quien evidentemente no le divertía perder de vista aquella importante cantidad de dinero e intentaba, como mal menor, que siguiese en las arcas de su colega español.

Simon Sinclair y el vizconde Raoul d'Andrésy, escoltados por Khao ataviado con su indumentaria tradicional, atraían las miradas de los pasajeros que se disponían a abordar el expreso nocturno que partía hacia la frontera española. Lupin había insistido en despedir a sus nuevos amigos en el andén de la estación de Austerlitz.

—No me gusta resultar convencional, pero me ha parecido obligado traerte un regalo de despedida. —Lupin puso en sus manos un pequeño estuche de terciopelo—. Quiero que tengas un recuerdo de estos días y de nuestra amistad.

El estuche contenía un napoleón de oro, idéntico al que había utilizado Josefina para iniciar la seducción de Montanari.

—Te aseguro que ocupará un lugar muy destacado en mi modesta colección —le agradeció Simon.

—Dudo que sea una colección modesta, pero en cualquier caso la diferencia con la mía, si es que estás comparándolas, es que yo soy un profesional a tiempo completo y tú eres solo un *amateur*, aunque debo decir que excelente. —Lupin sonreía con emoción—. Ya sabes que te considero un colega.

Un estrecho abrazo puso punto final a la despedida.

Mientras veía difuminarse en la distancia la imagen de Arsenio Lupin de pie en el andén, Simon no podía dejar de pensar en su propia ambigüedad y en los caprichos del destino que habían hecho de él un ladrón, por más *amateur* que le pareciese a Lupin, al tiempo que tal condición le permitía ayudar a los demás con medios nada ortodoxos pero extremadamente eficaces.

277

25

La perspicacia del comisario Perales

*E*l restaurante Las 7 Puertas rebosaba de comensales, pero el comisario Perales no había tenido ningún problema para que el *maître* le adjudicase una mesa en un rincón relativamente tranquilo desde donde se entretenía observando la variopinta concurrencia, mientras esperaba a Simon, con quien estaba citado para almorzar. «Invito yo —puntualizó cuando acordaron dónde verse—, con cargo a los fondos de la comisaría.»

Una semana antes Simon ya le había proporcionado su versión del rescate de las monedas. Al día siguiente de su regreso de París, acompañado por Perales, exultante de satisfacción por lo que consideraba una brillante intervención de sus colegas franceses, hizo entrega al marqués de Casavirada de la orden de pago por un millón y medio de francos que había expedido la Banque de París. Y tras el alborozo de ese broche final, Simon le propuso a Perales tomar una copa en el Esmeralda para explicarle tranquilamente cómo se había desarrollado la operación. Ahora desconocía cuál era la intención del comisario, convencido de que pretendía algo más que compartir un buen almuerzo.

—Quería charlar de manera informal —justificó Perales cuando llegó Simon, sin mirarle—. He creído que le interesará saber que he recibido una llamada de la Sûreté interesándose por nuestro amigo Günter König.

—No me diga. ¿Y qué querían saber? —preguntó Simon con una mezcla de curiosidad e inquietud.

—Querían detalles sobre sus actividades delictivas en Barcelona y, sobre todo, confirmar que había proporcionado a los alemanes información sobre barcos aliados.

—Se lo habrá explicado con todo detalle. En definitiva, tenía usted pruebas documentales.

—Por supuesto, por supuesto. Pero lo que me ha llamado la atención es que la Policía francesa no capturó al mayor de los König sino que lo encontró ya cadáver, ni encontró al hermano pequeño, y que todos los miembros de la banda estaban atados y listos para llevarlos al calabozo. —Perales sonreía beatíficamente y ahora no apartaba la vista de Simon—. Todo esto dista un poco de lo que usted me explicó, Sinclair.

—Temí que pudiera usted desaprobar el método utilizado.

—Pues antes de decidirlo, ¿por qué no me cuenta cómo sucedió exactamente?

—Ya le expliqué en su momento que mi amigo el vizconde d'Andrésy utilizaría a unos detectives privados para localizar las monedas. Tuvimos la suerte de que Montanari intentase vender algunas monedas y por este hilo llegamos a Von Rolland. En cuanto le tuvieron localizado, se organizó un asalto a su casa y en el tiroteo cayó mortalmente herido. Lo demás ya lo sabe.

—Debo reconocer que me siento ante un dilema. Por una parte, mi ego de policía no puede aprobar que unos particulares se tomen la justicia por su mano. Pero por otra, mi yo de ciudadano se alegra de que nos hayan librado de ese asesino y de la chusma que llevaba consigo. Y, como resulta que todo ha sucedido fuera de mi jurisdicción, ese ego de policía no tiene nada que objetar.

—No sabe lo que me tranquiliza. Me sentía mal por haberle mentido.

—Pues todo resuelto. Aunque no me ha dicho qué ha sido realmente de Montanari, o Stephan König.

—En estos momentos viaja como polizón hacia Venezuela, donde le desembarcarán sin dinero, sin documentación y fichado por la Sûreté.

—Excelente solución. Supongo que lo ha organizado ese vizconde amigo suyo. Debe ser un hombre de recursos.

—Efectivamente. Debo reconocer que me ha sorprendido.

—No me extraña. Por cierto, casi me olvidaba. Según la Policía francesa, en todo esto ha tenido algo que ver un delincuente muy buscado que se llama Arsenio Lupin. Usted no tenía idea de ello, supongo.

—Supone bien. El éxito del plan lo debo absolutamente a la ayuda del vizconde.

—Sería divertido que su amigo vizconde fuese en realidad Arsenio Lupin, ¿no le parece?

—Desde luego. Sería como de novela. Un ladrón que ayuda a los buenos y acaba con los malos.

—Algo así como aquella Liga de La Pimpinela Escarlata de la que hablamos tras el robo de las joyas de Tubella.

—Pues sí. Eso es lo que dice la leyenda.

—La verdad es que tanto La Pimpinela como ese Lupin me resultan simpáticos. Y quizás no son tal leyenda, según pudo comprobar Tubella. Por cierto, me he permitido traerle un sencillo recuerdo. —Sacó del bolsillo un pequeño envoltorio y se lo entregó a Simon.

El paquetito contenía la cartulina con la imagen de la pimpinela escarlata que Simon había dejado en la caja fuerte de Tubella. Un discreto marco de plata la ponía en valor.

—He creído que le gustaría conservarlo. Acéptelo como testimonio de mi amistad.

Por lo que Simon sabía, nunca en la larga trayectoria de La Pimpinela Escarlata uno de sus miembros había sido identificado por las Policías de los diversos países que habían sido escenario de sus andanzas. Y, paradójicamente, tenía que ser un comisario de una ciudad alejada de sus campos de acción habituales el que le hiciese entender, sin expresarlo con palabras, que había intuido su doble vida y que hasta podría llegar a aceptarla. Estaba claro que Perales había atado cabos de unos hilos muy sutiles y había sacado sus propias conclusiones. Y con la misma sutileza le había hecho saber que no tenía nada que temer de él. Al menos, mientras La Pimpinela Escarlata actuase según la leyenda.

Habían pasado varias semanas del regreso de Simon y este se había dedicado a recuperar su rutina habitual. Caía la tarde y el Esmeralda regresaba a puerto en uno de esos gloriosos días primaverales en que todo se une para que la navegación resulte un placer. Desde primera hora, un viento moderado pero constante, que apenas rizaba la superficie del agua, animaba a disfrutarlo mar adentro. Y Simon, tras su habitual baño matutino, había ordenado a Khao poner rumbo norte sin destino definido, por el placer de sentir el mar en la piel y de estar a solas con sus pensamientos después de las recientes experiencias, tan distintas de las que le había brindado hasta entonces su doble vida.

—Ya estamos llegando, *sahib*. Falta poco para atracar. —Khao agitó suavemente a su patrón, que, acunado por el rítmico navegar del Esmeralda, dormitaba en cubierta sobre una tumbona de teca.

Simon se despabiló para ayudar a arriar la mayor. Ya con el motor en marcha, se puso a la rueda, mientras Khao, a proa, esperaba saltar a tierra para encapillar las gazas de los cabos a los noráis que delimitaban el espacio del Esmeralda en el muelle. Era el momento de enfilar hacia el Club Náutico y Simon distinguió a distancia una figura femenina que parecía esperar sentada en un bolardo. Le pareció que componía un bonito cuadro, con las piernas cruzadas y el torso ligeramente adelantado en una postura que le pareció familiar. Movido por la curiosidad, enfocó los prismáticos. El corazón le dio un vuelco al descubrir quién estaba esperando su llegada.

282

Varias maletas a sus espaldas indicaban que la presencia de Lavinia Lavengro en el muelle no era una visita de cortesía. La sorpresa combinada con la curiosidad hizo que los escasos centenares de metros que faltaban para atracar se le antojasen eternos. Ordenó a Khao que se hiciese cargo del timón para situarse a proa, impaciente por saltar al muelle.

—Lavinia, por Dios. ¿Qué haces aquí? —fue lo único que se le ocurrió preguntar, jadeante después de estar a punto de caer al agua por saltar antes de terminar la maniobra.

—Lo que me parecía imposible ha sucedido. Me ha costado una fortuna pero acabo de separarme legalmente de mi marido y quiero alejarme de Londres y de todos mis conocidos. ¿Puedo quedarme contigo, aunque sea por unos días?

Lavinia le pareció más bella que nunca, ahora que había dejado de ser la mujer casada ligada a las convenciones de la rígida sociedad inglesa, y por ello un sueño inalcanzable que había intentado apartar de su pensamiento. Le miraba con aquellos ojos que le habían fascinado la noche que la conoció, esperando su respuesta.

—Puedes quedarte para siempre si quieres —respondió Simon al tiempo que la tomaba por la cintura y los dos se fundían en un beso prolongado.

—Claro que quiero. He soñado con ello desde que te conocí, pero creí que nunca tendría el valor de dejar a mi marido y recuperar mi libertad.

—Y yo quiero recuperar el tiempo perdido. Ahora mismo no quiero compartirte con nadie. Quiero tenerte solo para mí, sin ver a nadie. Y la mejor manera es hacernos a la mar sin rumbo fijo, hasta que nos apetezca volver.

—Me parece maravilloso. Si estás conmigo, no necesito a nadie.

Como si se tratase de un corcel bien domado, el Esmeralda pareció entender lo que se esperaba de él y a poco de abandonar el muelle donde apenas había estado atracado unos minutos, tomó el viento en sus velas y se alejó mar adentro.

De pie en la proa, Simon sujetaba por la cintura a Lavinia, que apoyaba la cabeza en su hombro, y pensó que era la segunda vez que el Esmeralda acogía a dos personas enamoradas que emprendían juntos su viaje por la vida. Claro que él tenía dos vidas muy distintas, como las tuvo su padre. ¿Seguiría con ambas, como hizo él? Una pregunta que solo podía responder el paso del tiempo.

Esclanyà (Begur), enero de 2020

Nota del autor

$\mathcal{A}$l escribir este libro he disfrutado poniendo en relación a dos de los personajes novelescos que, de chiquillo, hacían volar mi imaginación. La Pimpinela Escarlata, el primer héroe literario dotado de una doble personalidad, fue precursor de otros como Batman, el Zorro y el Coyote. Yo me he tomado la libertad de alargar sus hazañas en el tiempo e incluso darles lo que podríamos llamar un giro profesional distinto. Confío en que la baronesa Orczy, su creadora, no me lo habría tenido en cuenta. Como espero que a Maurice Leblanc, que lanzó a la fama a Arsenio Lupin, no le habría importado que le haya hecho vivir una nueva aventura a su criatura. Diríase que la Pimpinela y el ladrón más célebre de su tiempo estaban llamados a conocerse y entenderse.

Junto a estos personajes imaginarios, en las páginas del libro aparecen algunos reales a los que quiero agradecer su involuntaria presencia. El caso más significativo podría ser el de lord Carnarvon y los vasos canopos. Tanto el hallazgo arqueológico, según lo planeó Carter, como el problema con las autoridades egipcias sucedieron en la realidad. También existe su mansión, que he descrito con detalle porque, al igual que muchos lectores, he podido verla en la serie *Downton Abbey*, ya que los Carnarvon la alquilaron a la productora para convertirla en el hogar de la familia Crawley. También existió Abel Chapman, un naturalista enamorado de España y del Coto de Doñana, del que dejó amplia constancia en su obra *Wild Spain*.

Espero que a la Casa de Alba no le importe aparecer en el libro. He procurado que la descripción de palacio de Las Dueñas sea tan ajustada como me ha permitido la memoria. Si no estoy equivocado, el duque que aparece como anfitrión de la cena es el que ostentaba el título en la época en que se desarrolla la acción. Por supuesto, el cuadro de Furini es una de las joyas de la colección del palacio y, por lo que sé, sigue en sitio.

He procurado que lugares y circunstancias fuesen reales allí donde era posible. Así, tanto la sombrerería y el sastre de Londres que equipan a Edmond Sinclair son auténticos y siguen activos en la actualidad. Y el restaurante Rule's tiene ahora el mismo aspecto que cuando se fundó, aunque convenientemente remozado. También existen —o existían en la época— los astilleros donde se construyó el Esmeralda. Al igual que en la costa de Normandía, cerca de Étretat, se encuentra el Ojo de la Aguja, en cuyo interior hueco tiene su escondite Lupin, y un pasadizo llamado la Chambre des Demoiselles que da acceso al mismo.

En este orden de cosas, quiero recordar que hubo en Barcelona, durante la Primera Guerra y en los años posteriores en los que el pistolerismo señoreaba la ciudad, un tal barón Von Rolland, dedicado a espiar para los alemanes, entre otras actividades igualmente viles. Y también existió una agencia de detectives que, bajo las siglas BKS (Baron von König Services), se dedicaba en realidad a la extorsión y a la eliminación por la vía rápida de obreros incómodos para la patronal. En la novela he convertido a estos dos falsos barones en un solo personaje.

Por último, *last but not least,* sería un desagradecido si no recordase aquí a Silvia Sesé, que me animó a escribir este libro, así como lo valiosas que fueron las sugerencias de Celia Santos para la concepción de la novela y lo fundamental que ha sido la ayuda de Esther Aizpuru para darle su forma definitiva.

ESTE LIBRO UTILIZA EL TIPO ALDUS, QUE TOMA SU NOMBRE
DEL VANGUARDISTA IMPRESOR DEL RENACIMIENTO
ITALIANO, ALDUS MANUTIUS. HERMANN ZAPF
DISEÑÓ EL TIPO ALDUS PARA LA IMPRENTA
STEMPEL EN 1954, COMO UNA RÉPLICA
MÁS LIGERA Y ELEGANTE DEL
POPULAR TIPO
PALATINO

*LA ÚLTIMA AVENTURA
DE LA PIMPINELA ESCARLATA*
SE ACABÓ DE IMPRIMIR
UN DÍA DE INVIERNO DE 2021,
EN LOS TALLERES GRÁFICOS DE EGEDSA
ROÍS DE CORELLA 12-16, NAVE 1
SABADELL (BARCELONA)